집으로 가는 길

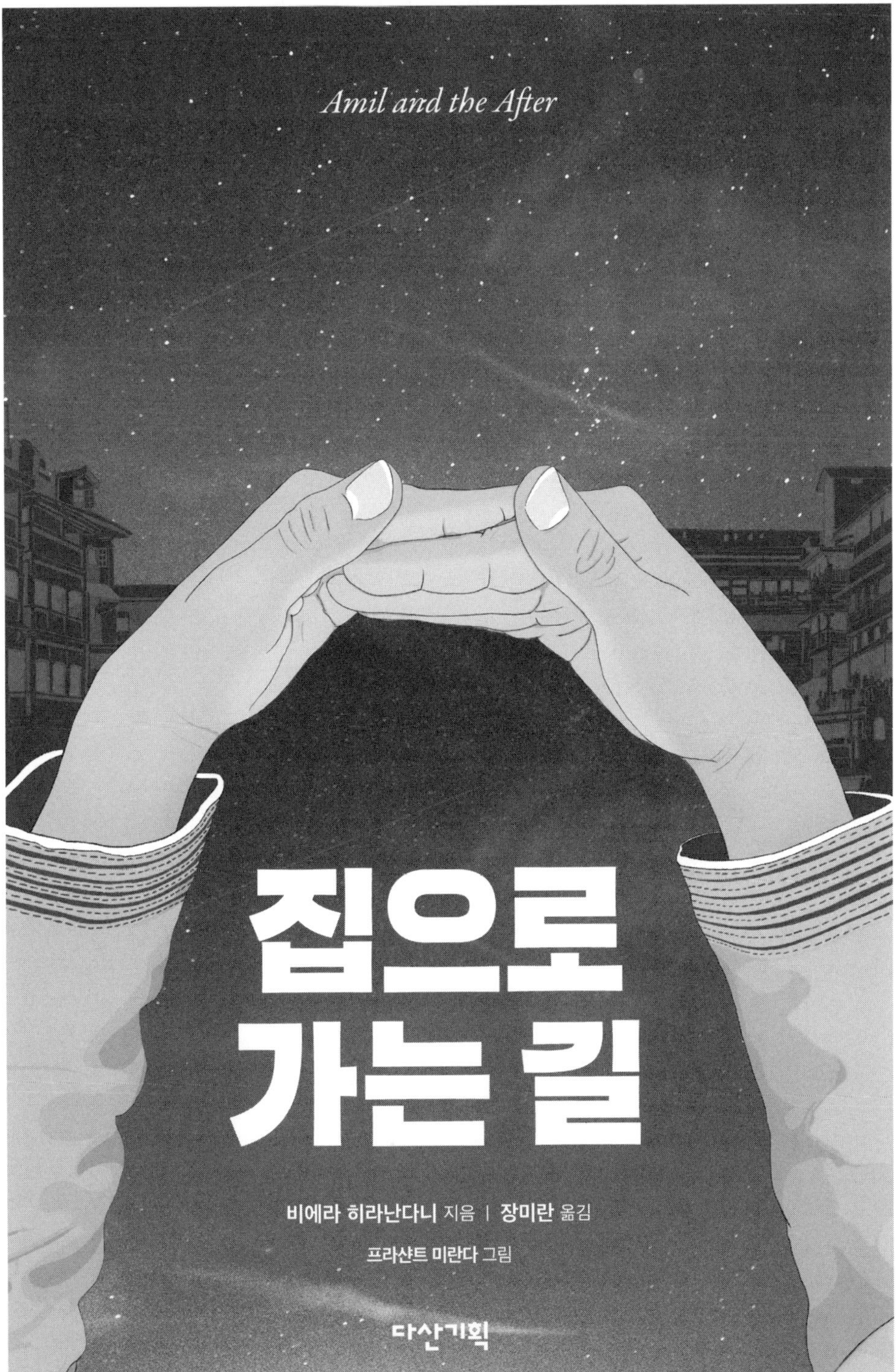

Amil and the After

집으로 가는 길

비에라 히라난다니 지음 | **장미란** 옮김

프라샨트 미란다 그림

다산기획

생존자들에게

1장

아밀은 거실에서 침대 겸 소파에 몸을 쭉 뻗고 누워 가슴에 스케치북을 펼쳐 놓은 채 콧등에 굵은 목탄 연필을 올려놓으려 애썼다. 마침내 연필은 떨어지지 않고 자랑스럽게 콧등에 얹힌 채 허공에 떠 있었다.

"이것 좀 봐!"

아밀은 머리를 움직이지 않으려고 조심하며 니샤에게 말했다.

글을 쓰고 있던 니샤가 고개를 든 순간, 연필이 바닥으로 굴러떨어지고 말았다. 니샤는 항상 뭔가를 쓰고 있었다. 예전에는 날마다 일기를 썼다. 지금은 아무에게도 보여주지 않는 비밀 이야기를 쓰고 있었다. 옛일을 떠올리는 것이 너무 가슴 아파 일기 쓰기는 그만두었다. 니샤는 예전의 인도에 대해 생각하고 싶지 않았다. 새로 생긴 국경을 걸어서 건넜던 끔찍한 기억, 아밀이 죽을 뻔하고 아빠가 목숨을 잃을 뻔했던 일, 칼 든 남자가 니샤를 공격하려 했던 일, 기차를 탔을 때 보았던 광경들.

연필이 바닥에 툭 떨어지자 니샤가 말했다.

"너 때문에 집중을 못 하겠어."

아밀이 말했다.

"아휴, 못 봤구나."

니샤는 다시 글쓰기에 몰두하며 물었다.

엄마, 안녕하세요?
저예요.

1948년 1월 1일

"뭘?"

"됐어."

아밀은 이렇게 말하고 한숨을 쉬었다. 그러고는 일어나 차가운 타일 바닥에 떨어진 연필을 집어 들고 도로 침대 겸 소파에 털썩 누웠다. 엄마에게 보여줄 자신의 모습을 빠르게 스케치해 보기로 마음먹었다. 마치 엄마에게 메시지라도 보내는 느낌이었다. 엄마가 아밀의 모습을 실제로 본다면 그 그림과 똑같지는 않겠지만.

아밀은 엄마에 대한 기억이 전혀 없다. 엄마는 니샤와 아밀이 태어나던 날 돌아가셨고, 십이 년이나 지난 지금, 아밀의 가족은 엄마와 짧게나마 연결되었던 고향에서 멀리 떠나왔다. 한 시기가 끝나고 또 다른 시기가 시작된 것이다. 엄마는 식구들이 다 어디로 갔나 하고 찾았을까? 아니면 어떻게든 함께 여행하고 있었던 것일까?

어쩌면 하늘의 구름이 흘러가다가 다른 것으로 바뀌어 결국 공기 중으로 사라지듯이 엄마도 그냥 사라졌는지도 모르겠다. 그래도 아밀은 엄마가 지켜보고 있기를 바랐다. 그 모든 일들을 겪은 뒤에 자신들이 어떻게 지내는지 보여주고 싶었다. 니샤가 엄마에게 편지를 보내듯 예전에 있었던 일들을 일기로 써 온 것처럼 말이다. 아밀은 '이전'이 다음 순간 '이후'가 될 때 어떤 느낌인지 포착하고 싶었다. 그것은 마치 공기를 잡는 것과도 같았다.

아밀은 글쓰기보다 그림 그리기가 훨씬 더 좋았다. 글쓰기는 원체 좋아하지 않았고, 책 읽기는 더 힘들었다. 니샤는 아밀이 그린 그림을 좋아했다. 머릿속에서 상상한 것을 그렇게 손쉽게 종이 위에 옮겨 놓다니 마치 마법 같다고 했다. 그림을 그릴 때면 아밀의 손은 거침없이 자유로웠다.

1월치고는 더운 날씨라서 이 나른한 목요일 오후 식구들은 해를 피해 집 안에 머물렀다. 다디[1]는 편지를 쓰고, 카지는 저녁 식사를 준비했다. 아빠는 '서류 작업'을 했다. 니샤도 아밀도 그게 뭔지는 정확히 몰랐지만, 아빠는 할 일이 많은 것 같았다.

하지만 그날은 여느 날과 달랐다. 1948년 1월 1일 새해 첫날이었다. 전날 밤, 아빠는 아밀과 니샤를 늦게까지 재우지 않다가 자정 직전에 아폴로 번더 부둣가로 함께 산책을 나갔다. 아빠가 먼저 나가자고 한 것이 아밀은 놀라웠다. 최근에 아빠는 어떤 것도 축하할 기분이 아닌 것 같았지만, 어젯밤은 뭔가 달랐다. 카지와 다디도 따라나섰다.

부둣가에는 몇몇 사람이 모여 있었는데, 대부분은 청년들이고 아이들과 함께 온 가족도 한둘 있었다. 아밀 또래 소년 둘이 폭죽을 들고 있었다. 아빠의 시계가 자정을 가리킨 순간, 소년들은 "새해 복 많이 받으세요!" 하고 외치며 칠흑 같은 밤하늘에

1 다디Dadi는 힌디어로 친가쪽 할머니를 뜻한다

10

폭죽을 쏘아 올렸다. 폭죽이 항구를 밝히며 허공에 금빛 가루를 뿌렸다. 아밀이 돌아보니 아빠와 카지와 다디와 니샤도 불꽃을 즐겁게 바라보고 있었다. 그렇게 환하고 행복한 얼굴을 아주 오랜만에 보았다.

아밀은 자기도 모르게 또 다른 한밤중이 떠올랐다. 인도의 첫 수상이 독립을 선언한 지난 8월의 어느 날이었다. 아밀은 예전에 살던 집에서 라디오로 네루 수상의 연설을 들었다. 연설이 하도 길고 지루해서 일부만 들었다. 하지만 연설 첫 부분에 네루 수상이 한 말은 잊히지 않았다.

'자정이 울리고 온 세상이 잠들어 있을 때, 우리 인도는 생명과 자유에 눈 뜰 것입니다.'

바로 그 순간 인도는 영국의 식민 통치에서 해방되었고, 두 나라로 쪼개져 파키스탄이 생겨났다. 아밀 가족이 그랬듯이, 많은 이들이 더는 안전을 보장받을 수 없어서 고향을 떠나야만 했다. 이슬람교²도는 대부분 파키스탄으로 왔다. 힌두교³도와 시크교⁴도 대부분 그리고 이슬람교도가 아닌 이들은 인도로 갔고,

---

2 아라비아의 예언자 마호메트가 창시한 세계 3대 종교 중 하나로, 유일신 알라가 마호메트를 통하여 계시한 코란을 경전으로 삼고 있다. 성지 메카를 중심으로 아시아, 아프리카, 유럽 등지로 널리 퍼져 나갔다
3 인도의 토착 신앙과 브라만교가 융합한 자연발생적 종교로 베다, 우파니샤드를 경전으로 삼고 있으며, 다신교적 성격이 강하다
4 인도의 펀자브 지방을 중심으로 일어난 힌두교의 한 파

모두가 서로 싸우고 죽이기 시작했다. 여행 중에 많은 사람이 굶주리거나 병들어 목숨을 잃었다. 생명과 자유에 눈을 뜨지 못한 이들이 많았다.

하지만 이번 새해의 자정은 다르게 느껴졌다. 달력상으로 새로운 한 해가 시작된 것뿐이지만, 왠지 새로운 삶이 시작되는 기분이었다. 두세 달 전만 해도 다시는 축하할 일이 없을 줄 알았는데 새삼 신기하기도 했다. 이제 아밀 가족은 어쨌든 무사히 이곳에서 새롭게 시작하고 있었다. 하지만 무엇으로도 지난 과거를 지울 수는 없었다.

인도의 분할은 과거 속에만 머물러 있지 않았다. 아빠가 보는 신문의 머리기사에서도 나오고, 카지와 다디가 듣는 인도 국영 라디오에서도 보도되었다. 사람들은 아직도 국경을 넘어 탈출하고 있고, 주민 폭동이 계속 일어나고 있다는 소식이었다. 방송이든 신문이든 대개 영어로 되어 있어서 아밀은 정확히 다 알아들을 수는 없었지만 대강의 내용은 알아들었다.

한번은 알렉산드라 부두에 갔다가 카라치[5]에서 증기선을 타고 온 사람들이 내리는 광경을 본 적이 있었다. 지쳐서 기운 없는 사람들이 눈을 가늘게 뜨고 멍하니 해를 바라보고 있었다. 아빠 말로는 파키스탄을 떠나와 지낼 곳이 없는 사람들을 위

5 파키스탄 남부의 도시

해 난민 수용소가 많이 생겼다고 했다. 아밀도 집에서 멀지 않은, 커프 퍼레이드 근처 오래된 군대 막사에서 난민 수용소를 보았다.

그래도 새로운 인도에서 새롭게 시작한 아밀 가족의 삶은 지금까지 평화로웠다. 아밀의 눈앞에서는 더 이상 싸움이 일어나지 않았다. 집도 있고 음식도 충분하고 다닐 학교도 있었다. 1948년 새해에는 좋은 일만 있기를 바란 것은 아밀 혼자만은 아니었을 것이다. 아밀은 그날 밤을 그림에 담아 영원히 간직하기로 마음먹었다.

아밀은 바로 그런 것으로, 더 좋은 것들로 스케치북을 채우고 싶었다. 처음 그 생각을 한 것은 조드푸르에 살던 시절이었다. 어느 날인가 아밀은 니샤의 일기를 훔쳐보다가 들켰다. 처음에는 몇 장만 읽어볼 생각이었는데, 계속 읽고 말았다. 자신들의 삶이 눈앞에서 생생히 펼쳐지는 느낌이었다. 아밀은 글을 읽는 속도가 몹시 느렸다. 어제는 이런 모양으로 보였던 단어가 다음 날은 저런 모양으로 보여 글자를 읽는 것 자체가 힘들었다. 하지만 일기를 읽을 때는 니샤가 직접 이야기를 들려주는 느낌이었고, 그것은 아밀 자신의 이야기이기도 했다. 엄마를 자꾸 상상하게 되었다.

니샤가 말했다.

"그림으로 네 감정을 표현해 보면 어때, 아밀? 그러면 엄마도

새해 복 많이 받으세요, 엄마.

모든 것을 생생하게 볼 수 있을 거야."

늘 그렇듯 니샤는 아밀의 마음속을 들여다보는 것 같았다. 쌍둥이인 둘은 항상 그랬다.

아밀이 말했다.

"잘 모르겠어. 이해가 안 되면 어떡하지?"

"무슨 말이야?"

"그러니까, 그림을 죽 모아놓는다고 이야기를 쓴 것처럼 이해가 잘 되겠어?"

"네가 표현하려는 것을 잘 이해하고 있느냐가 가장 중요해."

하지만 아밀이 엄마를 위한 그림 그리기 작업을 시작하기도 전에 가족은 조드푸르를 떠나 뭄바이로 가야 했다. 아빠가 다른 의사를 대신해 일자리를 얻었기 때문이다. 아빠의 사촌이 일자리가 있다고 편지를 보냈는데, 급여가 너무 좋아서 아빠는 거절할 수 없었다. 그동안 아밀은 그림에는 전혀 손대지 않다가 며칠 전에 아빠에게 제대로 된 스케치북을 사달라고 하기로 마음먹었다.

아빠는 처음에는 망설였다. 그림 대신 학교 공부에 더 신경을 썼으면 좋겠다고 했다. 학교 선생님도 그렇게 말하기는 했다. 공부에 더 진지하게 집중해야 한다고 말이다. 하지만 아밀이 아무리 노력해도, 아무리 진지하게 마음을 먹어봐도 달라지는 건 없

이것 보세요, 엄마.

는 듯했다. 아밀에게는 글자들이 다 비슷비슷해 보였다. 신드어[6]
냐 영어냐에 따라 조금 다르지만, 글자들은 거의 똑같아 보이거
나 다른 글자를 뒤집어놓은 것처럼 보였다. 하지만 그림 그리기
는 달랐다. 아밀의 마음은 사물의 전체를, 모든 면을 보았다. 글
자와 달리 공을 보면 어느 쪽으로 돌려봐도 여전히 공이었다.

아니면 전갈을 예로 들어보자.

전갈도 어느 쪽에서 보든 전갈을 다른 것으로 착각할 일은 없
을 것이다.

니샤에게는 책 읽기와 글쓰기가 식은 죽 먹기라서 가끔 아밀
은 샘이 나기도 했다. 하지만 니샤는 여전히 말하는 데 어려움이

6 파키스탄과 인도 서부에 사는 신드족이 사용하는 언어

있었다. 아밀이나 카지나 다디와 말하는 건 괜찮았지만 남들과는 대화를 하지 않았다. 심지어 엄격한 분위기일 때는 아빠에게 말하는 것도 힘들어했다.

하지만 엄마를 위해 그림을 그리는 것은 잘 알지도 못하는 엄마를 아는 척하는 느낌이 들었다. 사실 엄마가 돌아가신 것도 아밀이 태어날 때 거꾸로 나온 탓이었다. 아밀도 자기 잘못이 아닌 것은 알고 있었다. 어쩔 수 없는 일이었으니까. 하지만 아밀은 엄마를 모르고 엄마도 아밀을 모른다는 사실이 슬프고 공허했다. 니샤는 바로 그런 감정 때문에 미르푸르 카스를 떠나야 했던 그 끔찍한 나날들 동안 엄마에게 편지를 쓸 수 있었다고 했다. 그리고 아밀이 엄마를 위해 그림을 그리고 싶다면 그려야 한다고 말해주었다.

그래서 이제 아밀은 시도하고 있었다. 가끔 오늘처럼 평안한 날이면 그 끔찍한 여행이 실제로 있었던 일일까 싶기도 했다. 하지만 나쁜 기억들은 쉽게 잊히지 않았다. 생각지도 않은 순간에 스멀스멀 다가와 온몸으로 퍼져나갔다.

아밀은 일어나 창밖으로 북적거리는 도시의 거리를 내다보았다. 미르푸르 카스의 넓은 옛집이 그리웠다. 하지만 이곳 뭄바이에서 느껴지는 와글와글한 활기도 싫지는 않았다. 어떤 면에서 아밀의 내면과 더 잘 어울리는 풍경이었다. 아밀의 가족은 여기서 계속 살 수도 있고 떠나야 할 수도 있다. 상황이란 게 물컵이 바닥에 떨어져 산산이 부서지는 것처럼 순식간에 변할 수 있음을 아밀은 이제 알게 되었다.

삶이란 항상 이런 식으로, 나쁜 일이 일어나기 전에 다른 곳으로 부리나케 옮겨 가야 하는 것일까 하는 생각이 들었다. 이제 아밀이 할 수 있는 일은 이런 어떤 순간들을 카메라의 스냅 사진처럼 엄마에게 보여주는 것뿐이었다. 예전의 삶이 사라지고 늘 변화하는 낯선 길이 눈앞에 새롭게 펼쳐질 때 다시 시작하는 모습을 찍어놓은 사진들처럼 말이다.

나중에 어떻게 되었는지 엄마에게 보여줄 수 있을 것이다.

2장

―――

이튿날 학교 가는 길에 아밀은 마음이 한결 가벼웠다. 아침 산들바람은 비가 막 그치고 난 뒤의 공기처럼 신선했다. 이렇게 마음이 홀가분한 것은 엄마를 위해 그림을 그린 덕분이기도 했다. 마치 주머니에서 작은 돌멩이들을 꺼내어 하나씩 엄마에게 건네주는 것 같았다.

집으로 돌아오는 길에 아밀은 니샤의 팔을 만지며 가장 좋아하는 간식 노점상을 가리켰다. 니샤는 고개를 끄덕였고, 둘은 손수레로 향했다. 노점상은 이제 둘의 얼굴을 기억하고 있었다. 거기서 파는 양파 파코라[1]는 바삭바삭함과 짭짤함이 완벽하게 어우러져 최고였다. 아밀은 집으로 걸어오는 길에 보이는 모든 것

―――――――

[1] 보통 감자나 양파 같은 야채를 양념한 반죽에 넣어 튀긴 간식

에 익숙해지기 시작했다. 온갖 크기와 모양의 먹음직스러운 과자들이 가득 진열된 미타이 가게도 있고, 아빠가 신문을 사고 가끔 밀크티를 마시러 들르는 카페도 있었다. 고물상도 있고 사리² 를 파는 구멍가게도 있었다. 사리 가게에는 온갖 색깔의 천들이 벽을 따라 높이 쌓여 있었다.

"양파 파코라 두 개 주세요."

아밀은 손가락 두 개를 펴고 이렇게 말하며 니샤를 바라보았다.

니샤가 동의한다는 듯 고개를 끄덕였다. 주문은 늘 아밀의 몫이었다. 니샤는 직접 주문하는 것을 몹시 싫어했다. 학교에서 선생님들에게 말하는 것보다 훨씬 더 무서워했다.

아밀은 호주머니에 손을 넣어 어제 아빠가 침실 탁자에 놓아둔 동전에서 슬쩍 집어온 동전 두 개를 꺼냈다. 아빠는 전혀 모르는 눈치였다. 동전을 건네면서 아밀은 최근에 아빠가 얼마나 언짢은 상태인지 떠올렸다. 아빠는 눈썹을 찌푸린 채 이마를 문지르며 병원이 너무 바쁘고 주먹구구식이라고 투덜거렸다. 아밀은 아빠가 하는 일이 잘되어서 계속 이곳에 살 수 있기를 바랐다. 아직 친구는 사귀지 못했지만 이곳의 삶에 차츰 익숙해지고 있었다.

"아빠가 새로운 직장에 만족하시는 거 같아?"

.

---

2 인도 여성들이 입는 전통 의상으로, 직사각형의 큰 천을 몸에 둘러 착용한다

파코라를 천천히 먹으면서 아밀이 니샤에게 물었다.

"모르겠어. 불만이 많으셔."

아밀이 말했다.

"아빠가 오기 전에 있던 의사는 다시 돌아오지 않을지도 모른 댔어. 난 안 돌아왔으면 좋겠어."

"어쨌든 일이 잘 풀리면 그 의사가 돌아오든 말든 아빠를 계속 고용할 거라고 그러지 않았어?"

"그런 것 같아. 하지만 아빠가 그만두겠다고 하면 어떡하지?"

자리를 비운 의사는 그달 말까지 돌아오기로 되어 있었다. 이 사실만 생각하면 아밀은 큰 폭풍이 몰려오기 전 멀리서 천둥이 우르릉거리는 것 같은 기분이 들었다.

니샤가 말했다.

"난 그 문제는 더 이상 생각하지 않으려고."

붐비는 거리를 건너는데, 반짝이는 까만 자전거를 탄 소년이 휙 지나갔다. 둘은 화들짝 놀라 비켜섰다. 소년이 거리를 달리며 내는 깔깔대는 소리가 들려왔다. 바람에 머리카락이 나부꼈고, 자전거는 거리의 몇몇 자동차보다 더 빠르게 달렸다. 소년이 도로 모퉁이를 돌아 사라질 때까지 아밀과 니샤는 그 모습을 지켜보았다.

"정말 무례해! 하마터면 치일 뻔했잖아."

니샤는 두파타[3] 아래로 삐죽 튀어나온 땋은 머리를 매만지며 말했다.

"그러게."

아밀이 대답했다. 아밀은 다른 이유로 가슴이 아팠다. 그 소년이 되고 싶었다. 소년은 아무런 걱정이 없는 것 같았다. 반짝이는 자전거를 타고 가고 싶은 곳은 어디든지 갈 수 있었고, 아무도 막지 못했다.

아밀과 니샤는 멀리 돌아가기는 하지만 항구를 거쳐 집에 가기로 했다. 부둣가에 앉아 바다를 바라보며 천천히 파코라를 먹었다. 이곳은 뭄바이에서 아밀이 가장 좋아하는 곳으로, 반짝이는 푸른 아라비아해가 도시를 감싸고 있었다. 아밀은 그런 바다는 처음 보았다. 짭짤한 바다 공기를 가슴 깊숙이 들이마시며 갈매기들이 급강하하고 잠수하는 광경을 지켜보았다. 지난주에 수백 명의 사람들을 태우고 파키스탄에서 떠나온 배와 떠나기 위해 부둣가에서 대기하고 있던 수백 명의 사람들이 생각났다.

아밀은 니샤를 돌아보았다.

"시간을 되돌리고 싶었던 적이 있어?"

"무슨 말이야?"

니샤는 입가에 묻은 부스러기를 닦으며 물었다.

---

3 긴 스카프로, 어깨에 걸치거나 머리와 어깨를 덮는다

"모르겠어, 되돌아간다는 거. 저 배들을 보고 있으면 너무 쉬운 일 같아."

"언젠가는 돌아갈지도 모르지. 언제인지는 몰라도 고향에 갈 수는 있겠지. 영원히 이러고만 있진 않을 거야. 다디는 우리가 돌아갈 거라고 생각하는 것 같아."

"아빠는 아니야. 절대로 돌아가지 않을 거라고 하셔. 다디는 아빠가 아직 젊어서 잘 모른다고 하시고. 하지만 아빠도 나이를 드실 만큼 드셨고, 알 만큼 아신다고 할 수 있지."

아밀은 대답하고는 '나만 빼고 모든 것을 아시지' 하고 속으로 덧붙였다.

아밀 역시 고향으로 돌아가게 되리라고는 생각지 않았다. 인도가 왜 두 나라로 갈라졌는지 아직도 잘 모르겠다. 그 때문에 모든 사람이, 특히 이슬람교도와 힌두교도들이 서로에게 등을 돌렸다. 엄마가 살아 있었다면 아밀 가족은 어떻게 되었을지 궁금했다. 아빠가 엄마처럼 이슬람교로 개종해서 고향에 남았을까? 아니면 엄마는 이슬람교도인 자신은 그곳에 남겨둔 채 이곳으로 함께 와서 카지처럼 밖에서는 힌두교도인 척했을까? 언젠가는 아밀도 알게 될지도 모르겠다.

둘은 다 먹고 나서 집이 있는 파스타 레인 1번가로 향했다. 아밀은 날아다니는 갈매기들과 자전거를 타고 휙 지나가던 소년이 자꾸만 생각났다. 길을 걸을 때마다 찰싹찰싹 소리를 내는 새 샌들을 바라보았다. 자전거 같은 것까지 바라서는 안 된다는 것쯤은 알고 있었다. 지금 당장은 새 샌들을 신고 있는 것만도 행운이었다. 니샤와 함께 다닐 학교도 있다. 방이 하나가 아니라 세 개나 되는 아파트도 있다. 지금은 안전하다. 지금은 살아 있다.

아밀과 니샤는 언제나처럼 경쟁하며 위층으로 뛰어 올라갔고, 언제나처럼 아밀이 이겼다.

"네 다리가 더 길어서 그런 것뿐이야."

니샤가 숨을 몰아쉬며 말했다.

"그렇다고 치자."

아밀은 씩 웃고는 문을 열었다.

화덕 앞에 서 있던 카지가 인사했다. 다디는 보이지 않는 것으로 보아 방에서 쉬고 있을 것이다. 집은 조드푸르에서 살던 것보다 넓었지만 더웠다. 큰 창문들을 통해 햇빛이 쏟아져 들어왔다. 이 작은 아파트는 겨우 3층짜리였다. 뭄바이에는 훨씬 더 높은 건물들이 있었는데, 그중 몇몇은 아밀이 이제껏 본 것 중에 가장 높았다. 높은 건물에는 사람들이 쉽게 오르내릴 수 있도록 엘리베이터가 있는 것 같았다.

아밀과 카지는 거실 양쪽 벽에 붙여놓은 침대 겸 소파에서 잤다. 아빠는 화장실 근처 부엌 뒤편에 있는 작은 방을 사용했다. 다디와 니샤는 거실에서 떨어진 좀 더 큰 방을 사용했는데, 간이침대에서 잤다. 그래도 지금은 가구가 많은 편이다. 조드푸르에서는 탁자 하나와 의자 네 개, 침낭이 전부였다.

조드푸르에서 살 때 카지는 아밀 가족에게 식사를 차려준 뒤 자신은 침낭 근처에서 식사했다. 어떻게 보면 미르푸르 카스에서 하던 것과 일은 똑같았지만 거기서는 카지 혼자 지내는 오두막이 따로 있었다. 아빠는 식탁에서 함께 식사하자고 했지만 카지가 거절했다. 그래도 카지는 아밀에게 늘 하인 이상의 존재였다.

이곳 뭄바이에 와서부터 카지는 식탁에서 함께 식사했다. 그냥 그렇게 되었다. 마치 카지는 아밀 가족을 찾기 위해 인도의 새로운 국경만 넘은 게 아니라 집안에서의 보이지 않는 또 다른 선을 넘은 것 같았다. 카지는 여전히 날마다 요리하고, 청소하고, 장을 보러 다녔는데, 아밀이 보기에 아빠는 여전히 급료를 주는 것 같지 않았다. 아밀은 카지가 모든 일을 도맡아 하기 때문에 아빠에게 당연히 급료를 받아야 한다고 생각했다. 하지만 그렇다면 언젠가 카지는 돈을 더 많이 주는 다른 집에 가서 일할 수도 있는 것일까?

그런 생각을 하니 속이 메슥거렸다. 아밀은 생각을 떨쳐버리며 책가방을 내려놓았다. 카지가 파파드⁴ 한 접시와 김이 모락모락 나는 차 두 잔을 주었다.

---

4 다양한 렌즈콩, 쌀 또는 감자 가루로 만든 크고 둥근 크래커 비슷한 간식

"고마워요, 아저씨."

아밀이 아저씨라는 단어에 힘주어 말했다. 예전에는 카지를 아저씨라고 부르지 않았다. 그것 또한 새로운 변화였다.

아밀과 니샤는 파파드를 먹고 밀크티를 마시고는 학교 숙제를 챙겨와 침대 겸 소파에 자리를 잡았다. 아밀은 작문을 해야 했다. 하지만 스케치북을 꺼내 그림을 훑어보았다.

방에서 다디의 코 고는 소리가 나직이 들려왔다. 카지는 부엌에서 쿵쾅거리며 돌아다녔다. 아밀은 그런 소음에 자꾸 신경이 쓰였다. 늘 그렇듯 니샤처럼 소리가 나도 집중하기가 쉽지 않았다.

"예전처럼 우리 방이 있었으면 좋겠어."

아밀은 반대편 침대 겸 소파에서 소지품을 정리하고 있는 니샤에게 말했다. 옛날이 유난히 그리워지는 날이 있다. 오늘이 바로 그런 날이었다. 아빠는 이제 둘이 같은 방을 쓰는 것은 적절치 않다고 했다. 다디가 카지와 함께 거실에서 자는 것도 마찬가지였고, 그 점은 아밀도 이해했다.

아밀이 니샤를 보며 소곤거렸다.

"카지도 코를 골아. 코끼리처럼."

니샤는 웃음이 나와서 손으로 입을 가렸다.

"다디는 코끼리 같진 않아."

니샤도 소곤소곤 말했다.

"그래. 다디가 내는 소리는 꼭 빗속의 고양이 같아."

"빗속의 고양이? 빗속의 고양이는 아무 소리도 내지 않아."

"아, 정말이라니까, 니샤. 야아아아옹, 야아아아옹, 야아아아옹!"

니샤는 얼마나 웃었던지 눈물까지 흘렸다. 아밀은 그런 니샤를 그리기 시작했다.

니샤가 그렇게 웃는 모습은 참 오랜만이었다. 요즘은 그렇게 웃을 일이 없었다. 아밀은 혼자인 적이 거의 없었지만 외로웠다.

엄마, 니샤가 웃고 있어요.

어떻게 보면 조드푸르에 있을 때보다 지금이 더 외로웠다.

그날 저녁 식사 때, 아밀은 자기 몫의 알루 고비[5]와 쌀밥을, 그리고 접시에 시금치 파라타[6]를 빤히 바라보았다. 아밀은 코를 찡그렸다. 아무것도 넣지 않거나 감자가 든 파라타를 가장 좋아했다. 이 파라타는 시금치가 들어있어 푸르딩딩하고 맛없어 보였다. 꼭 곰팡이 핀 빵처럼 보였다.

니샤는 아밀의 표정을 보고 파라타를 내려놓았다.

"까탈 부리지 마."

니샤가 나직이 한마디 했다. 니샤는 아밀이 편식하는 꼴을 봐 주지 않았다.

"어서 먹어라. 먹을 음식이 있다는 건 축복이야."

아빠가 파라타를 가리키며 말했다.

아밀은 숨을 깊이 들이쉬고는 접시 한쪽에 파라타 반쪽을 올려놓았다. 그러고는 밥과 알루 고비를 섞어 한 입 집어먹었다. 아빠는 아밀을 빤히 바라보고는 파라타를 찬찬히 보더니 파라타 귀퉁이에 커리를 적셔 떠먹었다.

"아빠, 여쭤볼 게 있어요."

아밀은 결국 말을 꺼내 아빠의 주의를 끌었다.

아빠는 먹다 말고 의자에 등을 기댔다. 아밀은 아빠가 병원

5 토마토소스에 콜리플라워와 감자를 넣어 만든 인도의 전통요리
6 납작한 빵으로, 주로 감자와 양파, 시금치로 속을 채운다

일로 피곤해서 식사 때는 아무 말도 하고 싶지 않다는 것을 알고 있었다. 하지만 그 답답한 침묵에서 어떻게든 벗어나고 싶었다.

"그래, 뭐가 궁금한데?"

아밀은 목을 가다듬고 말했다.

"우리는 누구의 축복을 받는 건지 궁금해요."

아빠는 몇 초간 기다렸고, 아밀은 자세를 바꾸어 앉았다.

아빠가 되물었다.

"우리는 누구의 축복을 받느냐고?"

아밀은 대화를 계속 이어나가기로 마음먹었다. 뭐든 침묵보다는 나았으니까.

"아, 네. 생각해 보니까 다디는 이렇게 기도하고 카지는 저렇게 기도하고 아빠는 기도를 하지 않잖아요. 적어도 아빠가 기도하는 건 못 봤어요. 그래서 말인데, 아빤 우리가 누구의 축복을 받고 있다고 생각하세요?"

다디는 잇새로 쑥쑥 빨아들이는 소리를 작게 내며 고개를 살살 저었다. 니샤는 눈썹을 치켜올리며 아밀을 바라보았다. 그만하라는 신호였다. 이런 질문을 하는 것을 니샤가 싫어하는 걸 아밀도 알고 있었다. 니샤가 생각하기에 너무 개인적인 것을 묻는 것이라 아빠를 화나게 하거나 훈계를 들을 만한 그런 질문이었다. 하지만 아밀은 꼭 알고 싶은 게 무척 많았고, 지금은 특히 더 그랬다.

몇 초 뒤 아빠가 입을 열었다.

"내가 이런 것들을 어떻게 생각하는지 너도 알잖니."

아밀은 생각이 나지 않았다.

"잊어버렸어요. 다시 말씀해 주시겠어요?"

니샤가 식탁 밑에서 아밀을 툭 찼다. 아밀은 모른 척하고 계속 아빠만 바라보았다.

아빠는 한숨을 쉬며 말했다.

"뭐가 우릴 지켜보든 우리는 축복받았단다. 반드시 누구에게 기도해야만 한다고 강요하거나 한 종교가 다른 종교보다 더 낫다고 생각하는 게 나쁜 거지. 바로 그것 때문에 우리가 곤경에 빠지는 거란다."

아밀이 말했다.

"미르푸르 카스에서는 다들 다양한 방법으로 기도해도 괜찮은 것 같았어요. 우리도 시크교 사원에 갔잖아요."

아빠가 말했다.

"그래. 많은 신드족 힌두교도들은 시크교도들과 함께 기도하지. 일부 힌두교도들은 수피교도[7]의 성전에도 간단다. 우리 신드 지방에서는 이슬람교도, 힌두교도, 시크교도, 기독교인, 파르

---

7 이슬람교의 신비주의자

시교도[8], 자이나교도[9]들이 자기 일을 하며 살아갔지. 카라치에는 유대인 회당도 있었고. 나도 완벽한 해답은 잘 모른단다, 아밀. 그저 정직한 사회인이 되렴. 가장 중요한 것은 기도가 아니라 그거란다."

다디가 컵을 탁 내려놓았다. 그러고는 자리에서 일어나 자기 방 쪽으로 걸어갔다.

아빠가 "엄마!" 하고 큰 소리로 불렀다. 다디는 아랑곳하지 않고 방으로 들어가 문을 닫았다.

아빠가 아밀을 힐끗 보았는데, 눈에서 분노가 번뜩였다.

"너 때문에 다디가 화나셨어. 이제 입 다물고 저녁이나 먹어라."

아밀은 침을 꿀꺽 삼켰다. 식사를 이어가려고 했지만 속이 좋지 않았다. 아밀은 다디가 화난 것은 자기 때문이 아니라 아빠 때문이라고 말하고 싶었다. 도와달라고 니샤와 카지를 바라보았다. 둘은 접시를 내려다보며 묵묵히 먹기만 했다. 아밀은 다디가 자신과 니샤가 좀 더 진지한 힌두교도가 되기를 바라는 줄 알고 있었다. 다디는 아빠가 그런 이야기하는 것을 싫어했다. 아밀이 기억하기로 다디는 하루도 빠짐없이 방 한구석에 있는 제단 앞에서 기도했다.

식사를 마치고 아빠가 부엌을 나서자 카지가 아밀에게 다가

8 이란에서 시작되어 박해를 피해 인도에 정착한 조로아스터교를 실천하는 민족종교 집단
9 불교와 비슷한 인도의 유서 깊은 종교 집단

왔다.

카지가 물었다.

"내 대답이 궁금하니?"

아밀은 얼굴이 환해져서 말했다,

"아, 그럼요!"

카지가 그 문제를 이야기하겠다고 나서다니 놀라웠다. 카지는 요즘 들어 속내를 잘 드러내지 않았다. 뭄바이에서는 바깥세상이 위험하고 자신이 환영받지 못한다고 느껴서 그런 게 아닐까 싶었다. 다른 사람들 앞에서는 카지를 힌두교 이름인 카비라고 불러야 했다. 종교가 없었다면 인도는 이렇게 분열되지 않았을 것이라는 아빠 말이 맞는지도 모른다. 그래도 사람들은 또 다른 싸울 거리를 찾아냈을 것 같았다.

카지가 말했다

"정답은 없다는 데 동의한단다. 하지만 이슬람 교리를 실천하다 보면 사람들에게서 좋은 점을 발견하게 돼. 난 그런 식으로 부모님의 기억을 존중한단다. 그건 내가 언제나 기댈 수 있는 가르침이고, 그래서 힌두교 의식이 다디에게 중요한 거야. 종교는 다르지만 이유는 같지."

아밀은 부모님이 있는 어린 소년 카지가 상상이 되지 않았다.

"아저씨, 저에게 기대셔도 돼요."

아밀의 말에 카지가 웃음을 터뜨렸다.

"내가 왜 목숨을 걸고 여기 네 곁으로 온 줄 아니? 우린 이제 가족이기 때문이야."

카지는 손을 뻗어 예전에 그랬듯이 아밀의 뺨을 쓰다듬었다. 아밀은 마음이 놓여 고개를 끄덕였다.

아빠가 방으로 돌아가고 카지는 저녁 설거지에 바쁜 사이, 아밀이 니샤 옆 소파에 앉았다.

니샤가 말했다.

"아빠에게 꼭 그런 걸 여쭈어봐야겠니?"

"모험할 가치는 있지 않아? 어떤 일에서든 항상 배우는 게 있잖아?"

"아빠가 화나거나 다디가 속상해할 때는 예외야."

아밀도 속상했다.

"누굴 속상하게 만들 생각은 없었어. 하지만 난 분수와 기하학, 정확한 문법만 배우고 싶지는 않다고. 니샤 너처럼 책만 산더미처럼 읽진 않을 거야."

니샤가 아밀에게 손가락을 흔들며 말했다.

"자자, 너까지 화내면 안 돼. 네가 읽고 싶은 걸 읽을 수 있게 도와줄게."

"미안해."

아밀은 이렇게 말하고는 한숨을 쉬었다. 너무 피곤했다. 미르 푸르 카스에 살 때는 어떻게 하면 재미있게 놀 수 있을까 궁리하는 것이 일상이었다. 크리켓을 할까, 친구들과 나가 놀까, 달콤한 과자를 먹을까, 이런 것들 말이다. 하지만 지금은 머릿속에서 복잡한 질문들이 소용돌이쳤다. 생각을 딴 곳으로 돌리게 할 만한 것이 많지 않았다. 아밀은 자신이 이해할 수 있도록 엄마가 도와줬으면 하고 바랐다. 어쨌든 엄마는 해답을 알 것 같았다.

아까 보았던 자전거가 또 생각났다. 자전거가 있으면 딴 곳으로 신경을 돌릴 수 있을 것 같았다. 다른 아이들이 아밀을 우러러보고, 태워달라고 부탁하고, 친구가 되고 싶어할 것이다. 아밀이 자전거보다 더 갖고 싶은 것이 있다면 그것은 바로 친구였기 때문이다. 그 순간 아밀은 결심했다. 아빠가 자전거를 사주지 않는다면 스스로 자전거를 살 방법을 찾고야 말겠노라고.

3장

그 주 토요일, 아밀 가족은 아빠의 사촌인 아쇼카 삼촌을 만나러 갔다. 아쇼카 삼촌은 아빠가 뭄바이에서 직장과 집 구하는 것을 도와주었는데, 아밀 가족이 집에 방문하는 것은 처음이었다.

아밀은 보도가 갈라져 생긴 틈을 뛰어넘을 때마다 '운이 좋다, 운이 좋다, 운이 좋다' 하고 나직이 되뇌었는데, 그런 갈라진 틈이 아주 많았다. 친구도 없고, 고향 집도 그립고, 국경을 넘는 여정의 끔찍한 기억 같은 불운한 일들을 자꾸만 떠올리는 대신, 아빠가 누누이 말했듯이 자신들이 얼마나 운이 좋은지만 생각할 필요가 있었다.

가는 길에 오래된 군대 막사에 있는 난민 수용소를 지나갔다. 아밀 일행은 천천히 걸었는데, 고관절이 좋지 않은 다디가 몇 분에 한 번씩은 멈춰야 했기 때문이다.

모퉁이를 도니 막사의 작은 창문들을 통해 사람들이 돌아다니는 것이 보였다. 물건을 나르고 음식을 준비하는 등 일하면서 서로 이야기하는 소리도 들렸다. 조금 더 걸어가 보니 수용소 가운데의 안뜰에 적어도 스무 명의 사람들이 펌프 장에서 물을 길으려고 줄 서 있었다. 아밀은 자기 아파트에서는 물이 펑펑 나오던 것이 생각났다.

그곳 사람들 중 많은 이들이 아밀 가족이 살던 파키스탄의 신드 지방 출신이라, 웅웅거리는 말소리 속에서 신드어가 언뜻언뜻 들려왔다. 잠시 눈을 감고 신드어를 들으니 아밀은 다시 미르푸르 카스로 돌아간 느낌이 들었다. 학교에서 듣는 것과는 다르게 느껴졌다. 학교에서는 영어를 배웠고 힌디어를 쓰는 아이들이 섞여 있었기 때문이다.

아밀의 가슴 속에 묵직한 슬픔이 가득 차올랐다. 난민 수용소에 있는 사람들은 여섯 달 전만 해도 파키스탄에서 평범하게 살고 있었다. 그런데 지금은 거의 죄수처럼 이런 좁은 공간에 갇혀 있는 것이다.

"뭐 하고 있는 거야?"

니샤가 팔을 쿡 찌르며 물었다.

당황한 아밀은 눈을 뜨고 고개를 저었다.

"아무것도 아니야."

아밀은 빠른 발걸음으로 아빠를 따라 가팔라진 보도를 올라갔다.

　다디가 샌들에 들어간 돌멩이를 빼느라 다들 걸음을 멈추었고, 그 사이 아밀은 또 다른 창문을 통해 수용소 안뜰을 구경했다. 다섯 살 남짓 되어 보이는 사내아이가 땅바닥에 쪼그리고 앉아 막대기로 쓱쓱 긁어대고 있었다. 몸집이 너무도 작아 보였다. 아이 주변에는 아무도 없었다. 부모님이 같이 있는 건지, 혼자 남겨진 것인지 궁금했다.

　마침내 아밀 또래로 보이는 소년이 와서 작은 아이 옆에 앉았다. 작은 아이는 고개를 들고 방긋 웃더니 큰 소년에게 막대기를 건네주었다. 그러자 큰 소년이 흙바닥에 그림을 그리기 시작했고, 어린 소년은 소리 내어 웃었다. 아이가 혼자가 아니라는 사실에 아밀은 기분이 좋아졌다. 자신이나 그 아이들이나 크게 다르지 않다는 것을 아밀은 알고 있었다. 몇 가지 사건이 다른 방향으로 진행되었다면 아밀도 난민 수용소에서 흙바닥에 뭔가를 그리고 있었을 것이다. 아니, 아예 뭄바이에 오지도 못했을 것이다. 운이 좋다는 건 바로 그런 것이다. 그런 행운을 갖지 못한 이들이 얼마나 많은지 안다면 자신이 운이 좋다는 사실도 마냥 즐겁지만은 않다.

　다디가 숨을 고를 수 있도록 한 번 더 멈추고 나서 드디어 아쇼카 삼촌이 사는 거리에 도착했다. 다디는 오래 걷기가 쉽지 않은데 왜 굳이 오려고 하는지 아밀은 의아했다. 다디는 카지와 함께 집에 남아 있을 수도 있었다. 다음 순간 아쇼카 삼촌이 다디의 조카이자 여동생 아들이라는 사실이 생각났다. 미누 이모할머니는 아밀이 다섯 살 때 돌아가셨다. 아쇼카 삼촌은 인도가 분할되기 한참 전부터 뭄바이로 이사했고, 아밀은 몇 년 전 딱 한번 만난 것이 고작이었다. 다디도 그 뒤로는 아쇼카 삼촌을 보지 못했을 것이다.

거리 끝에 높고 좁다란 노란색 콘크리트 건물이 서 있었다. 건물 앞에서 한 남자가 기다리고 있었다. 그는 아빠처럼 쿠르타¹가 아니라 흰 셔츠에 갈색 바지를 입고 허리띠를 하고 있었다. 그는 다디와 똑같이 활짝 웃으면서 미친 듯이 손을 흔들었다. 아쇼카 삼촌이었다. 삼촌은 아빠보다 살짝 키가 작고 통통했으며, 심한 대머리라 머리 옆쪽에만 검은 머리카락이 남아 있었다. 아쇼카 삼촌이 가까워지자 아빠는 악수를 하려고 다가갔다. 하지만 아쇼카 삼촌은 아빠를 와락 껴안고 등을 세게 두드려주었다. 아밀은 깜짝 놀랐다. 아빠에게 그렇게 인사하는 사람은 처음 보았다.

"어이, 수레시. 만나서 너무 반갑다."

아쇼카 삼촌이 신드어로 말했다.

아쇼카 삼촌이 안아주는 바람에 아빠는 살짝 비틀거렸다. 아

---

1 남아시아 지역에서 입는 헐렁한 셔츠

빠의 놀란 얼굴에 아밀은 웃음이 터져 나올까 봐 입술을 꽉 깨물었다. 아쇼카 삼촌이 포옹을 풀자 아빠는 뒤로 물러나 머리와 쿠르타를 매만졌다. 아쇼카 삼촌은 다디를 돌아보고는 몸을 구부려 다디의 발을 만졌다. 아밀은 아쇼카 삼촌이 아빠에게 하던 것처럼 다디를 확 안을까 봐 걱정되었다.

이어 아쇼카 삼촌이 아밀을 보고 환하게 웃어주었다. 아밀은 혹시 아쇼카 삼촌이 와락 끌어안을 것에 대비해 두 다리로 딱 버티고 섰다. 그러곤 아빠는 아밀이 아쇼카 삼촌의 발을 만져 인사하기를 바라는 건 아닐까 생각했다. 하지만 아쇼카 삼촌은 몸을 숙여 아밀을 번쩍 들어 안아주었다. 마지막으로 이렇게 안겨본 게 언제인지 아밀은 기억나지 않았다.

"이 녀석 좀 보게! 남자가 다 되었구나."

아쇼카 삼촌은 아밀의 어깨에 두 손을 얹은 채 눈을 똑바로 들여다보며 큰 소리로 말했다.

"훌륭한 신사인걸."

아쇼카 삼촌은 영어로 말하고는, 아빠에게 눈을 찡긋했다. 갑작스러운 포옹에 여전히 얼떨떨해하던 아빠는 간신히 살짝 미소로 대답했다. 니샤가 아빠 옆으로 바짝 다가갔다. 아쇼카 삼촌은 니샤가 숫기 없는 것을 눈치채고 두 손을 모으며 인사만 했다.

"나마스테."

니샤도 안도한 표정으로 따라 인사했다.

"이제 보니 엄마랑 꼭 닮았구나."

아쇼카 삼촌은 다시 신드어로 니샤에게 말했다. 니샤는 입술을 꼭 오므린 채 고개만 끄덕였다.

"몇 살이니?"

삼촌이 물었다. 니샤는 눈을 깜박이다가 아밀을 돌아보았다. 대답은 하고 싶은 눈빛이었지만 어깨를 움츠린 채 여전히 입은 꼭 다물고 있었다. 조드푸르에 처음 도착했을 때 니샤는 몇 주 동안 누구와도 말을 하지 않았다. 심지어 아밀에게도 말을 걸지 않았는데, 그래서 아밀은 마치 자기 뇌의 절반이 정지된 것처럼 느껴졌다. 그러다가 니샤는 학교에서 한 소녀를 만났고, 둘은 친구가 되었다. 비록 니샤는 친구에게 거의 말을 하지 않았지만 그래도 조금은 도움이 되었다. 하지만 니샤가 좀 편안해졌다 싶으니까 곧바로 가족은 뭄바이로 이사해야 했고, 니샤는 다시 말이 없어졌다. 그래도 집에서는 편하게 말을 했다.

아밀이 대신 나섰다.

"열두 살이에요. 저흰 쌍둥이고요."

"그럼, 그럼, 그렇겠지."

아쇼카 삼촌은 니샤를 보다가 아밀을 바라보고 다시 니샤를 보면서 말했다.

아밀이 보니까 삼촌은 둘이 쌍둥이인데 어쩌면 그렇게 안 닮았을까 의아한 표정이었다. 아밀도 가끔은 신기했다. 아밀은 벌써 니샤보다 키가 2센티미터도 더 컸고, 얼굴이 갸름했다. 니샤는 얼굴이 훨씬 더 둥그스름했다. 아빠를 더 닮은 것 같다. 엄마를 닮은 쪽은 아밀이었다. 적어도 아빠와 다디의 말로는 그랬다. 아빠가 책상 안에 보관해 놓은 엄마 사진을 본 적이 있는데, 아밀이 보기에는 자신과 별로 닮지 않았다. 다른 사람들이 보기에는 어떤 점이 닮았는지 궁금했다.

"그럼 들어가 볼까요?"

아쇼카 삼촌은 이렇게 말하고는 대답도 듣지 않고 건물 정문으로 향했다. 아밀 가족은 아쇼카 삼촌을 따라 작은 현관으로 들어가 좁은 복도를 지나갔다. 복도 맨 끝에는 철창이 둘러쳐진 커다란 금속 상자 같은 것이 있었다. 아쇼카 삼촌이 벽에 있는 버튼을 누르자 상자가 흔들렸다. 삼촌은 레버를 당겨 금속 문을 열었다. 그러자 상자로 들어가는 문이 열렸다.

"엘리베이터로군요!"

마침내 그것이 무엇인지 알아채자 아밀이 말했다.

"맞아. 처음 타보는 거니?"

아쇼카 삼촌이 물었다.

"네."

아밀이 대답하며 앞으로 나아갔다.

엘리베이터에는 한 번에 세 명밖에 타지 못해서 아쇼카 삼촌이 아밀과 니샤를 데리고 먼저 탔다. 삼촌이 사는 5층까지 엘리베이터가 올라갔다. 꼭 마법 같았다. 아밀과 니샤가 엘리베이터에서 내리자, 아쇼카 삼촌은 아빠와 다디를 데리러 내려갔다.

아밀이 니샤에게 말했다.

"재밌었어. 아쇼카 삼촌은 아빠나 다디와 전혀 달라. 난 맘에 들어."

"외향적인 성격인 것 같아. 그래서 난 왠지 긴장돼."

"넌 누구한테나 긴장하잖아."

아밀은 그 말을 뱉자마자 후회했다.

니샤는 얼굴이 굳어지면서 팔짱을 꼈다. 아밀은 자신이 책 읽기가 힘들어도 어쩔 수 없는 것처럼 니샤 역시 숫기가 없는 것은 어쩔 수 없음을 잘 알고 있었다. 둘 다 늘 그래왔었다.

아빠와 다디가 엘리베이터를 타고 올라오자, 아쇼카 삼촌은 작은 거실로 데리고 들어갔다. 삼촌은 결혼도 하지 않았고 자식도 없었다. 아밀은 아쇼카 삼촌처럼 나이가 많은데도 결혼하지 않은 남자는 처음 보았다. 삼촌은 뭄바이에 극장을 가지고 있었고, 그래서 니샤는 삼촌이 아마 유명한 배우들도 많이 알 거라고 했다. 벽에는 영화 포스터 액자들이 걸려 있고, 커다란 소파에는 온갖 색깔의 스팽글 장식 베개들이 널려 있었다. 소파 한쪽에는 금색 스탠드가 놓여 있고, 거실 한가운데에는 나직한 나무 탁자가 있고 비단 방석 몇 개가 바닥에 놓여 있었다.

보라색 사리를 입은 여자가 나와서 찻잔과 작은 접시들이 놓인 쟁반을 내려놓았다. 아쇼카 삼촌은 고개만 까딱할 뿐 굳이 누구인지 소개하지는 않았다. 여자는 허리를 살짝 숙이고 삼촌에게 고개를 끄덕이고는 부엌으로 사라졌다. 아쇼카 삼촌이 찻잔과 접시를 나눠주었다. 그러고 나자 몇 분 뒤 그 여자가 쟁반을 들고 돌아왔는데, 거기에는 파코라, 케밥이 담겨 있고 한가운데에 초록색 처트니[2] 접시가 놓여 있었다. 여자는 김이 모락모락 나는 밀크티를 모두의 찻잔에 따라주고는 부엌으로 돌아갔다.

"자, 드세요."

아쇼카 삼촌이 말하고는 편안히 앉아 다른 이들이 먹기를 기다렸다.

미르푸르 카스를 떠난 이후로 아밀은 케밥을 처음 보았다. 카지가 이제는 더 이상 만들어주지 않았다. 아밀은 접시에 먹을 것을 담기 시작했다. 아빠의 시선이 느껴지자 아밀은 멈추고 이미 담은 것들만 가지고 물러나 앉았다. 케밥을 한 입 베어 물자 양고기와 양파, 고수의 풍부한 맛이 느껴졌다. 큰 접시에 있는 케밥까지 다 먹어치울 수 있을 것 같았다.

식사를 마친 후 아쇼카 삼촌은 아밀과 니샤에게 작은 베란다에 나가서 구경해도 된다고 했다. 아밀은 베란다로 나가는 길에 아쇼카 삼촌이 아빠에게 요즘 뉴스를 듣고 있느냐고 묻는 것을

2 과일, 설탕, 향신료와 식초로 만드는 걸쭉한 소스

들었다.

아빠가 대답했다.

"그럼. 카슈미르는 상황이 계속 악화하고 있다더군. 게다가 델리, 카라치 등 모든 곳에서 폭행 사건이 벌어지고 있다는 소식도 계속 들리고. 싸울 상대가 하나도 남지 않을 때까지 계속 죽고 죽이고 할 작정일까?"

"그러면 간디는 폭력을 멈추기 위해 또 다시 단식을 할지도 모르는데, 그러다 간디까지 죽게 될 거야."

아쇼카 삼촌이 덧붙였다.

"내가 걱정하는 게 바로 그거야."

아빠가 고개를 절레절레 저으며 말했다.

아밀은 더는 듣고 싶지 않아서 니샤를 따라 베란다로 나갔다. 주위를 둘러보았다. 콘크리트 단 위에 몇 가지 식물이 자라고 있었는데, 작은 개인 정원인 셈이었다. 니샤와 아밀은 작은 철제 의자에 앉아 거리를 내다보았다. 조드푸르에서는 몹시 더운 밤이면 가끔 건물 옥상에 올라가 별빛 아래서 잠을 자기도 했다. 미르푸르 카스의 집에는 현관에 넓은 베란다가 있었다. 아쇼카 삼촌네 베란다는 두 사람이 간신히 들어갈 공간밖에 없었지만 그래도 바깥의 거리를 내다볼 수 있어서 좋았다.

아밀이 물었다.

"아쇼카 삼촌과 아빠가 하시는 이야기 들었어?"

"응."

니샤가 거리를 지나다니는 사람들을 내려다보며 대답했다.

"간디가 다시 단식에 들어갈 것 같아?"

아밀이 다시 물었다.

간디는 사람들이 폭력을 멈추게 하려고 단식을 한 적이 있었다. 많은 날이 지난 뒤에야 단식 덕분에 폭력이 중단되었지만, 간디는 하마터면 죽을 뻔했다. 아밀은 간디로 산다는 건 어떤 기분일까 궁금했다. 도움이 될지 어떨지 모르는 채로 수백만 명의 낯선 사람들을 위해 기꺼이 목숨을 희생하는 사람이 되는 것 말이다. 아밀은 가족을 위해서라면 그렇게 하겠지만 모르는 사람들을 위해서는 그럴 자신이 없었다.

니샤가 말했다.

"단식에 들어갈지도 모르지. 싸움을 멈추기 위해 간디가 뭐라도 해줬으면 좋겠어."

둘은 조금 더 앉아 있었다.

"너무 덥다. 집 안으로 들어가자."

아밀의 말에 니샤는 고개를 끄덕였다.

집 안으로 들어가 보니 아빠와 아쇼카 삼촌은 서로 가까이 앉은 채 진지한 대화를 나누고 있었다. 다디는 조금 떨어진 곳에 앉아서 귀 기울여 듣는 것처럼 보였다. 아밀은 한 손을 니샤의 팔에 대고 손가락을 입술에 갖다 대었다. 니샤는 금방 알아차렸다. 몰래 엿볼 기회였다. 아밀은 왜 어른들이 자신과 니샤 앞에서는 딴 이야기만 하는지 궁금했다. 고향을 떠나 사막에서 죽을 뻔한 일까지 겪은 마당에 들어선 안 될 일이 뭐가 있다는 말인가? 그런 경험보다 더 두려울 만한 일이 대체 무엇이란 말인가?

부엌 쪽으로 가보니 아쇼카 삼촌의 요리사가 설거지를 하고 있었다. 요리사는 호기심 어린 눈으로 아이들을 힐끗 보았다. 니샤가 눈을 깜박이며 뒷걸음질을 쳤다. 아밀은 어깨만 으쓱하고는 웃으면서 다시 한번 손가락을 입술로 가져갔다. 요리사는 고개를 끄덕이고 미소 지으며 다시 설거지에 열중했다.

"그들은 나를 계속 고용하겠다는 약속은 하지 않을 거야. 나도 더 좋은 의사를 찾아볼 테면 찾아보라고 큰소리치긴 했지만."

아빠는 이렇게 말하고 콧방귀를 뀌었다. 아빠는 정말 진심으로 자신을 높이 평가했다.

"만일에 대비해 다른 병원들에도 취업 문의를 보내놨어. 모든 것이 너무 불확실해. 또다시 딴 곳으로 떠날 순 없어."

"다른 방법이 모두 실패하면 영화계에 일자리를 구해줄게. 난 인맥이 많아. 넌 잘생겼잖아. 차세대 딜립 쿠마르[3]가 될 수도 있어."

그러고는 삼촌은 몸을 기울여 아빠의 어깨를 툭툭 두드렸다.

---

3 인도의 전설적인 영화배우

"지금은 농담할 때가 아니네, 아쇼카."

아빠가 눈을 굴리고 난감한 미소를 지으며 손을 내저었다.

니샤는 아밀을 바라보았고, 둘은 낄낄 소리 내어 웃고 말았다. 참을 수가 없었다. 아밀은 아쇼카 삼촌이 거리낌 없이 아빠를 놀리고, 심지어 아빠가 스스로 자기를 비웃게 만드는 것이 참 좋았다. 덕분에 아밀에게는 아빠가 뭐랄까, 아빠라기보다는 좀 더 평범한 사람처럼 보이기도 했다.

둘의 웃음소리에 아쇼카 삼촌과 아빠가 휙 돌아보았다. 니샤와 아밀은 얼른 입을 틀어막았다.

"요 꼬맹이들 좀 보게."

아쇼카 삼촌은 눈가에 주름이 잡히도록 즐거워하며 말했다. 그러고는 소파를 톡톡 쳤다.

"이리 오렴. 후식 먹자."

아쇼카 삼촌은 피스타치오 조각과 식용 은가루가 뿌려진 통통한 라두⁴가 담긴 쟁반을 가리켰다.

아밀은 군침이 돌았다.

"잘 먹겠습니다, 삼촌."

아밀은 인사했다. 비록 아쇼카 삼촌은 실제로는 육촌이지만 삼촌이나 마찬가지라고 생각했다.

---

4 밀가루나 병아리콩을 주재료로 만든, 작고 둥근 모양의 달콤한 과자

다들 냅킨으로 라두를 집어 그 진한 버터 맛이 나는 간식을 한 입 베어 물었다. 아밀은 먹으면서 아빠와 아쇼카 삼촌을 보았다. 두 사람도 아밀 못지않게 맛있게 먹고 있는 것 같았다.

아쇼카 삼촌이 아밀 쪽으로 쟁반을 밀었다.

"하나 더 먹으렴. 살이 좀 붙어야지."

그 말에 아밀은 하나 더 먹었다. 그러고 나자 아쇼카 삼촌이 갑자기 무릎을 탁 쳤다.

"다음 주말에 너희 둘이 우리 극장에 올래? 무료 동시 상영이야."

아빠가 눈썹을 치켜떴다.

"난 병원에서 근무해야 해."

아쇼카 삼촌이 말했다.

"주말 내내? 아이들끼리 올 수도 있잖아. 내가 극장에 나가 있을게."

다디가 오랜만에 입을 열었다.

"아니, 아니. 내가 데려가마."

다디는 큰 희생이라도 결심한 듯이 말했다.

아밀은 니샤와 눈길을 주고받았다. 다디가 영화를 좋아했던가?

아쇼카 삼촌이 말했다.

"아, 멋진 계획이네요."

아빠가 말했다.

"엄마, 난 잘 모르겠어요."

"아이들이 외출할 기회를 빼앗아선 안 돼."

다디는 무릎 위에서 손깍지를 꽉 끼며 단호히 말했다.

아밀과 니샤는 입안 가득 라두를 문 채 신나게 고개를 끄덕였다. '운이 좋아, 운이 좋아, 운이 좋아' 하고 아밀은 생각했다.

아빠가 말했다.

"생각해 볼게요."

집으로 돌아가는 길에 아밀은 한껏 들떴다. 아쇼카 삼촌에게 있는 뭔가가 아밀 자신에게도 있음을 알아차렸다. 어쩌면 그것은 어떤 일이 있더라도 작은 즐거움을 누리고 싶은 욕망인지도 모르겠다. 아밀은 왜 더 많은 사람들이 그렇지 못한지 이해가 가지 않았다. 그런 즐거움도 없다면 인생은 너무 지겹기 짝이 없을 것이다.

"아빠, 영화관에 가게 해주세요."

아밀은 아쇼카 삼촌의 요청에 힘을 보태기 위해 말했다.

"생각해 보겠다고 했잖아."

아빠는 이렇게 대답하고는 늘 그렇듯 앞장서 갔고, 나머지 식구들은 뒤따랐다.

집으로 돌아오자 아밀은 멋진 금색 스탠드 옆 소파에 앉아 있는 아쇼카 삼촌의 모습을 그림으로 그렸다. 마치 아쇼카 삼촌의

오늘 아쇼카 삼촌 댁에 갔어요.
엄마는 그분을 기억하세요?

아파트에 서 있는 것처럼 아밀의 머릿속에 선명한 이미지가 떠올랐다. 어떤 기억들은 그렇게 사진처럼 정확했다. 그림을 그릴수록 더 많은 음영과 세부 사항들이 덧붙여졌다. 어떤 기억들은, 조드푸르로 향하는 기차에서 서로를 죽이던 남자들의 모습 같은 최악의 기억들은 이상하리만치 흐릿해져 있다가 마치 칼처럼 날카롭게 꿈속을 파고 들어와 아밀을 놀래키곤 했다.

4장

아쇼카 삼촌 집에 다녀오고 며칠 뒤 아빠는 아밀과 니샤에게 당분간 위험할 수 있으니 부둣가 근처에는 가지 말라고 했다. 카라치에서 발생한 폭동 때문에 더 많은 힌두교도와 시크교도가 신드에서 떠나오고, 이슬람교도들이 뭄바이를 떠날 거라고 했다. 아빠의 설명으로는, 아밀 가족이 그곳을 떠날 때 남았던 사람들도 최근의 폭동 때문에 많은 이들이 고향을 떠나게 될 거라고 했다. 아밀은 가슴이 쿵 내려앉는 느낌이 들었는데, 이제 그 느낌은 너무나 익숙한 것이 되어버렸다. 모든 것이 정상적으로 느껴지는가 싶으면 꼭 어떤 급격한 변화가 일어나 '정상'이라는 것은 더는 존재하지 않는다는 것을 일깨워주었다.

하지만 아밀과 니샤는 늘 그렇듯이 날마다 학교에 다녔다. 학교는 걸어서 20분 거리에 있었는데, 좁다란 2층 건물이었고 뒤

쪽으로 콘크리트 안마당이 있었다. 아밀은 집 밖으로 나가는 것은 좋았지만 몇 시간씩 앉아 수업을 듣는 것만 아니라면 학교생활을 훨씬 더 잘했을지도 모르겠다. 온종일 작은 학교 책상 아래 긴 다리를 욱여넣은 채 끝날 줄 모르는 선생님들의 강의를 듣고 있노라면 갇혀 있는 느낌이 들었다. 근질근질한 전기가 흐르는 듯 다리가 자꾸만 들썩거렸다. 그러다가 머리가 아프기 시작하면 더는 집중이 되지 않았다. 밖으로 나가고 싶다는 생각밖에 들지 않았다.

엄마, 나는 수업 시간에 이런 모습으로 있어요.

바로 이런 심정이에요.

수요일, 학교를 마치고 돌아와서 다디는 낮잠을 자고 카지는 저녁 식사를 준비하는 동안 아밀과 니샤는 숙제를 했다. 하지만 늘 그렇듯 아밀은 결국 그림을 그리고 말았다.

숙제나 그림 그리기 말고 둘이서 가끔 하는 일은 아파트 앞 계단에 나가 앉아 같은 아파트에 사는 꼬마 슈레야와 라비가 노는 모습을 구경하는 것뿐이었다. 아밀은 또래 친구가 있었으면 했지만 아무도 없는 것보다는 이 꼬마들이라도 있는 게 나았다.

하지만 아밀의 마음에 쏙 드는 친구는 아무나 될 수 없었다. 유머 감각이 있는 그런 사람이어야 했다. 누가 더 강하고 누가 더 똑똑한지를 두고 경쟁에 열을 올리지 않는 사람이어야 했다.

아밀은 함께 모험할 수 있는 친구를 원했다. 친구와 자전거, 그것이 아밀의 꿈이었다. 지금까지 겪어온 일을 생각해 보면, 그것이 과연 지나친 욕심일까?

아밀과 니샤는 몇 달 전 하파라는 새 친구를 만났다. 파키스탄에서 라시드 외삼촌 집에 잠시 머물렀는데, 하파는 옆집에 살았다. 새로 생긴 인도 국경으로 가는 길이 너무 위험해져서 아밀 가족은 잠시 라시드 외삼촌의 집에 숨어 지냈다. 아밀 가족이 그 집에 있다는 사실은 누구에게도 들켜서는 안 되었지만, 아이들은 몰래 창밖에 있는 하파와 이야기를 나누기 시작했다.

라시드 외삼촌은 이슬람교도였다. 하파도 이슬람교도였지만 아밀과 니샤의 아빠는 힌두교도였다. 여기 뭄바이에서는 힌두교도인 편이 더 안전했기 때문에 이제 아밀과 니샤는 무조건 힌두교도라고 말해야 했다. 하지만 엄마가 이슬람교도인데, 완전한 힌두교도일 수 있을까? 엄마가 살아 있다면 어떻게 되었을까? 아무리 많은 질문을 던져 보아도 아밀은 여전히 혼란스러웠다.

아빠는 아밀과 니샤가 하파와 친구가 되었다는 사실을 알고 몹시 화를 냈다. 외삼촌 집에 숨어 있다는 사실을 들킬지도 모르기 때문에 한시라도 빨리 떠나야 했다. 이제 라시드 외삼촌을 두 번 다시 만날 수 있을까 싶다.

아밀은 고개를 들고 한숨을 쉬고는 공책 표지를 연필로 두어 번 톡톡 두드렸다. 그러고는 벌떡 일어났다. 그때 일을 더는 생각하고 싶지 않았다.

아밀이 말했다.

"니샤, 심심해. 밖에 나가자."

"그래."

니샤는 동의하며 연필을 내려놓았다. 니샤는 일어서서 기지개를 켜고는 아밀을 따라 문가로 나갔다.

카지에게 집 앞에 나갔다 오겠다고 말하고는 1층까지 계단을 뛰어 내려갔다. 슈레야와 라비는 이미 나와 있었다. 둘은 수집한 돌멩이들을 분류하고 있었다.

돌멩이들을 보니 아밀은 미르푸르 카스에서 방과 후에 친구들과 사톨리야 놀이를 하던 일이 떠올랐다. 고무공을 던져서 돌 일곱 개로 쌓은 탑을 무너뜨리는 놀이였다. 지금도 그 놀이를 할 수 있다면 얼마나 좋을까. 돌무더기에 공을 힘껏 던지면 참 재미있을 텐데.

슈레야와 라비는 최고의 돌멩이를 고르고 있었다. 들고 다니던 작은 양동이에서 돌멩이들을 꺼내어 길 위에 스무 개 정도 죽 늘어놓는 모습을 아밀과 니샤는 지켜보았다. 라비는 다섯 살이고 슈레야는 일곱 살이라서 라비는 슈레야가 시키는 대로 잘 따랐다. 아이들은 아밀과 니샤보다 먼저 이곳에 이사 왔기 때문에 이 아파트의 비밀들을 알려주었다. 예를 들어 복슬복슬한 주황색 고양이가 매일 오후 싱 부인이 남은 음식을 놓아두었는지 확인하러 온다든가, 말카니 씨가 토요일 오전이면 플루트를 연주한다든가 하는 것들 말이다. 그리고 가장 더운 저녁이면 2B동에 사는 기드와니 씨 부부가 주위에 다 들리도록 바로 창가에서 큰 소리로 싸운다는 이야기도 알려주었다. 슈레야의 말로는 기드와니 씨가 부인이 만든 밥이 너무 질고 파라타는 너무 기름기가 많다고 불평한다고 했다. 그러면 기드와니 부인은 남편에게 입 냄새가 너무 심하다느니 하며 온갖 막말을 퍼붓곤 했다. 한바탕 부인이 퍼붓고 나면 부부는 조용해지는 것으로 보아 늘 부인이 이기는 것 같았다.

"어떤 돌멩이가 가장 좋아?"

슈레야가 돌멩이들을 가리키며 물었다.

슈레야는 적어도 일주일에 한 번은 꼭 이렇게 했다. 수집품에서 오래된 돌멩이들은 빼고 새로운 돌멩이를 몇 개 추가하곤 했다. 니샤와 아밀은 돌들을 자세히 살펴보았다. 어떤 돌은 잿빛과 흰색이었다. 어떤 돌은 그냥 흙 색깔이었다. 매끈하고 까만 돌도 있었다. 어떤 것은 작고 어떤 것은 거의 크리켓 공만 했다. 이윽고 슈레야가 마지막 돌멩이 하나를 꺼냈는데, 새로운 돌이었다. 분홍빛을 띤 납작한 돌멩이로, 금빛 반점들이 햇빛을 받아 반짝거렸다. 아밀은 가슴이 두근두근 뛰기 시작했다. 혹시 그 반점은 진짜 금 아닐까? 너무 터무니없는 생각일까?

"그게 마음에 들어."

아밀은 이렇게 말하며 손을 뻗었다.

"안 돼."

슈레야가 톡 쏘아붙이며 아밀의 손을 밀어냈다.

"만지지 마. 내 거야."

아밀은 주춤 뒤로 물러섰다.

"그 돌멩이에 금이 들어있을지도 몰라."

아밀의 말에 아이들이 고개를 들었다.

"집에 가져가서 우리 아빠께 보여드려 볼게. 아빠는 아실 거야. 이걸 팔아서 돈을 나누어 가질 수 있을지도 몰라."

아밀은 그것이 진짜 금이라면 돈을 얼마나 받을 수 있을까 생각했다. 자전거 살 만큼 받을 수 있을까? 심장이 더욱 거칠게 두근거리기 시작했다.

슈레야는 싫다고 고개를 저었다. 니샤는 아밀을 흘낏 쳐다보고는 눈을 가늘게 뜨고 돌멩이를 살펴보았다.

니샤가 부드러운 어조로 물었다.

"잠깐만 봐도 될까, 슈레야? 바로 돌려주겠다고 약속할게."

니샤가 슈레야에게 말을 걸자 아밀은 깜짝 놀랐다. 어쩌면 슈레야가 아직 어리기 때문인지도 모르겠다. 물론 슈레야는 자신이 온 세상의 여왕인 것처럼 굴지만 말이다. 자신이 얼마나 작은지 알지도 못하고 관심도 없는 것 같았다.

다행히 슈레야는 천천히 고개를 끄덕였고, 니샤는 돌멩이를 받아들었다. 슈레야는 바짝 붙어서 니샤 쪽으로 몸을 기울였다. 꼬마 라비는 슈레야의 팔에 두 손을 올린 채 어깨너머로 빤히 바라보았다. 아밀은 니샤의 손에 쥐어진 돌의 금빛 반점을 하나나 뜯어보았다. 이미 마음은 근처 상점들에 가 있었고, 자전거 파는 곳이 어디였는지 생각하고 있었다.

"그냥 운모네."

니샤가 고개를 저으며 말했다.

아밀은 입꼬리가 축 처지고, 모든 환상이 땅바닥에 떨어져 박살 나고 말았다.

"어떻게 알아? 운모는 가치가 없어?"

"응. 꽤 흔한 광물이거든."

"어떻게 알아? 네가 모든 걸 아는 것도 아니잖아."

아밀은 버럭 소리치고는 니샤의 손에서 돌을 빼앗았다.

니샤는 깜짝 놀랐다.

"아밀! 너답지 않게 왜 이러니?"

아밀이 자세히 살펴보기도 전에 슈레야가 순식간에 돌멩이를 확 채갔다.

"이건 내 거야. 그렇게 훔쳐갈 거면 이제 보여주지 않을 테야."

슈레야는 돌멩이들을 재빨리 양동이에 도로 담았다.

"가자, 라비."

슈레야의 말에 라비는 번개처럼 빠르게 슈레야를 따라 아파

엄마, 적어도 꿈 하나는
이루어지게 해 주실래요?

트 안으로 사라졌다.

햇볕이 내리쬐는 뜨거운 콘크리트 위에 아밀과 니샤는 우두
커니 서 있었다.

니샤가 말했다.

"왜 그랬어? 이제 저 애들이 안 놀겠다고 하면 어떡해?"

아밀은 땅바닥에 있던 조약돌을 걸어차며 대꾸했다.

"알 게 뭐야? 그 애들은 진짜 친구도 아니고 그냥 바보 같은
꼬맹이들일 뿐이라고. 앞으로 난 진짜 친구를 영영 사귀지 못할
지도 몰라."

니샤의 얼굴이 일그러졌다. 아밀은 더 속상해질 게 뻔해 아예

니샤를 보지도 않았다. 화를 풀고 싶지 않았다. 자기만의 생활을 하지 못하고 만날 니샤와 붙어 있는 것이 지겨웠다. 가끔 니샤를 보면 자신은 어리석고 성숙하지 못한 존재로 느껴졌다. 어쨌거나 아밀은 왜 평범한 돌멩이에 금이 들어있을 것이라 생각했을까? 아밀은 몸을 돌려 아파트 안으로 달려가 계단을 올라갔다. 카지에게 인사도 하지 않은 채 집 안으로 뛰어들어갔다. 스케치북을 집어 들고는 마음대로 들어가면 안 되는 아빠 방에 들어가 문을 닫았다. 아무도 아밀을 막지 않았다.

아밀은 마음을 진정하려고 애쓰며 스케치북 위로 연필을 들었다. 눈물이 뺨을 타고 흘려내려 빗방울처럼 종이 위로 툭툭 떨어지는데도 아랑곳하지 않고 그림을 그리기 시작했다.

5장

다음날 학교에서 아밀은 슈레야와 라비와 있었던 일을 잊어 버리려 애썼다. 이제는 맘만 먹으면 나쁜 일들을 잊어버리는 것 쯤은 잘하게 되었다. 쉬는 시간에 아밀이 안뜰 벤치에 앉아 점심을 꺼내는데 한 소년이 다가와 옆에 앉았다. 많은 아이들은 방과 후에 집에 가서 점심을 먹었지만, 아밀은 수업 시간에 배가 고파서 점심을 일찍 먹고는 했다.

아밀은 소년을 곁눈으로 슬쩍 보았다. 아무래도 처음 보는 아이 같았다. 친구가 생겼으면 하는 바람을 혹시 엄마가 들은 것일까? 그날 아침 카지가 만들어준 도시락을 열자, 소년이 몸을 돌려 아밀을 빤히 바라보았다. 카지는 아밀이 좋아하는 것들을 모두 넣어 도시락을 싸주었다. 라즈마 마살라[1], 로티[2], 라이타[3], 망고 피클이 있었다. 아밀은 늘 망고 피클 한 조각을 먼저 먹었다. 혀에 느껴지는 톡 쏘는 화끈함이 좋았다. 소년은 계속 빤히 쳐다보고 있었다.

아밀이 물었다.

"왜 그래?"

"아무것도 아니야."

소년은 이렇게 대답했다. 그러고는 로티를 꺼내서 천천히 씹었다. 아밀은 그것밖에 없냐고 물었다. 소년은 보통 집에 가서 식사한다고 대답했다.

아밀은 도시락을 소년 쪽으로 밀었다.

"좀 먹을래? 양이 넉넉해서."

소년은 괜찮다고 고개를 젓고는 말했다.

"어제 네가 그림 그리는 거 봤어."

"그래?"

아밀은 점심을 먹고 나서 가끔 스케치북을 꺼내곤 했다. 다른 아이들처럼 안뜰에서 놀이를 하지 않았다. 아이들은 하나같이 너무 이기려고만 달려들어서 아밀은 겁이 났다.

1 붉은 강낭콩 커리
2 팬이나 오븐에서 구운 납작한 빵
3 요거트 샐러드로, 요거트와 야채, 허브, 향신료로 만든다

"나도 그림 그려."

소년이 말했다. 그러고는 호주머니에서 작은 책을 꺼냈다. 책장을 넘기자 그 안에 그려진 그림이 움직였다. 그것은 꽃 한 송이가 피고 지는 장면이었다. 꽃은 활짝 피더니, 축 시들어 죽어 갔다. 짧은 영화 같았다.

아밀이 감탄했다.

"와! 어떻게 하는지 가르쳐 줄 수 있어?"

소년이 말했다.

"응. 대신 네 점심을 절반만 줘."

아밀이 대꾸했다.

"집에 가서 점심 먹는다고 했잖아."

소년은 어깨를 으쓱하며 말했다.

"글쎄. 지금은 억지로라도 좀 먹어야겠어. 그래야 내가 고생해서 책 만드는 법을 가르쳐 주어도 네가 미안하지 않지."

아밀이 보기에 그걸 가르쳐 주는 것은 그렇게 힘들 것 같지는 않았다. 소년은 라즈마 마살라, 라이타, 로티의 절반을 먹었다. 도시락 뚜껑에 담아준 것을 순식간에 먹어치웠다. 다 먹고 나자 소년은 손등으로 입을 닦고는 아밀에게 첫 단계를 가르쳐 주었다.

"이렇게 구멍들을 뚫고 종이를 묶는 거야. 그림을 그리기 전에 책장이 잘 넘어가는지 확인해 둬야 해."

아밀이 말했다.

엄마, 이 친구는 엄마가 보내주신 건가요?

"알았어."

소년이 말했다.

"음, 오늘은 여기까지야. 다음 단계를 배우고 싶으면 내일 먹을 것을 더 가져와."

그런 다음 소년은 일어나서 가버렸다.

아밀이 뒤에서 큰 소리로 말했다.

"잠깐만! 이름이 뭐야?"

하지만 소년은 학교 안으로 사라져버렸다. 아밀은 그날 두 번 다시 소년을 보지 못했고, 그래서 모든 게 상상이었나 싶었다.

그날 오후 집으로 돌아온 아밀은 침대 겸 소파에 앉아 그 소년을 그려보았다. 많은 시간을 들여 눈과 코에 음영을 더하고 머리카락을 한 올 한 올 그렸다. 요즘은 예전보다 빛과 그림자와 세세한 부분들이 더욱 선명하게 눈에 들어오기 때문에 그림 하나하나에 더 오랜 시간을 쏟아붓고 있었다.

아밀은 고개를 들어 니샤를 보았다. 어제 돌멩이 때문에 싸운 뒤로 둘은 서로 말을 하지 않았다. 아밀은 몸을 앞으로 숙여 니샤의 공책을 흘낏 보았다. 숫자들과 문자들이 줄줄이 써진 것을 보니 수학 공식 같았다. 아밀은 니샤가 한껏 집중해서 사각사각 연필로 써나가는 모습을 지켜보았다. 아밀이 그렇게 몰입할 때는 그림 그릴 때뿐이었다. 니샤는 어떻게 그럴 수 있을까? 마음만 먹으면 무엇에든 집중하는 것 말이다. 아밀은 뭔가 재미없다

싶으면 집중하기가 몹시 힘들었다. 어쩌면 니샤는 모든 것에 다 흥미가 있는 게 아닐까?

아밀은 니샤에게 그림을 보여주며 말했다.

"있잖아, 오늘 새로 만난 애가 있어. 이것 좀 봐."

니샤가 고개를 들었다. 아밀은 미소를 지었다. 니샤는 같이 웃어주지 않고 하던 일을 계속했다.

아밀은 니샤가 자신의 사과를 기다린다는 걸 알고 있었지만 아직은 사과하고 싶지 않았다. 그냥 오늘 만난 소년의 이야기를, 그 아이가 플립 북을 보여주고 아밀의 도시락을 먹고는 금방 사라져버린 것만 이야기해 주었다.

니샤는 고개도 들지 않고 말했다.

"예의가 없는 아이 같아."

"나한테 정말 잘된 일 같지 않아?"

아밀은 물어볼 자격이 없는 줄 알면서도 조그맣게 물었다.

니샤는 고개를 외로 꼬았다.

"별로 좋은 애 같지 않아."

"그 애는 못됐거나 그런 것 같지는 않고 좀 특이한 거 같아. 뭔가 맘에 들어. 여기서 만난 첫 친구가 될 수도 있어. 안뜰에서 말을 건 아이는 처음이야."

"아무도 말을 걸지 않지만, 난 그런 상황이 그렇게 나쁘지 않아. 혼자 앉아 있어도 아무렇지 않은걸."

이제 니샤는 아밀의 눈을 똑바로 바라보았다.

"친절하지 않은 사람들이 널 혼자 내버려 두는 게 평화로울 때도 있어."

니샤의 말에 아밀은 숨을 깊이 들이마시고 두 손을 비비었다. 계속 대화를 나누려면 아무래도 사과를 해야 했다.

"어제는 미안했어. 그냥 돌멩이에 진짜로 금이 들어있어서 팔 수도 있겠다는 생각이 들었어. 바보 같았지."

니샤가 말했다.

"그게 바보 같았던 건 아니야. 바보 같았던 부분은 우리한테 화낸 거야."

아밀은 침을 꿀꺽 삼켰다. 돌멩이를 빼앗았을 때 니샤의 표정이 생각났다. 가엾은 슈레야가 돌을 챙겨서 성큼성큼 가버리고 라비가 뒤쫓아가는 모습이 떠올랐다.

"터무니없지만 괜히 화난 적 없어?"

니샤는 잠시 생각했다.

"그래, 있는 것 같아."

"그럴 땐 어떻게 해?"

니샤는 입가에 살짝 미소를 머금고 말했다.

"글로 써. 사과해 줘서 고마워."

아밀의 어깨에 긴장이 풀렸다. 둘 사이에 문제가 생기면 아밀은 갑자기 세상이 무섭게 느껴졌다. 서로에게 너무 많이 의존하는 상황이 싫었다. 하지만 한편으로는 니샤만큼 아밀을 잘 아는 존재도 없을 것이다.

"안뜰에서 남자 여자를 이쪽저쪽으로 나누어 앉히지 말고 같이 앉을 수 있었으면 좋겠어."

니샤가 말했다.

"그래, 불공평해."

아밀이 맞장구쳤다.

"불공평하지. 나도 예전부터 그렇게 생각했어."

예전의 기억이 떠올라 아밀은 소리 내어 웃었다. 그때 아밀과 니샤는 모든 것을 공평하게 하려고 무척 애썼다. 예를 들어 라스말라이[4]를 먹을 때, 니샤가 두 개를 먹으면 아밀도 두 개를 먹어야 했다. 망고를 먹을 때면 반드시 카지가 잘라주곤 했다. 아밀이나 니샤가 자르면 크기가 다를 수도 있었기 때문이다.

"그런데 왜 세상은 공평하지 않은 걸까? 왜 사람들은 싸움을 멈추지 못하는 걸까? 왜 정상적인 상황이 될 수 없는 걸까?"

니샤의 목소리가 평소보다 점점 커졌다.

"그래서 내가 가끔 그렇게 화나는 거야."

니샤는 고개를 끄덕였다. 아밀은 불공평한 일들을 떠올려 보았다. 엄마를 알 기회도 없이 엄마가 세상을 떠난 것도 불공평

---

4 카르다몸을 첨가하여 만든 크림에 둥글납작한 모양으로 만든 커드 치즈를 담가 만든 인도의 전통 디저트

했다. 미르푸르 카스의 옛집을 잃은 것도 불공평했다. 분리 독립 과정에서 너무도 많은 이들이 죽었는데 아밀 가족은 살아남은 것도 공평한 일은 아니었다. 아빠가 새 직장을 구해야 해서 불과 몇 달 만에 조드푸르를 떠나야 했던 것도 불공평했다. 아빠가 여기서도 직장을 잃을 수 있고, 그러면 또 다른 곳에 가서 새로 시작해야 한다는 것도 너무했다.

니샤가 말했다.

"그래도 먹을 것과 안전하게 살 곳이 있는 건 잘된 일이야."

"잘된 일일까, 아니면 그저 운이 좋을 뿐일까? 그런 것들이 없는 사람들도 있으니까. 내가 죽을 뻔했는데 살았던 것처럼 말이야. 그냥 운이 좋았을 뿐이지."

"그 이야기는 하지 마."

니샤의 말에 아밀은 입을 다물었다.

니샤가 옳았다. 그 생각만 해도 몸이 덜덜 떨렸다. 지난 8월에 사막을 건너 조드푸르로 가야 했는데, 유일하게 남은 물을 아밀이 실수로 쏟아버리는 바람에 갈증으로 죽을 뻔했다. 어쩌면 식구 모두가 죽었을 수도 있었다.

니샤가 속삭이는 소리로 물었다

"그때 아팠어? 그러니까… 너도 알잖아."

아밀이 대답했다.

"아니. 아무렇지 않았어. 아무렇지 않은데 최악이랄까. 그냥 머릿속이 하얘졌어. 마치 뇌가 정지된 것 같았지. 그러다 비가 내리자 얼굴과 입속에 물기가 느껴졌어. 그 뒤로 마치 새로운 사람이 된 것처럼 마음이 활짝 열렸지."

안도감이 밀려왔다. 그때 일을 이야기하는 것이 쉽지는 않았지만 마음속에만 간직하는 것보다는 나았다.

니샤가 말했다.

"마치 환생한 것처럼 말이지. 어쩌면 넌 이제 다른 사람인지도 몰라."

아밀이 말했다.

"모르겠어. 다르지만 여전히 같기도 해."

힌두교도는 환생을 믿지만 이슬람교도는 그렇지 않다는 사실이 생각났다. 아밀과 니샤는 이제 아빠처럼 무조건 힌두교도가 되어야 했다. 아빠는 아밀과 니샤에게 더 이상 해서는 안 되는 행동들이 있다고 했다. 예를 들면 미르푸르 카스에서는 가끔 '인샬라'라는 말을 썼지만 여기 힌두교도들은 그 말을 쓰지 않았다. 그것은 주로 '알라신의 뜻대로'라는 의미로, 이슬람교도들이 자주 쓰는 말이었다. 하지만 엄마는 어떨까? 엄마는 이슬람교도이니 인샬라라고 말했을지도 모르겠다. 아밀이 원한다면 둘 다 되거나 둘 다 안 될 수는 없는 것일까?

니샤가 침묵을 깨뜨렸다.

"솔직히 네가 새 친구를 사귀면 난 훨씬 더 외로워질까 봐 걱정돼. 그래서 기뻐하지 않았던 거야."

아밀은 깜짝 놀라 고개를 들었다.

"내 친구면 너한테도 친구야."

아밀의 말에 니샤가 대꾸했다.

"난 좀 더 예의 바른 친구였으면 좋겠어."

아밀이 말했다.

"인샬라, 니샤, 인샬라."

아무도 없는 집 안이니 그렇게 말해도 되지 않을까?

"어떻게 되는지 두고 봐야지 뭐."

해가 저물 때라 붉은색과 주황색의 띠들이 푸른 하늘을 가로
지르고 있었다. 아밀은 창문 쪽으로 몸을 돌려 하늘을 바라보
았다. 그렇게 찬란한 노을은 처음 보았다. 아밀은 물감이 있어
서 그 모든 색깔을 그림에 담을 수 있었으면 하고 바랐다. 하지
만 아밀이 엄마에게 보여주고 싶은 것을 모두 그리려고 하지 않
아도 괜찮다. 어쩌면 엄마는 태양과 하늘의 일부이고, 이 풍경을
통해 모든 것이 괜찮을 거라고 말해주고 있는지도 모르겠다.

6장

___

그 주 일요일, 아빠는 아밀과 니샤를 초파티 해변에 데려갔다. 아쇼카 삼촌이 영화 보러 오라고 했던 주말이었다. 어떤 이유에 서인지 아빠는 영화 관람 이야기를 다시는 꺼내지 않았다. 어쩌 면 영화보다 해변이 더 좋았던 것일까? 아빠가 즐거운 나들이를 가자고 한 것이 너무 놀라워서 아밀은 영화 관람에 대해서는 묻 지 않았다.

다디와 카지도 함께 왔다. 2층 전차를 탔는데 해변까지 가지 는 않아서 내려 한참 걸어가야 했다. 아빠는 아밀과 니샤는 좁은 계단을 통해 전차 2층으로 올려보내고 다디와 카지와 함께 아래 층에 남았다. 아밀은 2층에 올라가 도시 전체를 내려다보니 기 분이 좋았다. 웅장해 보이는 모스크와 사원들을 지나갔다. 뭄바데비[1] 사원은 아밀이 가장 좋아하는 사원 중 하나였다. 구르드와라[2]도 몇 군데 지나갔다.

아밀은 미르푸르 카스에 살 때 가끔 갔던 시크교의 구르드와라 사원이 그리웠다. 시크교도들과 힌두교도들 모두 그 사원에 갔다. 긴 예배 시간 내내 앉아 있는 것은 지루했지만 끝나고 나면 늘 달콤한 카라 파샤드[3]와 맛있는 식사가 나왔다. 뭄바이에 처음 도착했을 때 바다 위 작은 땅에 자리 잡은 하얀색의 거대한 하지 알리 모스크[4]를 보았다. 마린 드라이브[5]에서 보면 마치 바다 한가운데에 사원이 떠 있는 것처럼 보였다. 처음 보았을 때 아밀은 눈을 의심하지 않을 수 없었다. 마법의 힘 같은 것으로 만들어진 게 아니라 평범한 인간이 지었다는 사실이 믿어지지 않았다. 그 사원을 보고 있노라면 불가능은 없다는 생각이 절로 들었다.

해변에 도착하자 아빠가 어느 노점상 앞에 걸음을 멈추고 아밀이 가장 좋아하는 간식 중 하나인 파니 푸리[6]를 사주었다. 아밀은 바삭바삭한 푸리가 입안에서 터지면서 톡 쏘는 맛이 확 퍼

---

1 뭄바이의 수호 여신
2 시크교의 종교적 성소이자 종교 행위의 중심이 되는 사원
3 일반적으로 통밀가루, 버터기름, 설탕으로 만든 달콤한 제사 음식
4 뭄바이 최대의 이슬람 사원으로, 이슬람 성자 하지 알리를 기리기 위해 만든 사원이다
5 아라비아해와 마주 보고 있는 4.5km 길이의 뭄바이 해안도로
6 속이 빈 바삭바삭하게 튀긴 빵인 푸리 속에 향이 첨가된 물, 타마린드 처트니, 매운 감자, 병아리콩을 채운 간식이다

지는 것이 참 좋았다. 아빠는 알루 티키[7]도 사주었다. 엄마가 가장 좋아하는 음식이 알루 티키라고 입버릇처럼 말하더니 이제는 아빠가 가장 좋아하는 음식이 되었다.

아밀이 보니까 아빠는 틈만 나면 길거리 간식을 사 주고 싶어 했다. 뭄바이에는 길거리 음식을 파는 노점상이나 과자 가게가 미르푸르 카스보다 많았다. 파니 푸리와 알루 티키를 먹고 나서 잘게 썬 피스타치오가 들어간 아이스크림인 쿨피를 먹었다. 담요를 깔고 앉아 바다를 바라보고 있노라니, 들고 있던 쿨피가 녹아내렸다. 니샤는 빨리 먹으라고 재촉했지만, 아밀은 지저분해지더라도 천천히 먹는 것이 좋았다.

해변에 있으니 좀 이상했다. 다들 무척 행복해 보였다. 사람들은 간식을 먹으며 돌아다니고 물속에서 첨벙거리고 연을 날렸다. 한 남자가 어린 아들에게 연 날리는 법을 가르쳐 주고 있었다. 남자는 얼레를 쥐고서 밝은 녹색 연을 허공에 날렸다. 연이 바람을 타고 날아오르자 아이는 입을 딱 벌리고 지켜보았다. 남자는 계속 실을 풀어 연을 높이 띄워서 바람을 타고 연이 안정적으로 떠 있게 했다. 그런 다음 얼레를 아이에게 건네주고 아이가 스스로 붙잡고 있도록 도와주었다. 이윽고 남자가 손을 놓자 아이는 혼자서 연을 날렸다.

---

7 삶아 으깬 감자에 각종 향신료를 첨가하여 만든 반죽을 둥글납작하게 빚어 기름에 튀겨낸 인도식 크로켓

아이가 소리쳤다.

"보세요. 연이 날고 있어요, 날고 있다고요!"

아버지는 하하 웃으며 손뼉을 쳤다.

아빠도 그들을 지켜보았다. 아밀은 아빠도 아밀과 함께 연을 날린 적이 없다는 생각을 하고 있는지 궁금했다. 하지만 아빠는 아쉬운 표정이 아닌 것 같았다. 쿨피를 마지막으로 한 입 베어 물고 만족스러운 표정으로 모래사장에 누워 담요를 덮었다. 아밀은 아빠에게 연을 사서 함께 날리자고 할까 싶은 마음이 불쑥 들었다. 하지만 말은 꺼내지 못했다. 아밀은 이제 너무 커버렸고, 연 날리는 법도 이미 혼자 배웠으니까.

쿨피를 다 먹고 나자 아밀과 니샤는 바닷가를 산책했다. 아밀은 바닷가에서는 그 '표정', 바로 파키스탄을 떠나온 뒤로 날마다 사람들의 얼굴에서 보았던 그 표정이 보이지 않는 것을 알아차렸다. 마음속에 온갖 안 좋은 것들을 숨기고 사는 사람의 명하고 초점 없는 표정 말이다. 초파티 해변에서는 그런 표정을 찾을 수 없었다. 사람들의 얼굴은 환하고 활기찼다. 시끄럽고 유쾌한 대화와 웃음소리가 들려왔다. 심지어 아빠조차도 쿨피를 먹을 때는 어린아이처럼 보였다.

"아빠의 진짜 종교가 뭔지 아니?"

손가락에 묻은 끈적한 쿨피를 바닷물에 씻어내며 니샤가 물었다.

"뭔데?"

아밀은 반바지에 손을 닦으며 되물었다.

"아빠는 길거리 간식을 숭배해."

니샤가 말했다.

아밀은 아빠를 흘긋 보았다. 아빠는 팔꿈치로 몸을 받치고 다른 팔은 느슨하게 배 위에 걸친 채 바닷바람에 머리카락을 나부끼며 담요 위에 누워 있었다. 아밀에게 연 날리는 법을 가르쳐 줄 만한 그런 아버지처럼 보였다. 어쩌면 그런 아버지이면서 동시에 의사로 사는 것이 힘들었는지도 모르겠다. 의사는 병들거나 다친 사람들을 위해 항상 강해야 하니까.

다디는 사리를 두른 채 무릎을 옆으로 모으고 한쪽 엉덩이로만 앉아 있었다. 맞은편에는 카지가 무릎을 가슴까지 당겨 쪼그리다시피 앉아 있었다. 바다에 들어간 아밀이 손을 흔들자 식구들도 손을 흔들어 주었다. 몇 달 전 어떻게든 살아남으려고 애쓰며 사막을 걸을 때만 해도 이렇게 바닷가에 놀러 오게 될 줄은 생각도 못했다.

집으로 돌아오는 길에 아빠는 다시 심각한 얼굴로 돌아왔다. 예전에 살던 고향 근처 카라치에서 폭동이 일어났다는 이야기를 다시 꺼냈다.

마침내 아빠가 입을 열었다.

"그곳을 떠나길 잘했어. 하지만 계속 마음이 아프구나."

그러고는 더는 말이 없었다.

아밀 일행은 전차 정류장에서 아파트까지 묵묵히 걸어갔다. 아빠가 가슴 아파할 줄 아는 사람이라니 왠지 기분이 이상했다.

잠시 뒤 아밀이 물었다.

"아빠, 그곳에서 전투가 여전히 계속되고 있다면, 과연 우리에게 여기가 더 안전한 거 맞나요?"

아빠는 골똘히 생각할 때면 늘 그렇듯 입과 턱을 문질렀다.

"우리에겐 여기가 더 안전하단다. 다들 힌두교도는 힌두교도끼리 살고, 이슬람교도는 이슬람교도끼리 살면 싸울 일이 없을 거라고 생각할지도 모르지. 하지만 그렇지 않아. 어차피 사람들은 막대기 뽑기에서 짧은 쪽이 나오면 성에 안 차듯이 살면서 손해 본다고 느낄 만한 일들이 늘 있기 마련이거든."

아밀이 말했다.

"그래서 짧은 쪽을 뽑으면 손해라 그러는 거군요?"

아빠는 고개를 끄덕였다.

"하지만 짧은 막대기가 더 쓸모 있을 때도 있고 긴 막대기가 더 쓸모 있을 때도 있고, 그렇지 않나요?"

니샤의 물음에 아밀은 흙바닥에 그림을 그릴 때는 짧은 막대기가 더 좋다는 사실이 떠올랐다. 니샤는 아빠에게 말을 거의 하지 않았다. 하지만 한번 말을 할 때면 항상 귀담아들을 만했다. 아밀은 가끔 그 점이 샘났다.

아빠가 말했다.

"그런 것 같구나. 적어도 우린 막대기가 있으니까. 짧은 막대기일지 긴 막대기일지 정하는 건 우리가 할 일이고."

집에 도착하자마자 아밀은 스케치북을 꺼내 소파에 털썩 앉았다.

오늘 우린 막대기 긴 것을 잡았어요, 엄마

7장

월요일이 지나갔지만 아밀은 학교에서 소년을 보지 못했다. 혹여 아밀의 상상 속 인물이었나 싶을 정도였다. 그러다 화요일에 아밀이 벤치에 앉아 점심을 먹는데 소년이 플립 북을 들고 다시 나타났다. 마치 아밀과 한창 이야기를 나누던 중인 것처럼 천연덕스럽게 말을 걸어왔다.

"우리 그렇게 하기로 한 거지? 내가 가르쳐 주면 점심 절반을 주는 거?"

소년은 악수하자고 손을 내밀었다.

아밀이 말했다.

"이름 알려주면."

소년은 고개를 끄덕였다.

"좋아. 내 이름은 바… 그러니까 비샬이야."

비샬이 손을 내밀었다.

아밀은 조금 어리둥절한 표정으로 악수했다. 비샬의 악수는 아빠가 항상 아밀에게 일렀던 대로 힘 있고 다부진 악수였다. 아밀은 달'과 밥을 비샬 쪽으로 밀어주었다. 비샬은 갖고 있던 로티 한 조각으로 달을 떠서 재빨리 먹었다. 다 먹고 나자 아밀에게 무엇을 그리고 싶은지 물었다.

"자전거 타는 소년."

아밀이 말했다. 요즘 그리고 싶은 것은 그것뿐이었다.

비샬이 고개를 저었다.

"너무 복잡해. 작고 간단한 것부터 시작해야 해."

비샬은 주머니에서 플립 북을 꺼내어 남은 빈 종이 몇 장에 공이 튀는 장면이 연출되도록 가르쳐 주었다.

아밀이 물었다.

"종이 더 없어?"

비샬이 말했다.

"없어, 형씨. 이게 다야."

아밀더러 형씨라고 하니 이상했다. 그래도 아밀은 마음에 들었다. 누가 아밀을 다 큰 어른처럼 형씨라고 불러준 것은 처음이었다.

1 콩과 여러 향신료를 넣은 스튜

아밀이 물었다.

"나 때문에 마지막 종이를 쓴 거야?"

비샬은 어깨를 으쓱했다.

"그만한 가치가 있었어. 네 점심은 내 것보다 맛있으니까."

"그럼 내일 종이 더 가져와."

비샬이 소리 내어 웃었다.

"난 퀸즈 로드에 있는 난민 수용소에 살아. 거기에는 종이가 없어."

아밀은 잠시 그 말을 곱씹어 보았다. 아쇼카 삼촌 집에 갈 때 본 난민 수용소에 혼자 있는 어린 소년이 생각났다. 좁고 어두침침한 공간들이 떠올랐다. 아마 그래서 비샬은 오래된 로티 한 조각만 학교에 가져왔을 것이다. 어쩌면 수용소에 돌아가서는 식사를 못 했을 수도 있다.

아밀이 물었다.

"그럼 지난번 플립 북은 어떻게 만들었어?"

"종이를 어떻게 좀 구했지. 더 찾아보겠지만 언제가 될지는 모르겠어."

"내가 더 가져올게."

아밀이 말했다. 아빠에게 스케치북을 새로 사달라고 할 수도 있었다.

"난 차라리 음식이 더 먹고 싶어."

비샬은 이렇게 말하고 밥을 한 번 더 집어먹었다.

"종이도 가져오고 음식도 가져올게."

"원래는 그런 거래가 아니었잖아. 내가 플립 북 만드는 법을 가르쳐 주고, 넌 점심의 절반을 주기로 했잖아."

"어쨌든 상관없어."

아밀이 말했다.

"거래는 거래야."

비샬은 이렇게 말하고는 일어나 가버렸다.

아밀이 뒤에서 소리쳤다.

"그래도 넌 나에게 계속 가르쳐 줄 거야, 비샬."

비샬은 안뜰을 벗어나 학교 건물 안으로 계속 걸어가기만 했다.

아밀은 어떻게 생각해야 할지 몰라 가만히 앉아 있었다. 비샬 같은 사람은 처음 만나 보았다. 그렇게 쑥 나타났다가 쑥 사라지는 것이 마치 실제로 존재하지 않는 사람처럼 여겨질 정도였다. 비샬은 아밀이 듣는 수업에 들어오지 않는 걸 보니 분명 아밀보다 학년이 낮았다. 아밀보다 키가 조금 더 작고 말랐으며, 작지만 날카로운 이목구비를 가진 섬세한 얼굴이었다. 아밀은 비샬이 난민 수용소에서 배를 곯지 않을까 싶었다. 부모님과 함께 있는지도 궁금했다. 물어보고 싶었지만 돌아올 대답이 두렵기도 했다.

집에 돌아온 아밀은 니샤와 함께 슈레야와 라비랑 놀았다. 아이들은 지난번 돌멩이 사건을 용서해 준 것 같았다. 니샤는 학교에서 친구를 사귀지는 못했지만, 슈레야와 라비와 함께 있는 것은 좋아했고 신드어로 편하게 말을 걸었다. 아이들이 어리고 자기를 존중해주기 때문인 것 같았다.

니샤는 슈레야와 라비에게 영어 글자도 가르치기 시작했고, 검은 길바닥에 분필처럼 하얀 돌을 이용해 영어를 쓰며 연습시켰다. 아밀은 인정하고 싶지 않지만 아밀의 영어 공부에도 도움이 되었다. 아밀이 왕방울 같은 눈을 가진 라비와 큰 귀를 가진 슈레야로 우스꽝스럽게 그림을 그려주면 아이들은 쓰러질 정도로 배를 잡고 웃었다. 하지만 아밀이 바라는 친구는 그런 것이 아니었다.

학교에서는 비샬 말고는 마음에 드는 남자아이가 없었다. 그리고 여자아이들에게는 말을 잘 걸지 않았다. 학년이 올라가고 보니, 여자아이들과 같이 있으면 예전과 달리 어색하고 부끄러웠다. 말을 걸고 싶은 여자아이가 하나 있기는 했다. 그 아이는 속눈썹이 길고, 단지 보여주기 위한 것이 아닌 진정으로 상냥한 미소를 지녔다.

그 여자아이 못지않게 속눈썹이 긴 소년이 있었다. 멋진 속눈썹을 가졌지만 그 소년이 아밀을 좋아하지 않는 것을 아밀도 알고 있었다. 그 소년이 웃으면 아밀은 왠지 불안했다. 전혀 호의

적인 미소가 아니었기 때문이다. 아밀은 늘 골칫거리를 금방 알아차렸는데, 라케시가 바로 골칫거리였다.

바로 그날 오후, 마지막 수업 종이 울린 직후 라케시는 아밀이 그 여자아이를 흘끗 쳐다보는 것을 보았다. 그러자 대뜸 아밀에게 다가와 팔꿈치로 갈비뼈를 쿡 찌르며 변태같이 굴지 말라고 했다. 다른 사람도 아닌 라케시한테 그런 말을 듣다니!

아밀이 말했다.

"난 변태가 아니야."

"내가 보기엔 그래. 부적절한 행동이야."

라케시는 그렇게 말하고는 쿵쾅거리며 가버렸다.

처음에 아밀은 그 말에도 일리가 있다고 생각하고 부끄러워서 얼굴이 화끈 달아올랐다. 하지만 다음 순간 일 분도 지나지 않았는데 라케시가 그 여자아이에게 손 흔드는 모습을 보았다. 실망스럽게도 그 여자아이는 웃으면서 같이 손을 흔들어 주었다.

여자아이가 왜 손을 흔들어 주었는지 아밀도 알고 있었다. 시내 곳곳의 포스터에서 본 인도의 인기 영화배우들처럼 라케시의 머리카락은 풍성하고 윤기가 자르르 흘렀기 때문이다. 아밀의 머리카락은 숱도 없고 착 달라붙어 있었다.

라케시는 아밀을 예전의 아밀처럼 취급했다. 지금의 아밀은 죽었다가 살아나서 더 강해지고 똑똑해졌는데 말이다. 아밀은 보통 여자아이들하고 친하게 지내는 것을 더 좋아했다. 여자아이들은 이해하기도 더 수월하고 종종 남자애들보다 더 친절하게 대해주었다. 아밀이 잘 싸우는 전사가 아니라도 개의치 않았다. 아밀은 생존자였다.

아밀은 비샬도 전사가 아니라 생존자인 것을 알 수 있었다. 엄밀히 말해 국경을 넘은 사람들은 모두 살아남기 위해 싸웠지만, 아밀의 진짜 본성은 그게 아니었다. 아밀은 다른 사람들을 지배하기 위해 싸운 것이 아니라 그저 살기 위해 싸웠을 뿐이다. 아밀이 아는 소년들 대부분은 남에게 어떤 힘을 휘두르기 위해 싸우고 싶어하거나 싸워야 한다고 생각했다. 진정한 생존자는 찾기가 힘들었다.

아밀은 다음날 학교 가면 그 소녀에게 보여줄 플립 북을 만들게 도와달라고 비샬에게 부탁할 생각이었다. 플립 북 때문에 소녀가 라케시에게 잠시 관심을 거둘지도 모르고, 그러면 아밀은 소녀에게 말을 걸 수 있을 것이다. 이렇게 하면 비샬은 아말을 계속 도와주는 셈이니, 종이와 음식을 둘 다 받아도 된다고 납득할 것이다.

다 놀고 나서 아밀은 니샤와 함께 집으로 돌아와 플립 북 종이로 쓸만한 것을 찾기 시작했다. 스케치북 종이는 너무 두꺼웠다. 작고 얇은 종이가 필요했다. 그러다가 좋은 생각이 났다. 아빠 방 책상 위에는 처방전 종이철이 있었다. 크기가 크지 않아 플립 북 용으로 딱 알맞았다.

하지만 요전 날 속상한 일이 있어 아빠 방에 숨었을 때 아빠가 일찍 집에 오는 바람에 쫓겨난 적이 있었다. 아빠는 카지와 다디에게 누구도, 다시 말해 아밀을 방에 들어오지 못하게 하라고 단단히 일렀다.

오늘 밤 아무도 보지 않을 때 아빠 방에 들어갈 기회를 찾아야 했다. 마침 니샤는 저녁 식사 준비를 위해 감자를 씻고 껍질을 벗기고 있었다. 카지는 다디와 함께 식탁에 앉아 완두콩을 까고 있었다. 식구들이 밀가루 반죽을 밀고 로티를 튀기기 시작하면 그때가 바로 가장 정신이 없을 때였다. 아밀은 때를 기다리는 동안 연습 삼아 비살이 자전거를 타는 그림 세 장을 간단하게 스케치하기로 했다.

마침내 한 시간쯤 뒤 카지와 니샤는 팬 하나로는 로티를 만들고, 다른 팬으로는 향신료를 넣은 양파를 지글지글 볶고 있었다. 아밀은 잽싸게 부엌을 지나 아빠 방으로 들어가 소박한 나무 책상을 살펴보았다. 책상 윗면에는 가죽 테두리로 된 압지[2]로 덮여 있었다. 놋쇠 펜꽂이에 검정 만년필이 꽂혀 있고, 바로 옆 책상 가장자리에 잉크 병이 놓여 있었다. 아빠는 만년필만 사용했다. 한 개는 집에 두고, 한 개는 병원에 두고 썼다.

아빠 책상 위에 종이 뭉치가 놓여 있었다. 남은 종이는 많지 않았고 맨 위 종이에는 글이 쓰여 있었다. 조시라는 환자의 처방전이었다. 나머지 글은 읽을 수가 없었다. 아빠의 환자들은 어떻게 읽는지 궁금했다.

아밀은 아빠의 처방전 종이 뭉치를 좋아했다. 아빠가 환자들의 처방전 쓰는 모습을 수없이 보아왔고, 마치 약속과도 같은 그 마법의 종이를 건네주는 모습을 지켜보았다. 가끔 아빠는 아스피린밖에 처방하지 않아도 처방전에 무언가를 써주는 것만으로 문제가 해결된다고 말했다. 처방전은 그렇게 강력한 힘을 지녔다. 어떤 환자는 정확히 맞는 약을 써야 치료 효과가 있지 다른 방법으로는 치료되지 않는다. 하지만 아빠가 처방전에 뭐라고 쓰든 간에 아무 소용이 없는 환자들도 있었다.

한번은 아빠가 위장병 때문에 찾아온 여인의 이야기를 들려

---

2 잉크나 먹물이 번지지 않게 흡수하는 종이

준 적이 있었다. 그 여인이 먹을 수 있는 것은 밥뿐이었다. 다른 것을 먹으면 항상 속이 아팠다. 아빠는 온갖 종류의 약과 지시사항을 처방했다. 그러던 어느 날 여인은 쌀이 떨어져서 요구르트를 먹어야 했는데, 별 탈이 없었다. 그러자 로티와 달을 먹어보았다. 그래도 괜찮았다. 그렇게 밥만 빼고 다른 음식들을 더 많이 먹어보았다. 여인은 이 사실을 아빠에게 말했고, 결국 위장이 안 좋았던 것은 밥 때문인 것을 깨닫게 되었다. 쌀 알레르기가 있었던 것이다!

아빠는 '봐라, 과학에는 마법이란 없고 시행착오만 있을 뿐이야'라고 말했다. 아밀은 더 캐물었다. '아스피린을 처방해준 것만으로도 좋아진 사람들은 어떤가요?' 아빠는 그것 또한 과학인데, 뇌의 과학이라고 했다.

아밀은 새 처방전 뭉치를 찾기 시작했다. 잉크병을 쓰러뜨리지 않도록 책상 가장자리에서 치워야겠다고 마음먹었다. 가끔 아밀은 조심성이 없어 보이지만 실은 그게 아니었다. 한꺼번에 너무 많은 것에 신경을 쓰거나 적절한 순서대로 신경 쓰지 못한 탓이었다. 예를 들면 사막을 지나올 때 아밀이 물을 쏟았던 일처럼 말이다. 그때 아밀은 모든 사람들이 가는 쪽을 피해서 빨리 걷는 데 신경 쓰느라 물통을 어떻게 들고 있는지에는 미처 주의를 기울이지 못했다. 그래서 물을 쏟았던 것이다.

이제 아밀은 맨 위 서랍을 열려고 했다. 아빠는 책상 서랍은 사생활이니까 절대로 열어서는 안 된다고 했다. 어쨌거나 아밀은 가끔 서랍을 열어보았다. 맨 위 서랍에 뭐가 있는지는 이미 알고 있었다. 거기에는 엄마의 작은 사진이 들어있었다. 책상 위에 큰 액자도 있었지만 서랍 속 사진은 더 젊고 웃고 있는 엄마였다. 엄마는 얼굴 주위로 머리카락을 흩날리며 햇빛에 눈을 가늘게 뜨고 있었다. 아밀은 엄마가 자신과 좀 더 닮아 보여서 그 사진이 가장 좋았다. 하지만 보통은 엄마라기보다는 낯선 사람, 길을 걷고 있는 아가씨를 보는 느낌이었다.

또 그 서랍 속에는 가죽 칼집에 든 작은 골동품 전투용 칼과 금속 빗, 변색된 은색 지폐 클립이 들어있었다. 아밀이 한 번도 만난 적 없는 할아버지의 유품이었다. 흐릿한 할아버지 사진도 있었다. 할아버지는 웃음기 없는 얼굴로 뻣뻣하게 나무 옆에 서 있었다. 화난 것은 아니지만 왠지 화난 표정처럼 보일 정도였다. 아빠와 비슷해 보였다.

아밀은 서랍 손잡이를 확 잡아당겼다. 나무 서랍은 습기 때문에 부풀어서 잘 열리지 않았다. 아무리 잡아당겨도 꿈쩍하지 않았다. 아밀은 마지막으로 서랍을 힘껏 잡아당겼고, 책상 전체가 흔들리며 마침내 서랍이 열렸다. 그때 잉크병이 쓰러지면서 느슨한 뚜껑이 벗겨졌다. 진한 검정 잉크가 피처럼 쏟아졌다.

아밀은 얼른 뛰어가 걸레를 가져다 잉크가 번지는 것을 막으려 했지만 닦아내려고 하면 할수록 얼룩은 더 심해졌다. 손가락도 검게 물들었다. 몇 분 후에 아밀은 포기하고 도로 의자에 앉았다.

예전에도 실수를 바로잡을 수 없다는 익숙하고도 끔찍한 깨달음을 마주하며 이 자리에 앉아 있던 적이 있었다. 다음 순간 열린 서랍 속에서 작은 흰색 처방전용 종이 묶음 세 개를 발견했다. 종이 몇 장 얻기 위해 너무 큰 사고를 쳤다.

어쨌든 아밀은 처방전 묶음 하나를 호주머니에 넣고 방을 나섰다. 식탁에 앉아 편지를 쓰던 다디가 아밀이 아빠 방에서 나오는 것을 보았다. 다디의 눈이 잉크로 얼룩진 아밀의 손에 머무르자, 아밀은 얼른 주머니에 손을 쑤셔 넣었다. 다디는 골칫거리가 있으면 귀신같이 알아차렸다.

"뭐 하고 있었던 거니?"

다디가 안경 너머로 바라보며 물었다.

아밀이 대답했다.

"그냥 종이 좀 찾고 있었어요."

"그런데 왜 남의 물건을 훔친 것처럼 보이지?"

아밀은 처음에는 대답은 하지 않을 채 그럴듯한 변명을 생각해 내려고 애썼다. 하지만 양손에 묻은 잉크 자국은 부인할 수가 없었다.

아밀은 한숨을 쉬었다.

"아빠의 잉크병을 쏟았어요."

아밀은 마룻바닥에 대고 웅얼거리듯 말했다. 숨기려고 해도 소용없었다.

다디는 고개를 저으며 눈살을 찌푸렸다.

"넌 왜 맨날 그런 못된 장난만 치는 거니?"

다디는 꾸짖으며 혀를 찼다. 그러고는 아밀의 손을 살펴보고 토닥여 주고는 가볍게 밀어냈다.

"아저씨에게 식초 좀 달라고 해라. 식초로 닦으면 지워질 거야."

다디가 그렇게 화난 것 같지 않아서 다행이었다.

다디는 일어서려다가 움찔했다. 아밀이 부축하려고 잉크가 묻지 않은 팔을 내밀자 다디는 그 팔에 의지했다.

"지붕 아래서 사는 걸 감사해야 한다."

다디는 꾸짖는 어조로 말을 이었다. 아밀은 그것이 잉크 쏟은 것과 무슨 상관이 있는지 잘 모르겠지만, 고개를 끄덕였다. 다디는 모든 것이 버거워 보였고, 그런 다디를 더 슬프게 해서 아밀은 너무 미안했다.

다디가 방으로 들어가자, 듣고 있던 카지가 다가와 아밀의 등에 따뜻한 손을 얹었다.

"곤란한 일이 생겼구나, 그렇지?"

아밀은 고개를 끄덕였다.

카지가 말했다.

"식초로 지워보자. 넌 좀 바쁘게 지내는 게 좋겠어. 내일은 나랑 니샤 좀 도와줘."

아밀은 고개를 저으며 말했다.

"카지 아저씨, 나 요리 싫어하는 거 알잖아요. 너무 서툴러요. 채소 썰다가 손가락을 베고 말 거예요."

니샤는 잉크로 얼룩진 아밀의 손을 어깨너머로 보고는 입술을 깨물었다.

니샤가 팬에서 로티를 뒤집으며 말했다.

"어휴, 아밀. 그건 절대 안 지워지겠다."

아밀은 손바닥과 손가락 마디 주름에 속속들이 배어든 잉크 자국을 뚫어지게 보았다.

아빠가 집에 돌아오자 낮잠에서 일어나 있던 다디는 다짜고짜 무슨 일이 있었는지 전해주었고, 덕분에 카지가 굳이 설명할 필요가 없었다. 다디는 항상 카지의 입장에서 생각하였고, 그래서 가끔 아밀은 왜 다디가 친손자인 자기한테는 그러지 않을까 싶었다. 아밀은 모두가 참고 받아들이는 골칫거리일 뿐인 걸까?

아빠는 상황이 어떤지 살피러 방으로 갔다 온 뒤, 한 손은 허리에 올리고 다른 손으로 천천히 손짓하며 아밀을 불렀다.

"아밀, 난 너한테 기대가 크단다."

아빠의 눈에 그 표정이 어렸다. 분노가 아니었다. 분노보다 더 나빴다. 그것은 실망감이었다.

"죄송해요."

아밀은 눈길을 떨군 채 사과했다.

"날마다 학교에서 공부만 하고 곧장 집으로 왔으면 한다. 방과 후에 꼬마 도둑처럼 헤매다니지 말고. 니샤와 카지의 부엌 일을 좀 거들어주렴."

"하지만 아빠."

아밀이 항의했다. 아밀만 그러는 게 아니었다. 니샤도 같이 돌아다녔다.

"'하지만 아빠' 같은 말은 하지 마. 성적을 올리렴. 가서 공부해라."

아빠는 그 말만 하고 방으로 들어가버렸다.

카지는 아빠가 마실 밀크티를 만들어 아밀에게 건넸다.

"네가 갖다 드려. 차를 마시면 좀 누그러지시니까."

"아니요. 그러기엔 너무 늦었어요."

아밀은 그렇게 말하고는 밀크티를 도로 건넸다.

카지는 실망한 표정이었다. 두말없이 아밀이 건넨 차를 받아 들고 아빠 방으로 갔다. 이제 아밀은 카지마저 실망시켰다. 아밀은 화장실에 가서 카지가 손에 밴 마늘 냄새를 없앨 때 쓰는 부석으로 손이 쓰라릴 때까지 문지르고 또 문질렀다. 잉크 자국은 아주 살짝 연해졌다. 니샤의 말대로 잉크 얼룩이 영영 지워지지 않을 것만 같았다.

8장

다음 날 아밀은 잉크 자국이 보이지 않도록 종일 주머니에 손을 넣고 있었다. 비샬을 찾아보았지만 보이지 않자 괜히 처방전 종이를 가져왔나 싶기도 했다.

학교에서 돌아오자 아밀은 모두의 눈을 피해 니샤 방에 들어가 바닥에 앉아 니샤와 체스를 두었다. 조드푸르에서는 아빠와의 사이가 지금보다는 더 좋았다. 아빠는 아밀이 그날 사막에서 목숨을 잃지 않은 것에 너무 감사해서 더 상냥하게 대해주고 더 많이 이해해주었다. 하지만 뭄바이에 오자마자 새로 일을 시작하고는 예전과 똑같은 아빠로 돌아갔다. 환자 치료에 시간을 더 많이 쏟을수록 집에서는 인내심이 줄어드는 것 같았다. 아밀은 아빠를 위해 다른 사람이 되려고 애쓰는 것에 지쳐가고 있었다.

아밀과 니샤는 카지가 고물상에서 사온 새 나무 체스판으로 체스를 두었다. 고향에 있던 체스판보다 훨씬 작고 싸구려였다. 판이 살짝 휘어서 체스 말을 세워놔도 자꾸 쓰러졌다.

니샤가 체스판을 들여다보며 다음 수를 생각하는 동안 아밀이 말했다.

"내가 공부를 잘하면 아빠는 나를 더 좋아하시겠지. 아빠는 학교 성적에만 신경 쓰시는 것 같아."

아밀은 니샤보다 체스를 빨리 두었고, 대개는 이겼다. 하지만 게임을 계속할수록 니샤의 실력이 부쩍부쩍 늘었다.

아밀은 내심 달갑지 않았다. 그나마 체스는 아밀이 니샤보다 잘하는 몇 안 되는 것 가운데 하나였다. 그마저 사라지면 뭐가 남겠는가?

니샤는 계속 체스판을 들여다보며 말했다.

"공부하는 데 시간을 더 쓰면 점수가 올라갈 거야. 그렇게 해 봐."

아밀은 눈을 굴렸다.

"그렇게 쉬운 일이면 좋겠지. 아빤 내가 학교 공부를 힘들어하는데 어떻게 의사가 되겠나 생각하시는 거 알아. 그렇게 많이 읽고 공부하지 않아도 된다면 난 좋은 의사가 될 수 있을지도 몰라. 침착함을 잃지 않고 우리 몸 안이 어떻게 작동하는지에 관심 있는 것도 좋은 의사의 조건 아닐까? 그건 잘할 수 있어."

"그런 것 같아."

니샤는 이렇게 말하고는 기사 말을 옮겼다.

"장군¹."

체스판을 본 아밀은 왕이 위험에 처한 것을 금방 알아차렸다. 그래서 왕을 보호하기 위해 여왕 말을 움직였다.

"게다가 난 그림은 잘 그리는데 왜 읽기가 안 될까? 아빠가 하는 일을 들으면 다 이해가 돼. 하지만 의학책을 보면 하나도 이해가 안 돼. 어쩌면 나란 존재는 말이 안 통하는 것인지도 몰라. 난 걸어 다니는 수수께끼야."

니샤가 말했다.

"나도 수수께끼야. 아빠도 확실히 그렇고. 누구나 나름대로는 그래."

"아빠 눈에는 개인 물건을 뒤지고 잉크를 엎지른 개구쟁이로만 보이겠지. 이번엔 아빠의 책상을 엉망으로 만들고."

큰 소리로 이렇게 말해도 마음이 풀리지 않았다. 오히려 그 말이 마음을 훨씬 더 무겁게 짓눌렀다. 아밀은 체스판을 보았지만 갑자기 흥미가 뚝 떨어졌다. 니샤가 둘 차례였다.

"장군."

니샤의 말에 아밀이 대꾸했다.

"네가 이겼어. 난 포기."

1 체스에서 킹을 공격할 때 하는 말

"정말? 왜?"

아밀이 게임을 포기한 것은 처음이었다.

"너무 피곤해. 지금쯤이면 상황이 더 편해질 줄 알았어."

"무슨 말이야?"

니샤는 체스판을 치우며 물었다.

"여기 뭄바이에 와서 나쁜 일은 다 지나간 줄 알았어. 안전하고 평범한 삶으로 돌아가고 있는 줄 알았는데, 여전히 슬플 때가 많아."

"나도 그렇게 행복하진 않아."

니샤는 이렇게 말하고는 입을 꼭 다물고 고개를 저었다.

"행복하지 않다고?"

"그래. 모든 게 힘든 것 같아. 아침에 일어나 학교에 가는 일상조차도. 우리가 얼마나 고통받았는지, 지금은 얼마나 괜찮은지 생각하고 있어. 하지만 많은 사람들이 여전히 고통받고 있는 걸 생각하면 지치고 죄책감만 들어."

"나도 그래."

니샤가 그런 마음을 알아주니 다행이었다.

"그래서 학교생활에 더 집중하려고 해. 그러면 다른 생각들은 다 떨쳐버리게 돼. 아마 너한테도 효과가 있지 않을까? 자, 공부하자."

서로의 맘을 이해하는 것은 거기까지였다. 학교 공부에 집중하면 아밀은 더 괴로워졌다. 그래도 니샤와 함께 앉아 공부를 해 보았다. 수학 교과서의 얇은 책장을 넘기며 숫자들을 한참 뚫어지게 보았다. 주르르 나열된 숫자들. 몇 줄이고 늘어선 숫자들. 더하기, 빼기, 곱하기, 나누기로 쌓인 숫자들. 숫자들을 들여다볼수록 점점 집중력이 떨어졌다. 숫자라기보다는 작은 그림, 작은 무늬처럼 보이기 시작했다.

아밀의 머릿속에 온갖 질문들이 불쑥불쑥 뛰어다녔다. 3은 쓰다 만 8처럼 보였다. 4와 7 중에서 어느 것이 더 못생긴 걸까? 왜 2가 5처럼 보일까? 1은 왜 이렇게 심심할까? 뒤집어놓은 쌍둥이인 9번과 6번도 있었다. 마치 아밀과 니샤처럼.

아밀이 가장 좋아하는 숫자는 8이었다. 8은 곡선을 그리다가 훅 떨어지는 모양새였다. 영원히 끝나지 않았다. 아밀은 자신이 숫자라면 8이 되고 싶었다.

아밀은 남은 오후 동안 숫자들을 보면서 떠오르는 것들과 숫자들을 그렸다. 숫자들을 가지고 아빠를 그리기도 했다.

어쩌면 아빠는 아밀이 숫자이기를 바랄지도 모르겠다. 그러면 아밀에 대한 물음에 명확한 답이 있을 테니까. 아밀은 뒤로 기대앉아 다음날 비샬을 만날 수 있기를 바랐다. 그냥 처방전 종이들을 주고 싶을 뿐이었다. 그래야 그것을 얻기 위해 겪었던 수고가 헛되지 않을 테니까.

다음 날 아침, 아밀은 두 번째로 좋아하는 아침 식사인 달 파

잉크를 엎지르고 난 뒤
아빠의 표정

칸[2] 냄새에 눈을 떴다. 아밀이 가장 좋아하는 아침 식사는 요구르트를 곁들인 코키[3]이었다. 카지는 뭄바이에서 파는 통밀이 신드에서 파는 밀가루보다 품질이 떨어지고 코키를 만들면 너무 기름져서 예전만큼 자주 만들지 않았다. 하지만 카지가 부엌에서 파칸을 튀길 때면 늘 그렇듯 파삭하고 고소하고 살짝 달콤한 냄새가 풍겨왔다.

카지는 집안 분위기가 나빠지면 항상 식구들이 좋아하는 음

---

2 튀긴 빵인 파칸과 달이 나오는 요리
3 통밀과 향신료로 만든 신드 지방의 납작한 빵

식을 요리했다. 아밀은 파칸이 따뜻할 때 식탁에 앉기 위해 서둘러 씻으러 갔다. 니샤도 식탁에 왔는데, 머리가 약간 헝클어진 채 졸린 눈이었다. 음식 냄새에 잠이 깼는지도 모르겠다. 저마다 파칸 하나씩 가져다가 금빛 달을 끼웠고 잘게 썬 양파와 고수를 뿌렸다. 아밀이 완벽한 첫입을 먹자마자 쿵 소리와 함께 신음이 들려왔다. 처음에는 다들 그대로 얼어붙었다. 아밀과 니샤는 음식을 먹던 중이었고, 카지는 불 앞에서 수건으로 손을 닦고 있었다.

"다디!"

니샤가 외쳤고, 식구들은 음식을 내려놓고 방 바로 앞에서 나는 소리를 향해 달려갔다. 다디가 그대로 드러누워 있었다.

"오 안 돼! 어디 아프세요? 머리를 부딪치셨나요?"

카지는 미친 듯이 걱정스러운 눈빛으로 다디 옆에 무릎을 꿇고 말했다.

다디가 다시 끙끙 신음을 냈다.

니샤는 맞은편에 무릎을 꿇고 앉았다. 그러곤 다디의 이마를 부드럽게 짚어 보았다.

"말씀해 보세요, 어디가 아파요?"

다디는 대답하지 않았다. 아밀이 보니까 다디의 손이 옆구리, 그러니까 바로 고관절로 내려갔다. 아빠가 예전에 노인들은 뼈가 약해지고 균형을 잃기 쉬워서 고관절이 부러질 가능성이 높다고 했던 말이 기억났다. 다디가 거기에 손을 올린 것은 마치 그 부분을 보호하고 있는 것처럼 보였다. 사람들은 항상 몸과 마음에서 상처 입은 곳을 보호하려고 한다는 사실을 아밀은 알고 있었다.

"아무래도 고관절을 다치신 것 같아."

아밀의 말에 카지와 니샤가 깜짝 놀라 쳐다보았다.

다디는 천장을 노려보며 살짝 고개를 끄덕였다.

뭄바이에 도착한 이후 다디는 특히 아침에 어지러움을 느낀다고 계속 말했다. 아빠는 맥박과 혈압을 확인하고 괜찮다고 했지만, 아밀은 그렇게 생각하지 않았다. 다디는 이제 편지를 거의 쓰지 않았다. 오후면 초록색 천을 씌운 폭신한 의자에 앉아 바느질감을 쥔 채 좋아하는 노래나 기도문을 흥얼거렸다. 다디는 여기까지 오는 여정 때문에 지난 60년 세월보다 훨씬 많이 늙어버린 느낌이라고 했다. 떨리는 손과 잿빛을 띤 안색 속에서 아밀도 그것을 확인할 수 있었다. 아빠는 특별한 이상을 찾지 못했다. 그런데도 다디는 잘 먹지 못하고 점점 말라가고 있었다. 마치 서서히 사라지고 있는 것처럼.

이어 다들 다친 곳이 머리가 아니라 고관절인 데 동의하자 카지는 아빠를 부르러 병원에 갔다. 다디가 말렸지만 카지는 듣지 않았다.

카지가 나간 뒤 니샤가 조용히 물었다.

"어떻게 된 거예요, 다디?"

"나도 잘 모르겠다. 걷고 있는데 어지러웠어. 정신이 들고 보니 바닥에 쓰러져 있더구나."

다디는 기운 없는 목소리로 말했다. 고통을 참으려고 눈을 꼭 감았다. 니샤가 다디에게 베개를 베 주고 아밀은 다디의 이마를 식힐 시원한 수건을 가지러 뛰어갔다. 니샤는 다디의 손을 잡아 주며 기다렸다.

수건을 가지고 돌아온 아밀은 다디를, 앙상한 검은 손과 여린 보라색 핏줄을 바라보았다. 다디의 핏줄을 타고 흐르는 피를 생각하니, 마법의 치유액 같은 것으로 다시 채워 다디가 젊은 아가씨처럼 일어나고 그 눈이 차가운 물처럼 맑아질 수 있었으면 하고 바랐다. 다디 인생에서 지난 여섯 달을 지울 수 있었으면 하고 바랐다.

다디는 국경을 넘어 이동하면서 아팠던 그곳에 여전히 갇혀 있는 것 같았다. 다디가 다시는 일어나지 못하리라 걱정했던 때가 있었다. 어쨌거나 다디는 이겨냈다. 하지만 '무엇을 위해서였던 것일까? 그저 날마다 의자에 앉아 지내다가 아침 식사하러 오는 길에 쓰러지기 위해서?' 미르푸르 카스에는 다디를 늘 보살펴주는 친구들과 가족이 있었다. 동네 사람들은 모두 다디를 알고 있었다. 지금은 다디를 아는 사람이 없다. 다디는 더 많은 것을 누릴 자격이 있었다.

다들 다디를 편안하게 해주려고 애썼고, 30분쯤 뒤 아빠가 문을 벌컥 열고 들어오고 카지도 따라 들어왔다.

아밀은 아빠가 다디의 심장과 혈압을 확인하는 것을 지켜보았다. 아빠는 다디의 팔과 엉덩이를 살짝 눌러보았다. 다디에게 이렇게 저렇게 움직일 수 있느냐고 물어보았다. 그런 다음 손가락을 움직이며 다디에게 눈으로 따라가 보게 하면서 동공을 살폈다.

아빠가 입을 열었다.

"병원에 가야 해."

아밀이 물었다.

"고관절이 부러졌나요?"

아밀이 이렇게 말하는 것에 아빠는 깜짝 놀란 표정이었다. 그러고는 머리를 긁적이며 말했다.

"그런 것 같구나. 다디는 계단을 내려갈 수 없어. 우리가 데려가야 해. 대기하고 있는 차에 들 것이 있단다."

그곳은 2층이니까 한 층만 내려가면 되었다.

카지가 말했다.

"제가 같이 가서 들것을 가져와 다디를 모셔가요."

아빠는 고개를 끄덕였다. 니샤와 아밀은 서로를 바라보았다. 아밀은 그렇게 하면 될까 궁금했다. 카지와 아빠는 아파트를 나가서 들것을 가지고 돌아왔다. 다행히 계단이 넓었다. 계단이 비좁았다면 어떡할 뻔했나 싶었다. 아빠와 카지는 다디 옆에 들것을 내려놓고 천천히 다디를 움직였다. 카지가 다디의 발목을 잡고 아빠는 다디의 겨드랑이를 잡고서 바닥에서 2, 3센티미터쯤 들어 올렸다.

다디가 비명을 질렀다.

"안 돼! 그만! 너무 아파."

"금방 끝낼게요."

아빠는 이렇게 말하고는, 카지와 함께 다디를 살살 들것에 태웠다.

다디가 또 비명을 지르자 니샤는 눈을 돌렸다. 다디가 들것에 무사히 실리자 아빠와 카지는 들것의 끝을 붙잡아 들어 올렸다. 다디는 나직하게 신음했지만 두 사람은 들것을 문가로 들고 갔다.

아빠가 큰 소리로 말했다.

"아밀! 문을 열어주고 우리를 따라 계단으로 내려오너라."

"네, 아빠."

아밀은 문을 열었다. 그리곤 아빠와 카지가 다디를 싣고 어두컴컴한 계단을 따라 1층으로 내려가는 모습을 지켜보았다. 다디는 눈을 감은 채 아무 소리도 내지 않았다. 그래서 아밀은 더 걱정되었다.

아빠와 카지는 1층에 도착하자 잠깐 쉬었다.

"아밀, 문."

다시 움직일 준비가 되자 아빠가 말했고, 아밀은 서둘러 가서 묵직한 건물 현관문을 열어놓았다.

두 사람은 다디를 자동차 뒷좌석에 대각선으로 눕혔다. 아밀은 니샤와 카지와 함께 길가에 서서 자동차가 떠나는 것을 지켜보았다.

"다디를 다시 못 보면 어떡하지?"

니샤가 속삭이듯 말했다.

아밀은 오싹한 한기가 온몸에 흘렀다.

"그런 소리 하지 마, 니샤! 아빠가 고쳐줄 거야."

니샤는 눈물이 그렁그렁한 채 고개만 저었다. 카지가 둘의 어깨를 감싸 안았다.

"괜찮을 거야. 아밀 말이 맞아. 아빠가 잘 보살펴주실 거야."

카지의 말에 아밀은 고개를 끄덕였다. 니샤는 끝내 고개를 끄덕이지 않았다.

방과 후에 아밀은 앉아서 공부했다. 잠시 외출하겠다고 카지를 설득하려 들지도 않았다. 니샤를 귀찮게 하지도 않았다. 다디가 알면 기뻐할 것 같아서 그렇게 했다. 공부를 마치고 저녁 시간에는 그림을 그렸다.

아밀은 손 그리는 것을 좋아했다. 손은 가장 흥미로운 그림 소재였고, 얼굴보다 그리기가 훨씬 재미있었다. 다디의 손을 잡고 있는 니샤의 손을 떠올리며 둘의 손이 얼마나 다르게 생겼는

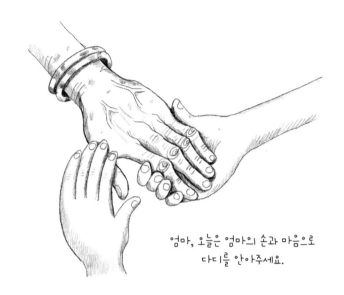

엄마, 오늘은 엄마의 손과 마음으로
다디를 안아주세요.

지 계속 생각했다. 니샤의 손은 매끄럽고 튼튼했고, 다디는 여위고 쪼글쪼글하고 얼룩덜룩 반점이 있었다. 오래전 달걀을 쥔 손을 그린 엄마의 그림이 떠올랐다. 카지가 아밀 가족을 위해 미르푸르 카스에서 그 그림을 가져왔고, 지금 그 그림은 침대 겸 소파 위에 걸려 있었다.

밤늦게 돌아온 아빠가 다디는 며칠간 병원에 입원해야 한다고 말했다.

니샤가 물었다.

"그럼 다음 주쯤에는 집에 오시나요?"

"물론이지."

아빠는 굳은 입매로 말했다. 다음 순간 얼굴이 부드러워졌다.

"괜찮을 거야. 다디는 더 안 좋은 상황도 이겨냈어."

나중에 아밀은 다디의 간이침대에 누워 있는 니샤를 발견했다. 아밀도 맞은편에 있는 니샤의 간이침대에 누웠고, 둘 다 천장만 뚫어지게 보았다. 그러고 있으려니 미르푸르 카스에서 둘이 함께 쓰던 방이 떠올랐다. 아밀과 니샤는 그렇게 누워 어둠 속에서 서로의 비밀을 말하곤 했다.

잠시 뒤 니샤가 말했다.

"다디가 괜찮을지 어떨지 아빠는 어떻게 아시는 걸까?"

"전에도 다디가 여기까지 오시지 못할 줄 알았잖아. 다디는 보기보다 강해. 그리고 아빠는 부러진 뼈를 고칠 줄 있으셔."

니샤가 말했다.

"다친 것은 뼈만이 아니야."

아밀은 니샤의 말을 침묵 속에 내버려 두었다. 둘은 조용히 누워 있었고, 아밀은 어느덧 졸음이 몰려왔다. 아침부터 너무 놀란 탓에 피곤한 줄도 몰랐지만 이제는 몸이 축 늘어졌다. 니샤의 말이 맞았다. 다디도 아빠처럼 마음을 다치고 상심했다. 아밀과 니샤도 마찬가지이지만 어쩌면 다디가 가장 많이 상심했을 것이다. 다디는 미르푸르 카스에서 가장 오래 살아왔다. 예전의 삶은 다시 되돌아오지 않을 것이고, 새로운 삶을 시작하기엔 너무 지쳤다. 그것까지 아빠가 치료할 수는 없었다.

9장

아침에 아빠는 다디의 부러진 고관절을 치료하려면 수술이 필요하다고 했다. 아밀과 니샤는 방과 후에 병문안을 가고 싶었다. 아빠는 세균 감염을 각별히 조심해야 해서 수술하고 며칠 동안은 방문할 수 없다고 했다.

아밀과 니샤는 천천히 학교로 걸어갔다. 아밀이 발을 질질 끌면서 가면 대개는 니샤가 짜증을 냈지만, 오늘은 전혀 개의치 않는 것 같았다. 두 사람이 품고 있는 슬픔 사이를 자동차와 사람들의 소음이 채웠다.

니샤가 말했다.

"다디의 빈 침대를 보면 속상해. 코골이 소리가 너무 괴로웠는데, 이제는 그런 생각을 한 게 너무 후회돼."

"나도 다디가 내는 의자 삐걱거리는 소리가 그리워. 평소에는 짜증났는데."

물잔이 바닥에 떨어져 산산이 부서지는 것처럼 모든 것이 순식간에 변할 수 있다는 사실이 새삼 실감되었다. 지금은 깨진 유리 조각들이 더 많아졌다.

아밀이 물었다.

"모퉁이를 돌면 무엇이 기다리고 있는지 전혀 알지 못한다면 행복해지기 어렵지 않을까?"

니샤가 말했다.

"행복이란 건 어쩌다 한 번 조금씩 찾아오는 것인지도 몰라."

"그럴지도."

아밀과 니샤는 학교로 들어가 각자 교실로 향했다. 아밀은 바지 주머니에 들어있는 종이 묶음을 만지며 비샬을 만나기를 바랐다.

이후에 아밀은 안뜰 벤치에 앉아 눈과 귀를 바짝 세운 채 비샬을 기다리고 있었다. 도시락을 꺼내 천천히 열었다. 근처에 라케시와 몇몇 소년들이 앉아 있는 것이 보였다. 아밀은 세상에서 가장 흥미진진한 물건인 것처럼 도시락만 바라보았다. 한순간이라도 눈이 마주쳤다가는 라케시가 시비를 걸어올 게 뻔했다. 로티 한 조각을 카디[1]에 적시고 있는데, 비샬이 이번에도 어디선가

---

1 파키스탄 신디 지방에서 유래한 음식. 병아리콩 가루, 요거트, 다양한 종류의 채소와 향신료를 넣어 만든 톡 쏘는 맛의 커리

불쑥 나타나서 옆에 앉았다.

비샬이 인사했다.

"안녕?"

"안녕?"

아밀은 조금 놀라며 인사했다. 비샬에게 물어보고 싶은 것이 너무 많았다. 예를 들어 어제는 왜 보이지 않았고 난민 수용소에서는 어떻게 지내는지 등등. 아빠는 난민 수용소에서 생활하는 것이 몹시 힘들다고 했다. 아밀은 또한 비샬도 미르푸르 카스에서 왔는지 아니면 그 근처 어디에서 왔는지 물어보고 싶었다. 학교 아이들은 거의 대부분 힌두교도 신드족이라서 아밀처럼 파키스탄의 신드족 지역에서 도망쳐 왔다. 하지만 비샬은 왠지 불안해하는 기운이 느껴졌고, 그래서 아밀이 뭐라도 잘못 물어보면 비샬은 가서 다시는 돌아오지 않을 것 같은 느낌이 들었다.

그래서 아밀은 이렇게만 말했다.

"비샬, 비밀 이야기 하나 해줄게."

비샬의 눈이 커졌다.

"난 플립 북을 만들어서 좋아하는 여자애에게 보여주고 싶어. 이름은 알아냈어. 아르파나라고 해. 그리고 플립 북에 딱 맞는 종이도 가져왔어."

아밀은 주머니에서 종이 묶음을 꺼내 비샬에게 주었다.

비샬은 웃으면서 종이 묶음을 받아 주의 깊게 살펴보며 종잇

장을 넘겨보았다.

"이거면 되겠다. 그럼 네가 로미오라는 말이지, 어?"

비샬은 종이 묶음을 주머니에 넣고 밥과 달을 재빨리 먹었다.

"아마도."

아밀이 씩 웃으며 말했다. 니샤라면 뭐라고 할까 궁금했다. 아밀이 이런저런 여자아이에게 반하면 니샤는 금방 눈치챘다. 그런 것들은 생각해선 안 된다고, 때가 되면 아빠가 신붓감을 찾아줄 거라고 했다. 아밀이 혼자서 사랑에 빠진다면 어떻게 될까? 엄마 아빠도 연애결혼이었다.

아밀이 비샬에게 말했다.

"오해하지 마. 나는 아르파나를 존중하고 순수하게 좋아하는 거라고."

비샬은 입을 닦고 벤치에 기댔다. 그러곤 팔짱을 끼고 먼 곳을 바라보았다.

"알겠어. 내가 파키스탄에 사는 어린 사내아이였을 때 말이야."

비샬이 말을 꺼내다가 아쇼카 삼촌이나 미르푸르 카스에 있는 아빠의 오랜 친구인 아흐메드 박사가 하듯이 턱을 문질렀다.

아밀은 소리 내어 웃으며 끼어들었다.

"넌 지금도 어린 사내아이야."

비샬은 이렇게 말했다.

"훨씬, 훨씬 더 어릴 때 이야기야."

아밀은 비샬이 여기서 어리면 얼마나 더 어릴 수 있을까 싶었다. 하지만 드디어 비샬이 살아온 이야기를 꺼내는 상황이라 아밀은 이 분위기를 망치고 싶지 않았다. 아밀은 점심을 손에 쥐고 말없이 기다렸다.

비샬은 눈가에서 긴 머리카락을 치웠다.

"나도 사랑에 빠진 적이 있지. 그 소녀와 나는 매일 오후 각자의 학교를 나서다가 만났어. 바로 이웃 학교였거든. 말은 한 번도 못 해 봤어."

"어디서 있었던 일인데?"

아밀이 물었다.

비샬이 손을 흔들며 말했다.

"그건 중요하지 않아. 우리는 눈으로 이야기했어. 나는 그 애가 내게 말하는 목소리를 들을 수 있었고, 그 애 역시 내 목소리를 들을 수 있었지. 눈으로 나누는 이 사랑이 허락되지 않는다는 건 알고 있었어. 그래도 난 후회하지 않아. 우린 언젠가 다시 만날 테니까."

"와! 영화에 나오는 이야기 같아."

아밀이 감탄했다. 다음 순간 아쇼카 삼촌이 떠오르면서 과연 삼촌네 영화관에 가볼 수 있을까 생각했다. 그러다 다디가 같이 가겠다고 했던 것이 떠올랐다. 그런데 다디는 영화관에 갈 수 있을까? 아밀은 잡생각을 떨쳐버리고 비샬에게 집중했다.

아밀이 물었다.

"정말 그 애의 목소리가 들렸어? 이름은 뭐였어?"

비샬이 말했다.

"이름도 몰라. 나는 내 방 창밖을 바라보며 다음 날이면 우리가 말없이 그렇게 말할 수 있기를 바랐어. 그리고 우린 그렇게 했지. 오후 아잔[2] 직전에 모스크로 걸어갈 때 말이야. 우리 집에 방이 열네 개나 있고, 하인도 많이 있었어."

"방이 열네 개나 된다고? 어디서 살았어?"

아밀은 너무 부담을 주지 않으려고 차분하게 물었다.

"그런 건 중요하지 않아. 이젠 사라졌으니까."

비샬이 눈을 내리깔았다.

아밀은 비샬이 모스크로 걸어갔다는 말이 생각났다.

"잠깐만, 모스크로 걸어갔다고 했지? 넌 힌두교도가 아니야?"

비샬은 파리가 몸에 앉기라도 한 것처럼 몸을 똑바로 세웠다.

"아니, 그런 말 안 했는데. 그 애가 기도하러 모스크로 걸어갔고 나는 집에 오는 길에 그 애를 보곤 했다고 했어. 물론 난 힌두교도야. 그 애는 이슬람교도이고. 미안, 가봐야겠다."

비샬은 이렇게 말하며 일어났다.

---

2 이슬람교에서 기도 시간을 알릴 때 쓰는 소리. 요즘에는 아단이라는 말을 더 흔히 쓰는데 아라비아어로 '알림'이라는 뜻이다

아밀이 말했다.

"아. 하지만 분명히 네가 말하길….".

"내일까지야, 친구."

비샬은 인사하고 서둘러 안뜰을 빠져나갔다.

아밀은 너무 놀라서 그대로 앉아 있었다. 비샬은 너무 이상했다. 아주 어리면서 동시에 늙은이 같은 데가 있는 점이 지금까지 아밀이 만난 사람들과는 전혀 달랐다. 비샬은 정말로 방이 열네 개이고 하인도 많은 집에 살았을까? 정말로 눈으로 여자애에게 말했을까? 모스크로 걸어갔다는 말은 아밀이 잘못 들은 것일까? 아무래도 비샬의 이야기는 다 지어낸 것 같았다. 하지만 사실일지도 모르겠다.

"뭘 그렇게 빤히 보고 있어?"

어느새 라케시가 다가와 눈앞에 우뚝 서 있었다. 친구 둘도 옆에 있었다. 아밀은 자신이 그 아이들 쪽을 보고 있는 줄도 몰랐다.

"아무것도 아니야."

아밀은 이렇게 말하고는 다시 점심 도시락을 내려다보았다.

"너랑 네 불가촉천민[3] 친구는 툭하면 우리 험담을 하는 게 틀림없어."

---

3 접촉하면 안 되는 천민이란 뜻으로, 인도의 카스트 제도라는 신분제도에도 속하지 않는 가장 낮은 신분의 사람들을 이르는 말

아밀이 말했다.

"너희들 생각은 하지도 않았어."

아밀은 자리에서 일어나 양손으로 허리를 짚었다. 싸우고 싶지 않았지만 라케시와 똑바로 눈을 마주치고 싶었다. 라케시가 체격은 더 컸지만 키는 아밀과 같았다.

"좋아, 계속 그렇게 해 보시지."

라케시는 이렇게 말하고는 돌아섰고, 친구들도 뒤따랐다.

"비샬은 방 열네 개짜리 궁전에서 살았대."

아밀이 뒤에서 큰 소리로 말했다. 사실인지 어떤지는 모르지만, 이런 말을 해도 비샬은 개의치 않을 것 같았다.

라케시가 한순간 걸음을 멈추자 아밀은 숨을 죽였다. 사고를 치고 말았다. 라케시가 천천히 돌아섰다.

"오, 그래? 지금 당장 그 녀석에게 물어보지 뭐."

라케시는 아밀에게 눈을 가늘게 뜨며 말했다.

아밀은 라케시가 비샬을 뒤쫓아가게 할 생각은 전혀 없었다.

아밀은 다급하게 말했다.

"그 앤 집에 갔어."

"어디 두고 보면 알겠지."

라케시는 이렇게 말하며 두 친구에게 따라오라고 손짓했다.

아밀은 가슴이 철렁 내려앉았다. 라케시 같은 사내아이들은 어떤 아이들인가? 그 애들은 항상 문제가 없는 곳에서도 문제를 찾아다녔다. 그런 데서 즐거움을 찾는 것일까? 아밀은 그날 종일 미리 경고해 주기 위해 비샬을 찾아다녔지만 비샬은 어디에도 보이지 않았다.

그러다가 비샬이 마지막으로 했던 말이 생각났다. '내일까지야, 친구.' 비샬은 아밀을 친구라고 불렀다. 아밀은 그 말이 진심이기를 온 마음으로 바랐다.

10장

그날 집에 돌아오니 카지가 "숙제를 도와줄까?" 하고 물었다. 평소에는 묻지 않았던 말이었다.

"좋아요."

아밀은 이렇게 말하고 어깨를 으쓱했다. 다디와 수술 생각을 머릿속에서 떨쳐버리고 싶었다. 아빠는 병원에서 하룻밤을 보내기로 했다. 아빠가 직접 수술하는 것은 아니었다. 수술을 할 수 있다 해도 의사들이 가족의 수술을 맡는 것은 좋지 않다고 했다. 아밀은 충분히 이해가 갔다. 모르는 사람의 피를 보면 어떻게 도와줄까만 생각하게 된다. 하지만 니샤나 다디, 아빠나 카지가 피 흘리는 상황이라면 아밀 자신이 피 흘리는 느낌이 들 것 같았다.

아밀이 책을 꺼내자 카지는 침대 겸 소파에 같이 앉았다. 카지는 수학을 잘 몰라서 아밀에게 설명해 달라고 했다. 그러자 아밀은 좀 더 똑똑해진 느낌이 들었다. 카지에게 설명해 주다 보니 기억이 더 또렷하게 났기 때문이다. 니샤나 아빠나 선생님의 설명을 듣고만 있을 때는 자꾸만 딴생각이 들었었는데 카지에게 설명하는 것이 어떤 면에서는 더 효과적인 공부 방법이었다.

아밀에게 학교 공부는 항상 아주 높은 산 밑에 있는 것과도 같았고, 힘들게 올라간다 해도 꼭대기에 가면 공부할 게 더 많아질 뿐이었다. 아밀은 자신이 의사가 될 만큼 좋은 성적을 내지 못하리란 사실을 잘 알고 있었고, 아빠는 항상 그 사실에 실망했을 것이다. 그렇다면 중요한 것은 무엇인가? 그 산을 올려다보는 것보다 돌아서 다른 길로 가는 것이 더 쉬운 방법이었다. 어쩌면 아밀은 결국 간식 노점상이 될지도 모르겠다. 카지에게서 파코라 만드는 법을 배울 수도 있었다. 포장마차가 생긴다면 직접 그린 그림들을 팔 수도 있었다. 아빠는 과연 그런 것을 어떻게 생각할지 궁금했다.

카지가 다진 양고기와 완두콩으로 만들고 있는 진하고 향긋한 키마¹ 냄새가 풍겨왔다. 양고기는 어디서 구했는지 궁금했다. 몇 달 동안 고기를 먹지 못했던 터라 아밀은 군침이 돌았다. 아빠와 다디는 키마를 좋아하지 않았는데, 어쩌면 그래서 카지가 오늘 밤 키마를 만들고 있는지도 모르겠다. 키마는 카지가 가장

---

1 향신료가 들어간 다진 고기 요리로, 흔히 완두콩과 함께 먹는다

좋아하는 음식이기도 했다. 이를테면 아밀과 둘이서만 아는 비밀이랄까. 아밀은 다디가 수술을 받는 것이 반갑지 않았지만 카지의 보살핌을 한몸에 받는 것은 기분 좋았다. 카지는 아빠가 있을 때와 달랐다. 더 평온하고 말도 많아졌다. 때로는 아빠의 존재가 무거운 담요처럼 그들을 뒤덮고 있을 때가 있었던 것이다.

카지가 식탁에다 음식을 차려주었다. 다들 배가 고파 허겁지겁 달려들었다. 아빠와 식사를 함께 할 때처럼 말을 하지 않고 천천히 식사하는 것에 신경 쓰지 않아도 되었다. 키마에 로티를 듬뿍 적셔서 먹고, 포슬포슬한 밥과 크림 같은 라이타[2]를 몇 번이고 떠서 즐겁게 실컷 먹은 다음 만족해하며 의자에 기대앉았다. 아밀은 다디의 빈 의자에 눈길이 갔다.

아밀이 말했다.

"다디는 어떻게 지내는지 궁금해요."

카지는 고개를 끄덕였다.

"다디의 수술이 무사히 끝났다는 소식을 듣기 전까지는 잠이 안 올 것 같아요."

니샤가 말했다. 아밀과 니샤 둘 다 카지를 바라보았다.

"다디는 괜찮을 거야. 아빠가 다 알아서 하실 거야."

카지는 일어나서 접시를 치웠다.

---

2 인도 요리에서 요거트를 기본으로 한 소스로, 보통 요거트, 채소, 허브와 향신료를 재료로 한다

"아밀, 나머지는 네가 치우렴. 나는 설거지를 하고 니샤는 접시를 닦아 말리고."

둘은 고개를 끄덕이고 카지를 돕기 시작했다.

"병원에 가서 확인해 보면 안 돼요? 걸어가도 오래 걸리지 않잖아요. 전차를 타도 되고요."

아밀은 더러워진 접시들을 차곡차곡 손에 쌓아 들면서 물었다.

카지가 대답했다.

"좋은 생각이 아니야. 아빠한테 스트레스만 줄 거야. 내일 알아보자."

아밀은 한숨을 쉬었다. 카지가 그렇게 말할 줄 알고 있었다. 다 같이 설거지하고 접시를 닦아 말린 다음 묵묵히 모든 것을 정리했다.

다 끝난 뒤 카지가 말했다.

"자, 이걸 먹으면 기운이 날 거야. 오늘 시장에서 샀단다."

카지는 찬장에서 큼직한 파인애플을 꺼냈다. 아밀과 니샤는 자리에 앉아서 카지가 빠른 손놀림으로 파인애플 자르는 모습을 지켜보았다. 우선 파인애플 윗부분과 단단한 갈색 옆면을 잘라내고, 긴 칼로 갈색 점들을 얇게 잘라내고 가운데 긴 심을 발라냈다. 그러고 나서 파인애플을 옆으로 뉘어 굵직굵직 둥글게 썰었다. 잘린 파인애플은 마치 꽃 모양 같았다. 모두 자리에 앉아서 황금빛 파인애플을 먹었다. 과육이 탱탱하고 달콤하고 과즙

엄마, 엄마는 파인애플
좋아하세요?

이 풍부했다.

"오늘은 다디를 위해 기도할게."

카지는 손을 닦으며 말했다.

아이들은 고개를 끄덕였다.

"다디는 혼자예요."

니샤가 이렇게 말하고는 갑자기 울음을 터뜨렸다. 니샤는 손으로 눈을 가렸다.

카지는 깜짝 놀란 표정이었다.

"울지 마, 니샤. 아빠가 계시잖아. 다디는 혼자가 아니야. 아마 온 병원 사람들이 다디를 보살피고 있을걸."

니샤는 고개를 끄덕이며 눈물을 닦았고, 아밀은 살짝 소리 내어 웃었다. 카지 말이 맞았기 때문이다. 다디는 있는 줄도 모를 정도로 조용한 할머니처럼 보였지만, 모든 이들이 자신을 위해 열심히 일하게 할 방법을 알고 있었다. 다디는 한 사람에게 부탁 하나씩만 했다. 예를 들어 담요 좀 가져다주실 수 있을까요? 제가 좀 추워서요, 처럼. 담요를 받으면 또 다른 부탁을 했다. 그러고 나면 손을 꼭 잡고 눈을 바라보며 정말 고맙다고 인사했다. 그다음에 또 뭔가 부탁하고, 그런 식으로 사람들은 자신도 깨닫지 못하는 사이 오후 내내 다디의 시중을 들어주고 다디의 이야기를 들어주게 되는 것이다.

카지도 소리 내어 웃었다.

"우린 아빠가 대장인 줄 알지만, 사실은 다디가 대장이라니까."

다시금 침묵이 흘렀다. 카지가 목덜미를 문질렀다.

이윽고 카지가 입을 열었다.

"그래."

"뭐가요?"

아밀이 물었다.

"그래, 내가 알아보러 갔다 올게."

니샤가 벌떡 일어나 손뼉을 쳤다.

"아, 아저씨가 없으면 우린 어떻게 됐을까요?"

"나도 너희 못지않게 다디가 어떤지 궁금하단다."

카지는 이렇게 말하고 나갈 준비를 했다.

나중에 아밀과 니샤는 니샤 방에 불을 켜고 작은 침대에 앉아 카지가 돌아오기를 기다렸다. 파인애플 과즙에 손가락이 아직도 끈적거렸다. 아밀은 스케치북을 꺼내서 그냥 마음 가는 대로 그림을 끄적여 보았다. 머릿속에 파인애플만 떠오르고, 다디에게 파인애플 한 조각이라도 줄 수 있었으면 하고 간절히 바랐다.

몇 시간이 지났지만 카지는 돌아오지 않았다. 둘은 이제 어둠 속에 누워 금 간 천장을 올려다보았다. 은색 달빛이 방 안을 은은히 감쌌다.

니샤가 조그맣게 물었다.

"혹시 아저씨한테 안 좋은 일이 생긴 건 아닐까?"

아밀은 니샤가 자는 줄 알았는데 아니라서 기뻤다.

"아닐걸. 아저씨는 혼자 걸어서 국경도 넘었어. 병원까지 걸어 가는 동안 무슨 일이야 있겠어?"

둘은 잠시 말이 없었다. 사실 아밀은 무슨 일이든 일어날 수 있다는 것을 알고 있었다. 종종 카지가 걱정되었다. 카지가 이슬 람교도인 것이 알려지면 공격을 받을 수도 있었다. 몇 주 전 뭄 바이에서 이슬람교도 상점 주인이 공격을 받아 살해되었다는 신 문 기사를 본 적이 있었다. 아밀 가족이 계속 미르푸르 카스에 머물렀다면 똑같은 위험에 처했을 것이다.

"분명 네 말이 맞을 거야."

조금 있다가 니샤도 말했지만, 아마 아밀과 똑같은 생각을 하고 있는지도 모르겠다.

"'고향 놀이' 하자. 딴 건 잠시 잊어버리게."

니샤의 제안에 아밀이 말했다.

"좋아. 너부터 해 봐."

'고향 놀이'를 할 때면 예전에 살던, 진짜 집에서 하던 가장 좋아하는 것들을 떠올렸다. 서로 번갈아 가며 똑같은 문장을 완성했다. 집에 돌아가면 난 가장 먼저….

니샤가 시작했다.

"집에 돌아가면 난 가장 먼저 자리에 앉아서 옛 친구 사빈이 재잘재잘 이야기하는 것을 들을 거야. 학교 가기 전에 사빈은 안뜰에서 그렇게 재잘거리곤 했지. 그때는 지겨웠어. 그렇게 앉아서 친구 말에 귀를 기울이는 것이 얼마나 편안한 일상이었는지 이제는 그리워. 여기선 아무도 나한테 그렇게 이야기하질 않아. 이제 네 차례야."

니샤가 아밀을 돌아보았다.

아밀은 창밖의 가로등을 바라보며 잠시 생각했다.

"난 고향에 돌아가면 집 옆 작은 언덕에 앉아 정원이랑 카지의 오두막, 마니트의 정원 헛간, 읍내로 가는 큰길, 해지는 풍경을 바라볼 거야. 내 인생 전체가 보이는 것만 같았어, 그렇지 않아?"

니샤가 물었다.

"네 미래를 볼 수 있다는 말이야?"

"아니, 바로 내 앞에 무엇이 있는지 보였어. 아무것도 변하지 않을 것만 같았지. 다 이해가 되었어. 하지만 지금은 이 창밖을 내다보면 무엇을 보게 될지, 누가 지나갈지 전혀 모르겠어. 내 삶이 내 것 같지가 않아."

잠시 후 니샤는 나직이 말했다.

"떠나기 전만 해도 아빠는 훨씬 더 젊어 보였어. 일 년 사이에 한 십 년이 지난 것 같아."

아밀은 고개를 끄덕이며 그때 이후로 식구 모두가 어떻게 변했는지 생각했다. 고향에서 다디는 저녁 산책을 하고 꽃을 따고는 했다. 카지는 요리하면서 노래를 흥얼거리곤 했다. 아빠는 주머니에 피스타치오를 가득 담은 채 활기차게 걷고는 했다. 그 모든 일들이 이제 더는 일어나지 않았다.

마침내 아밀과 니샤는 잠이 들었다. 몇 시간 뒤 아밀이 잠에서 깨어나 부엌에 가서 작은 시계를 확인했다. 새벽 3시 30분이었는데, 카지는 아직 돌아오지 않았다.

아밀은 방으로 돌아와 어둠 속에서 말했다.

"니샤, 니샤, 일어나 봐."

"왜?"

니샤는 눈을 비비며 일어나 앉았다.

"아저씨가 아직 안 왔어."

"어쩌면 병원에서 아빠를 기다려야 했을지도 모르지."

"그럴지도. 같이 가서 확인해 보자."

니샤가 말했다.

"안 돼. 그럴 순 없어. 아빠가 엄청 화내실 거야."

아밀이 말했다.

"알아. 하지만 어차피 아빠는 툭하면 화내시는걸. 내가 엮인 일은 더 그렇고."

"너무 이른 새벽이잖아. 위험해."

"그래, 네 말이 맞아."

아밀은 이렇게 말하고 다시 잠을 청하려 했다. 하지만 잠이 오지 않았다. 계속 생각이 멈추지 않았다. 새로운 하루의 햇살이 창문으로 흘러들어오자 아밀은 더는 견딜 수 없었다. 벌떡 일어나 니샤의 팔을 흔들었다.

"일어났어?"

니샤는 뒤척이더니 아밀을 돌아보았다.

"응, 지금."

니샤는 얼굴에서 머리카락을 걷어내고 햇살에 눈을 깜박였다.

"벌써 아침이고 토요일이야. 오늘은 수업이 없어. 병원에 가 보자."

니샤는 고개를 저었다.

"그럼 나 혼자 갈게."

아밀이 말했다. 잠을 거의 못 자고 누워 있다 보니 기분이 이상했다. 아밀은 불안한 느낌에 다리가 근질거려서 작은 방안을 서성거리기 시작했다.

"아빠가 화내는 건 괜찮아. 왠지 끔찍한 일이 일어났다는 느낌을 떨쳐버릴 수 없어."

졸음이 묻어 있던 니샤의 얼굴이 깜짝 놀란 표정을 지었다. 아밀은 심장이 쿵쿵 뛰었고 호흡이 빠르게 가빠졌다. 지금 느끼는 공포감 때문에 국경으로 향하던 끔찍한 여정이 떠올랐다. 기억들이 번갯불처럼 머릿속에서 번쩍거렸다. 아밀은 사막에서 실수로 물을 쏟았을 때 아빠가 마치 살인자를 보듯이 자신을 노려보던 모습이 떠올랐다. 너무 지치고 목마른 나머지 땅바닥에 누워 있던 자신의 모습이 떠올랐다. 그때 아밀은 차라리 잠이라도 들었으면 하고 간절히 바랐지만 잠들면 영영 깨어나지 못할 수도 있다는 것을 알고 있었다. 조드푸르행 기차를 타고 가다가 밖에서 서로에게 칼을 휘두르던 남자들도 보았다. 라시드 외삼촌 집에서 다디가 아파 누워 있고 니샤가 밥을 먹이려고 애쓰던 모습도 떠올랐다.

아밀은 숨을 제대로 못 쉰 채 벽에 등을 기댔다. 니샤가 일어나 부엌으로 달려갔다. 그러곤 카지가 시장에 들고 다니는 두꺼운 천 가방을 가지고 돌아왔다.

"자, 앉아서 여기 대고 숨을 쉬어 봐."

니샤는 아밀의 얼굴에 가방을 대주며 말했다. 아밀은 가방을 받아 니샤가 가르쳐 준 대로 가방으로 얼굴을 감싸고 공기를 들이마셨다. 호흡과 심장 박동이 차츰 느려졌다. 아밀은 니샤를 올려다보며 가방을 내려놓았다.

"이렇게 하는 걸 어떻게 알았어?"

"예전에 병원에서 아빠가 환자에게 하는 걸 봤어."

"나쁜 기억들이 머릿속에서 번쩍거리며 지나갔어. 깨어 있어도 꿈을 꾸고 있는 것 같아. 무엇 때문에 기억이 되살아나는지 모르겠어."

"모든 일이 다시 반복되고 있는 것 같아?"

"응. 잠깐만. 너도 그랬어?"

니샤는 고개를 끄덕였다.

"그럴 때면 꼭 죽을 것 같은 기분이야."

"아, 니샤, 난 몰랐어."

아밀은 처음 듣는 이야기에 깜짝 놀랐다.

"나만 그런 줄 알았는데."

니샤가 속삭이듯 말했다.

"너만 그런 게 아니야."

아밀은 땀에 젖은 이마를 만지며 얼마나 많은 사람들이 이런 심정을 느끼는 것일까 생각했다. 비샬도 이런 심정을 느낀 적이 있을까 궁금했다.

니샤가 말했다.

"좋아, 가보자."

"간다고?"

"그래, 병원에."

니샤는 눈썹을 모은 채 단호한 눈빛이었고 입은 일자로 꼭 다물고 있었다.

아밀이 말했다.

"너 지금 그 표정이야."

"무슨 표정?"

니샤가 물으면서 자기 뺨을 만져보았다.

"아무것도 날 막지 못해, 하는 표정."

"그런 건 아닌데."

니샤가 입꼬리를 살짝 올리며 말했다.

"그럼 어떤 기분이야?"

"뭔가 바닥을 쳤고, 이제 올라가는 수밖에 없다는 느낌이야."

아밀은 잠시 생각해 보았다.

"난 바닥에 있을 때조차도 바닥에 있다는 걸 깨닫지 못하는 것 같아."

아밀은 평소처럼 화장실에서 옷을 갈아입었고, 니샤는 자기 방에서 옷을 갈아입었다. 둘은 물을 조금 마시고 계단을 내려가

거리로 나갔다. 아밀은 햇빛에 눈을 가늘게 떴다. 공기는 시원했지만 햇살이 벌써 화창하고 따갑게 내리쬐는 것을 보니 오늘도 더울 것 같았다.

병원에 딱 한 번 가봤지만 아밀은 방향 감각이 뛰어났다. 한 번만 가봐도 길을 다 외웠다. 니샤는 주로 따라오는 편이었다. 니샤는 인정하지 않겠지만 길눈이 밝은 것도 아밀이 니샤보다 뛰어난 점이었다.

둘은 콜라바 둑길 쪽으로 걸어간 다음 북쪽으로 2킬로미터쯤 안 되게 올라갔다. 병원이 가까워질수록 걸음이 점점 빨라지다가 마지막 몇 분 동안은 자신도 모르게 뛰어갔다. 성 조지 병원 입구에 서서 하늘로 솟은 높은 아치형 창문들을 올려다보았다. 거리는 점점 더 붐비고, 자동차 경적도 커지기 시작했다.

"가자, 괜찮아."

아밀은 현관문 앞에서 머뭇거리는 니샤에게 말했다.

니샤는 아밀을 따라 병원으로 들어갔다. 아밀은 접수대에서 일하는 여성에게 두 손을 모으며 인사했다.

"나마스테[3]. 우리 아버지는 바스와니 의사입니다. 할머니가 여기 입원하셨는데, 잠시 뵐 수 있는지 궁금해요."

아밀은 아빠가 어떻게 생각할지 더는 걱정하지 않았다. 어른

---

3 힌두교도들이 손을 모으고 인사할 때 쓰는 말

들은 아밀과 니샤만 두고 다 가버렸다. 그러니 둘이 어떻게 해야 한단 말인가?

"아, 물론이야. 저기서 기다려주렴."

여자분은 그렇게 말하고 벽쪽에 있는 나무 벤치를 가리켰다. 아밀과 니샤는 돌아서서 벤치로 걸어갔다.

"우리에게 화난 것 같진 않았어."

니샤가 안도한 표정으로 아밀의 귓가에 속삭였다.

병원에서는 늘 그렇듯 병원 냄새가 났다. 소독제, 아픈 사람들 그리고 꽃 냄새. 미르푸르 카스에서 아빠가 근무하던 병원에 가 봤던 시간이 모두 떠올랐다. 사실 아밀은 이 냄새가 좋았다. 고향이 생각났다.

환자 몇몇이 병원에 들어왔다. 한 아버지는 나무에서 떨어진 어린 아들을 안고 왔다. 그들은 아밀과 니샤 근처의 다른 벤치에 앉으라는 안내를 받았다. 어린 소년은 자기 팔을 잡고 앞만 똑바로 바라보고 있었다. 마음을 강하게 먹으려고 애쓰는 것처럼 보였다. 아밀은 자기도 아빠를 위해 강해지려고 노력했던 많은 순간들이 떠올라 아이의 심정이 이해가 갔다.

아이 아버지는 몹시 걱정스러운 표정으로 아이의 등을 쓰다듬었다. 몇 분 뒤, 아버지는 일어나서 간호사에게 언제쯤 의사의 진료를 받을 수 있는지 물었다. '곧'이라는 대답을 듣고는 다시 자리에 앉아 아이의 팔을 살펴보며 괜찮냐고 물었다. 그리고는 열이 있는지 확인하려는 듯 아이의 이마를 만져보았다. 아이는 괜찮다고 하면서도 다친 팔에서 손을 떼지 않았다. 아버지는 계속 아이의 등에 손을 가볍게 얹고 있었다. 아밀은 아빠가 자기에게 그런 식으로 애지중지하는 모습이 도저히 상상이 안 갔다.

몇 분이 지나자 여닫이문 뒤에서 또 다른 간호사가 나왔다. 간호사는 큼직한 안경을 통해 빤히 바라보며 아밀과 니샤에게 따라오라고 손짓했다. 둘은 간호사를 따라 문을 지나 다른 복도로 들어갔고 많은 병실을 지나갔다. 아밀은 니샤의 등이 뻣뻣하게 긴장한 것을 알 수 있었다. 니샤는 아픈 사람들과 함께 있는 것을 좋아하지 않았다. 그럴 때면 자신도 아픈 사람이 된 기분이라고 했다. 아밀은 사람들이 아픈 것은 싫지만 함께 있는 것을 꺼리지는 않았다. 그냥 웃게 해줄 뿐일지라도 도울 수 있는 일이 있는지 알아보는 걸 좋아했다.

어떤 방에는 비쩍 마른 청년이 입을 벌린 채 앉아서 자고 있었다. 아밀은 대신 청년의 입을 닫아주고 싶었다. 옆방에서는 어떤 할머니가 끙끙 앓고 있었다. 간호사가 할머니의 손을 잡아주었다. 다음 순간 다리에 길고 하얀 깁스를 한 어린 소녀가 눈에 들어왔다. 아밀과 눈이 마주치자 소녀는 손을 흔들었고, 아밀도 손을 흔들어 주었다. 배가 불룩 나온 할아버지가 넙죽 엎드린 채 껄껄 웃고 있는 모습도 보았다. 아밀은 '그렇게 웃을 수 있는 일이 무엇일까' 궁금했다.

모퉁이를 돌아서 또 다른 복도를 따라 내려가다가 마침내 문이 닫힌 방 앞에 이르렀다. 간호사가 재빨리 노크했다. 아빠의 목소리가 "네" 하고 대답하자 간호사가 문을 열었다. 아빠는 책상에 앉아 있었다. 아빠가 펜을 쥔 채 고개를 들었다.

"여긴 무슨 일이니?"

아빠의 머리카락은 조금 헝클어져 있었고, 눈 밑은 거뭇하게 그늘져 있었다.

"어젯밤에 카지를 돌려보내면서 다 괜찮다고 너희들에게 전하라고 했는데."

간호사가 문을 닫고 나갔다. 니샤와 아밀은 서로를 바라보았다.

"아, 아빠."

니샤는 이렇게 말하고 고개를 저었다. 눈물이 그렁그렁 차올랐고 더는 아무 말도 하지 못했다.

아밀이 말했다.

"카지가 돌아오지 않았어요."

아빠는 아이들을 뚫어지게 보며 이 새로운 소식을 곰곰이 생각했다.

"뭔가 좋지 않은데."

마침내 아빠는 이렇게 말하고 손으로 입을 문질렀다.

"분명 이유가 있을 거야."

니샤가 물었다.

"다디는 괜찮아요?"

"너희들끼리만 있는 줄 알았으면 전보라도 쳤을 텐데."

아빠가 그렇게 걱정스러운 표정을 짓는 것은 처음 보았다.

아밀이 말했다.

"저흰 괜찮아요. 다디가 어떤지만 알려주세요."

아빠는 의자에 기대앉았다. 그리곤 숨을 깊이 들이마셨다.

"다디는 아직 불안정한 상태야. 유심히 지켜봐야 한다. 푹 쉬면 회복은 되겠지만 시간이 좀 걸릴 것 같구나."

"다디를 만날 수 있어요?"

니샤는 두 손을 꼭 모으고 간절하게 말했다.

아빠가 말했다.

"아, 잘 모르겠구나. 다디는 너희에게 약한 모습을 보여 주기 싫어해서."

"다디는 개의치 않으실 것 같은데요."

아밀이 말했다. 이미 죽음의 문턱에 선 모습을 보기도 했는데, 그런 게 무슨 상관있겠는가?

아빠는 입을 열었다가 다물고는 한숨을 쉬었다.

"좋아. 가보자."

아빠가 이렇게 말하고 자리에서 일어났다.

아밀은 미소를 지었다. 나가는 길에 보니까 아빠 책상 위에 은색 액자가 있었다. 그것은 아름답고 신비로운 모습의 엄마 사진 중 하나였는데, 엄마는 검은색 가루 화장품인 콜을 눈가에 바른 채 손으로 턱을 괴고 카메라를 똑바로 바라보고 있었다. 아무도 없을 때 아빠는 엄마의 사진에 말을 건 적이 있을까 궁금하기도 했다.

아빠는 둘을 데리고 다디의 병실로 갔다. 문을 열기 전 아빠가 몸을 바짝 기울여 속삭였다.

"카지 이야기는 절대로 꺼내지 마라. 엄청 걱정하실 거야. 그 문제는 나중에 처리하자꾸나."

둘이 고개를 끄덕이자 아빠는 문을 열었다. 아빠가 앞장서서 다 같이 병실에 천천히 발을 들여놓았다. 아밀은 다디가 앉아 있는 모습을 보니 무척 기뻤다. 하지만 다디의 얼굴은 창백했고 눈은 살짝 초점이 흐려져 있었다. 다디는 아밀과 니샤를 보자 미소를 지었다.

"깨어 있어서 다행이네요. 손님들이 오셨어요."

아빠가 눈을 반짝이며 유쾌하게 말했다. 아빠는 의사의 모습으로 돌아가 있었다.

다디가 손을 내밀었다. 아빠가 침대 앞에 가서 걸려 있는 차트를 확인했다.

"다디!"

니샤가 다디의 발을 만지며 말했다. 그러고는 다디 옆에 가서 섰다. 아밀도 그렇게 했다.

다디는 손을 내저었다.

"아, 난 괜찮단다. 너희 할 일이나 열심히 하렴. 그리고 카지에게 내가 집에 가면 라두[4]를 만들어달라고 전해 주렴."

아밀과 니샤는 카지의 이름이 나오자 서로 눈이 마주쳤다.

"왜? 그렇게 걱정스러운 얼굴 하지 마라. 난 아직 갈 때가 안 됐다고."

"얼마만큼 만들어야 할지 고민한 것뿐이에요."

아밀은 이렇게 말하고 걱정을 감추려고 활짝 웃었다.

"다디가 보살핌을 잘 받게끔 아빠가 잘하시겠죠."

니샤가 말했다.

"그래."

다디는 니샤의 손을 도닥여 주었다. 그러고는 한숨을 쉬었고, 눈꺼풀이 무거워지는 것처럼 보였다. 다디는 머리를 뒤로 젖히고 눈을 감았다.

아밀과 니샤는 몇 분 더 다디를 지켜보며 앉아 있었다.

아빠가 말했다.

"그래, 이만하면 됐다. 다디를 쉬게 해주자."

니샤는 다디의 손을 꽉 잡아준 다음 다 같이 병실 문을 나섰다. 문이 닫히자 아빠는 돌아서서 목소리를 낮추어 말했다.

---

4 밀가루와 설탕 그리고 버터를 가열해 수분과 유당, 카제인을 제거한 기 버터로 만든 동그랗고 달콤한 간식

"집에 가서 카지가 돌아왔는지 확인해 보렴. 무조건 안전하게 집에 있어라. 오늘 오후에 집에 가마. 약속할게."

아밀이 말했다.

"알았어요, 아빠."

아밀은 다디가 아픈 것이 싫었지만 가슴 한편에서는 적어도 그 때문에 아빠가 엎질러진 잉크 사건을 잊어버려서 다행이라 여겼다. 아밀의 손에도 잉크 자국이 거의 지워졌다. 아밀과 니샤는 병원을 나와 따스한 햇살을 받으며 천천히 집으로 걸어갔다. 집에 가면 카지가 맞아주기를 바라면서.

11장

아밀은 집을 나서기 전에 챙겼던 여분의 열쇠로 문을 열었다. 둘은 작은 아파트의 텅 빈 느낌을 받아들이며 그대로 서 있었다. 카지는 돌아오지 않았다. 아밀은 부엌에 들어가 아이스박스에서 요구르트를 꺼냈다. 니샤가 오래된 로티를 찾아내 둘은 말없이 먹었다. 그러고는 금방 잠이 들었다. 어젯밤에 거의 잠을 자지 못했기 때문이다.

몇 시간 뒤 아밀은 문 열리는 소리에 침대에서 벌떡 일어나 카지가 왔기를 바라며 거실로 달려갔다. 아빠였다. 아밀과 아빠는 서로의 눈을 바라보았다.

"카지는 지금까지 소식이 없는 거니?"

아빠의 물음에 아밀은 고개를 끄덕였다.

잠에서 깬 니샤가 부숭부숭한 눈으로 조용히 걸어 나왔다. 그러곤 아빠에게 달려가서 잠깐 안아주었다. 아빠는 그런 니샤를 꼭 끌어안아 주었다. 아빠로서는 보기 드문 행동이었다. 그러고 나서 니샤는 자기 방으로 돌아갔다.

아빠도 자기 방으로 향하자, 아밀은 그다음에 어떻게 해야 할지 몰라 부엌 근처에 그대로 굳어 있었다. 카지가 없으니까 더러운 접시, 컵, 그릇 따위가 조리대에 쌓여 있었다. 카지가 늘 어깨에 걸치고 있던 마른행주도 화덕 옆에 구겨져 있었다. 식탁 위에는 음식 부스러기들이 흩어져 있었다.

향신료 찬장 옆에 걸려 있는 앞치마가 눈에 띄었다. 다디의 앞치마였는데 카지가 물려받아 썼다. 앞치마를 보니 아밀은 아주 어렸을 때 다디가 가끔 요리해 주던 시절이 떠올랐다. 다디는 우리 가족의 오랜 요리법을 카지에게 모두 가르쳐주고는 요리에서 완전히 손을 뗐다. 관절염 때문에 손가락이 아파서 상태가 좋을 때는 바느질하고 편지를 쓰고 장미를 손질했다. 하지만 이제는 그런 일도 거의 하지 않았다.

니샤는 긴 머리를 빗어 단정하게 땋고는 한결 잠이 깬 모습으로 나왔다. 그 모습에 아밀은 정신을 차렸다.

"저녁 준비 좀 도와줘."

니샤는 평소처럼 진지하게 말했다.

그 순간 아밀은 니샤에게서 아빠의 모습이 보였다. 아밀은 인정하고 싶지 않지만 두 사람은 무척 닮았다. 엄마가 살아 있다면 아밀은 엄마에게 더 동질감을 느꼈을지 궁금했다. 엄마 아빠, 아밀과 니샤, 이렇게 넷이 한 가족인 것을 상상해 보았다. 함께 산책하는 모습을, 쿨피 팝을 들고 초파티 해변을 한가로이 산책하는 모습이 눈앞에 보이는 듯했다. 엄마가 꼭 아밀처럼 쿨피 팝이 녹아 손목을 타고 흘러내리는 것도 개의치 않고 천천히 먹으며 아밀과 나란히 걷는 모습이 떠올랐다. 상상이 펼쳐지자 둔탁한 통증이 가슴 속에서 커졌다.

"응, 알았어."

아밀이 대답했다. 할 일을 정해주는 것이 처음으로 고맙게 느껴졌다.

니샤는 찬장을 뒤져 감자와 토마토, 오크라와 병아리콩 가루를 찾아냈다. 아밀은 조리대를 닦고 설거지를 했다. 니샤는 접시를 닦아 말리고는 아밀과 함께 채소를 썰었다. 화덕에 불을 켜고 카디를 만들기 시작했다. 그런 다음 니샤는 쌀을 넣고 밥을 했다. 아밀은 카지가 카디를 너무 자주 만들어 지겨웠지만 아빠가 좋아하는 음식이었고, 지금은 아빠를 위해 뭐라도 해주고 싶었다.

잠시 후, 아빠가 부엌으로 들어왔다. 아빠는 젖은 머리를 한쪽으로 단정하게 빗어넘기고 있었다. 아빠가 식사를 시작할 때까지는 아무것도 물어보지 말아야 한다는 것을 아밀은 잘 알고 있었다. 니샤는 파파드가 가득 담긴 접시와 초록색 처트니가 담긴 작은 접시를 식탁에 차려 놓았다. 저마다 파파드를 하나씩 먹자 바삭거리는 소리가 공간을 채웠다. 마침내 김이 모락모락 피어오르는 카디와 밥이 식탁에 놓이고, 각자 자기 몫을 덜어가고 나자 아빠가 입을 열었다.

"말했듯이 다디는 며칠 더 입원할 예정이란다. 아직은 상태가 많이 쇠약하시거든."

그러고는 한 입 더 먹었다.

아빠는 음식을 삼키고 나서 말했다.

"거짓말은 하지 않으마. 카지가 걱정된단다. 전보를 보내서 혹시 카지를 본 사람이 있는지 알아볼 생각이다."

아밀은 아빠가 카지는 괜찮을 것이고, 모든 것이 괜찮을 것이라 말해주었으면 했다. 그런 말을 듣는 것이 너무도 필요했다. 왜냐하면 아빠가 그렇게 말하면 아밀도 마음 한구석에서는 그 말을 믿을 테니까.

니샤는 일어나 자기 방으로 뛰어가 버렸다.

"니샤!"

아빠가 뒤에서 불렀다.

방문 닫히는 소리가 들리자 그냥 내버려 두었다. 할 수 있는 일이 없었으니까. 아빠는 밀크티를 마시고 아밀은 파파드를 하나 더 먹었다.

아밀이 물었다.

"누군가 카지를 다치게 한 것일까요?"

"그럴 수도 있지. 모든 것은 부서진단다. 파키스탄과 새로운 인도는 창틀에 놓인 두 개의 달걀과도 같아서 앞으로 어떻게 될지 알 수 없지. 나라가 갈라진 데서 오는 분노와 불신이 바이러스처럼 계속 퍼지고 있단다. 사실 우리는 아마도 완전히 치유되지 않을지도 몰라."

아밀은 아빠의 말을 생각해 보았다.

"잠깐만요, 우리가 부서진다면 어떻게 달걀일 수 있나요? 이해가 안 가요."

아빠는 파파드를 한 입 더 먹었다.

"우리는 둘 다야. 노른자와 껍데기 더미 속에 놓여 있는 깨지지 않은 달걀이지."

아밀은 여전히 혼란스러웠다. 자리에서 일어나 니샤가 어떤지 보러 가려는데, 현관문이 열렸다. 카지였다. 매무새가 조금 헝클어져 있었지만 멀쩡해 보였다. 아밀은 헛것을 보고 있는 게 아닐까 하고 눈을 깜박였다.

다음 순간 니샤가 방에서 뛰쳐나오자 아밀은 자기가 본 것을 믿게 되었다. 둘 다 카지에게 달려들어 문 닫을 틈도 주지 않은 채 카지를 덥석 껴안았다.

"진정하렴."

카지는 이렇게 말하고는 웃으면서 다시 아이들을 안아주었다.

"다 괜찮아. 걱정시켜서 미안하구나. 무슨 일이 있었는지 말해 줄 테니 자리에 좀 앉자꾸나."

아밀은 또 다른 기억이 번뜩 떠올랐다. 불과 몇 달 전 카지가 자신들을 찾아 조드푸르에 왔을 때 먼지투성이에 거의 굶어 죽을 지경이 된 상태로 골목에 있었던 모습이 생생히 떠올랐다. 아밀 가족은 카지를 두 번 다시 만나지 못할 줄 알았는데, 다시 만났다. 이번에도 카지는 사라졌다가 그저 조금 지친 표정으로 다시 눈앞에 서 있었다. 아밀은 예전 기억도 지금 이 순간의 카지의 모습으로 바꾸고 싶었다.

카지가 샌들을 문가에 벗어두고 식탁에 앉았다. 니샤는 밀크티를 데우고 파파드 한 접시를 새로 만들었다. 음식이 준비되자 카지는 밀크티를 한 모금 마셨다. 그런 다음 몸을 앞으로 기울이고 이야기를 들려주었다.

"어제 병원을 나섰는데, 한 여인이 길가에서 무릎을 꿇은 채 울고 있는 모습을 봤어요. 흐느껴 우는 모습에 왠지 걸음이 멈췄어요. 깊은 고통이 느껴졌죠."

카지는 그 여인에게 다가가 괜찮냐고 물었다고 했다. 여인이 고개를 들었을 때 보니 낯익은 얼굴이었다. 미르푸르 카스에 있는 여학교에서 가장 어린아이들을 가르치던 칸 선생님이었다.

니샤는 손으로 입을 가렸다.

"기억나요! 그런데 그분은 이슬람교도예요. 왜 국경을 넘었을까요?"

니샤가 물었다.

"글쎄다, 그분 이름은 이제 칸 선생님이 아니란다. 차와티 부인이야. 힌두교도 남자와 사랑에 빠졌거든. 그 사람이 부인에게 개종해서 자기와 함께 이리로 오자고 했단다."

"아!"

니샤가 말하고는 아빠를 바라보았다. 아빠는 컵만 뚫어지게 보고 있었다.

"카라치에서 배를 타고 건너와 남편의 사촌들과 함께 지냈대요. 그다음 이야기는 너무 슬퍼요. 다 털어놓아도 될지 모르겠어요."

카지는 아빠를 바라보았다.

아빠가 말했다.

"괜찮아. 너무 심하면 그만하라고 할게."

카지는 이야기를 계속했다. 차와티 부인은 집에서 쫓겨났다고 한다. 차와티 부인의 친척 중 한 명이, 심지어 형부라서 혈연관계도 아닌 사람이 신드에서 폭동이 일어났을 때 힌두교도 남자를 죽인 사실을 남편의 사촌이 알았기 때문이었다.

차와티 부인의 형부가 그 힌두교도를 죽인 것은 힌두교도 남자 한 무리가 집에 침입했기 때문이었다. 자신을 찌르려는 남자를 칼로 찔렀다. 이를 본 나머지 일당들이 소문을 퍼뜨렸다. 남편은 이 사실을 알고 부인을 때려서 쫓아낸 것이었다. 차와티 부인은 사람들이 자신을 해코지하러 찾아다닐지도 모른다고 했다.

그 말에 아빠가 일어났다. 아빠는 손으로 머리를 쓸어넘기며 서성거리기 시작했다.

"우리는 이보다는 나은 존재인데. 폭력의 악순환은 언제나 끝날까?"

카지가 말했다.

"그러게나 말입니다."

아빠는 숨을 깊이 들이마시고는 다시 자리에 앉았다. 카지는 이야기를 계속했다. 그 여인이 가족의 품으로 돌아갈 수 있도록 파키스탄으로 가는 배표를 구하게 도와주었다고 했다.

"부두에서 한참 기다려야 했는데, 차마 혼자 두고 갈 수가 없었어요. 걱정 끼쳐드려 정말 죄송해요. 병원에 전보를 보내려고 했는데 제때 도착하지 않을 것 같더군요."

아빠는 카지의 팔을 토닥였다.

"자넨 의로운 일을 한 거네."

카지는 고개를 끄덕였다.

"더 도와줄 수 있었으면 했어요."

아빠가 말했다.

"우리는 할 수 있는 일만 할 수 있어. 너무나 많은 여성들이 상상도 할 수 없는 일들을 겪어왔지."

아빠는 고개를 저으며 말을 이었다.

"가끔은 남자라는 게 부끄럽단다."

부끄러움을 느끼는 아빠란 상상하기 힘들었다. 아밀은 아빠가 그런 수치심을 느끼게 할 일은 절대로 하고 싶지 않았다. 자신이 그런 일은 어느 정도 막을 수 있기를 바랐다.

저녁 식사 뒤 아빠는 방으로 돌아갔고, 카지는 별로 신경 쓰는 것 같지 않아 아밀은 니샤 방에 갔다.

"아빠가 '우리는 이보다는 나은 존재'라고 한 말은 무슨 뜻일까?"

니샤가 아밀 쪽을 돌아보았다. 니샤의 얼굴은 더 성숙해 보였다. 좀 더 갸름해지고 턱선이 더 뚜렷해졌다. 잠깐 이렇게 보이는 건지, 아니면 그동안 미처 알아차리지 못했던 변화인지 아밀은 궁금했다.

"'우리'란 계속 서로를 공격하고 증오를 퍼뜨리는 사람들을 뜻하는데, 이렇게까지 할 필요는 없다는 의미인 것 같아."

아밀은 잠시 생각해 보았다.

"그래도 우리는 좀 더 나은 존재인 거야? 기껏 이 정도밖에 안 되는 존재라면 어쩌지?"

"그런 소리 하지 마, 아밀. 우린 더 나아질 수 있다고 믿어야 해. 그렇게 믿지 않으면 더 나빠질 테니까."

니샤는 이렇게 말하며 일어나 서랍장으로 걸어갔다. 맨 위 서랍에서 공책을 꺼내고 창틀에 있는 병에서 연필을 꺼냈다.

"지금은 뭘 쓰고 있는지 말해줄래?"

아밀이 니샤에게 물었다.

니샤는 뭉툭한 연필 끝을 턱에 대고 위를 올려다보았다.

"흠, 잘 모르겠어."

"제발, 아, 제발."

아밀은 호기심에 불타서 졸랐다. 니샤가 말은 안 해도 머릿속에서 많은 일들이 일어나고 있는 것을 아밀은 알고 있었다. 니샤의 일기를 읽은 뒤로 이 사실을 알게 되었다.

아밀이 말했다.

"말해줘."

"그래, 알았어."

니샤는 다리를 쭉 펴고 책을 무릎 위에 펼쳐 놓았다.

"엄마, 아빠, 쌍둥이 자매, 쌍둥이 형제에 관한 이야기야. 시끄러운 대가족이지."

"그래서 어떻게 되는데? 어쩔 수 없이 집을 떠나 안전하게 살 곳을 찾아야 하는 거야? 사람들이 와서 공격하고?"

니샤가 말했다.

"아니. 나쁜 일은 전혀 일어나지 않아. 그저 재미있는 모험을 하는 거야. 내 이야기에서 인도는 분할되지 않아. 온전한 상태로 있지."

"아."

아밀은 갑자기 머릿속에서 이 생각 저 생각이 잇달아 샘솟았다. 만약에 이렇다면, 만약에 그렇다면?

"내게 읽어 줄 수 있어?"

"아마도. 곧."

니샤는 이렇게 말하고 다시 글을 쓰기 시작했다.

"난 항상 새로운 이야기들을 만들어내고 있어."

"알았어."

아밀은 실망해서 말했다. 하지만 이해는 되었다. 니샤의 글은 아밀의 그림과 같았다. 그것은 내면 깊은 곳에서 나왔다. 남들에게 보여주는 것은 자신의 영혼을 보여주는 것이나 마찬가지였다. 그러니 준비가 되어야만 했다.

엄마, 이 달걀을 어떻게 멀쩡하게 되돌릴 수 있을까요?

아밀은 스케치북을 꺼냈다. 니샤는 글을 쓰고 아밀은 그림을
그리고, 이렇게 둘이 앉아서 완전히 몰입하는 순간은 평온하기
짝이 없었다. 단둘이 함께하는 이런 순간들이면 아밀과 니샤는
진정한 자신으로 돌아갈 수 있었다. 아밀은 연필을 무릎에 대고
톡톡 치며 니샤가 방금 한 말을 생각했다. 둘로 쪼개지지 않은
세상에 관한 글쓰기. 아밀이 문밖을 내다보니 복도에 걸려 있는
엄마의 그림이 보였다. 달걀을 쥔 손을 그린 그림이었다. 아밀은
그림을 그리기 시작했다.

12장

월요일에 등교한 아밀은 안뜰에서 비샬을 볼 수 있기를 바랐다. 한번은 비샬의 덥수룩한 뒤통수가 어느 교실로 획 들어가는 것을 본 것도 같았다. 아밀은 교복 셔츠 자락을 반바지 속에 집어넣고 교실로 향하다가 하늘색 천에 노란 음식 얼룩이 남아 있는 것을 발견했다. 평소에는 카지가 빨래를 했는데, 다디가 병원에 입원한 뒤로는 아무도 빨래를 하지 않았다. 얼룩이 선생님들 눈에 띄지 않기만 바랐다.

아밀은 아반니 수학 선생님이 작고 길쭉한 곡선으로 칠판에 적어놓은 분수들에 집중하려고 애썼다. 수업이 끝나자 여러 줄의 숫자들이 마치 칠판을 가로질러가는 개미 떼처럼 차곡차곡 쌓여 있었다. 아밀은 아반니 선생님이 써놓은 것을 베껴 쓰다가 결국 포기하고 말았다.

아밀은 앞으로 몸을 숙여 눈을 가늘게 뜨고 같은 줄에 있는 다른 소년들을 둘러보았다. 아밀만 필기를 포기한 것은 아니었다. 그런 다음 소녀들 쪽을 보았는데, 그 애들도 눈을 가늘게 뜨고 있었다. 니샤는 다른 6학년 교실에 있었다. 아반니 선생님은 분모가 다른 분수의 덧셈을 가르치고 있었다. 아밀은 과연 앞으로 이런 지식을 써먹을 일이 있을까 싶었다. 아빠는 일할 때 이런 것들이 필요했을까? 카지는 분모가 다른 분수의 덧셈을 알고나 있을까? 다디는? 아밀은 의자에 기대앉아 한숨을 쉬었다.

역사 수업과 영어 수업이 지나갔다. 점심시간에 아밀은 평소에 앉던 벤치에서 천천히 도시락을 펼쳤다. 도시락에는 밥과 달, 로티만 들어있었다. 고개를 들어보니 비샬이 다가오고 있었는데, 작은 체구는 평소보다 더 야윈 것 같았고 머리카락이 눈가에 늘어져 있었다.

"나마스테."

비샬이 두 손을 모아 인사했다.

"나마스테."

아밀이 말했다. 그러고는 로티를 한 조각 떼서 비샬에게 내밀었다.

비샬은 바나나가 하나 있었다. 날마다 학교 오는 길에 친절한 상인이 바나나를 준다고 했었다. 가끔 카페나 노점상이나 좋은 호텔 뒤에서 쓰레기를 내놓을 때까지 기다렸다가 먹다 남은 음식이 있는지 찾아본다는 이야기도 했었다.

"조금만 줘."

비샬은 로티 한쪽을 받아들며 말했다. 그러곤 말을 이었다.

"그동안 아팠어. 내가 왜 굳이 학교에 와야 하는지도 모르겠더라. 결국 어딘가에서 일자리를 찾을 테고, 더 이상 학교에 나오지 않을 거야. 내가 오든 말든 아무도 신경 쓰지 않을걸."

"난 신경 쓸 거야."

아밀도 말은 이렇게 했지만, 자신도 오든 말든 아무도 신경 써 주는 사람이 없다면 굳이 학교에 올까 싶었다. 아마 오지 않을지도 모르겠다.

아밀이 비샬에게 물었다.

"어디가 아팠어?"

"아, 배가 아팠어. 자주 있는 일이야. 가끔 난민 수용소 물이 안 좋을 때가 있거든. 예전에 살던 집에서는 사람들이 날마다 깨끗한 물을 가져다주곤 했어. 나는 은잔으로 물을 마셨지."

비샬은 눈을 들어 하늘을 바라보며 추억을 되돌아보았다.

아밀이 말했다.

"우리도 물 길어다 주는 사람이 있었어. 은잔으로 물을 마시진 않았지만."

"그렇게 마시면 물맛이 더 좋아. 우린 필요할 때면 언제든지 깨끗한 물이 아주 많았고, 집 앞에 큰 분수도 있었어. 하인이 매일 밤 뜨거운 물에 날 목욕을 시켜주었지."

"와!"

아밀은 감탄했다. 머릿속에서 그 장면들이 춤추고 있었다. 은
잔으로 물 마시는 비샬. 분수 앞에 서 있는 비샬. 목욕하는 비샬.

"왕궁에서 살았어?"

비샬은 아밀을 쳐다보며 고개를 끄덕였다. 눈이 반짝반짝 빛
났다.

"난 왕실의 친척이야."

"정말?"

어떻게 사실일 수 있을까? 아밀은 팔짱을 끼고 눈썹을 찡그
렸다.

아밀이 물었다.

"증명할 수 있어?"

"뭐라고? 내 말 못 믿어? 내가 거짓말쟁이라는 거야?"

비샬도 눈썹을 찡그리며 말했다.

아밀이 손을 들었다.

"아니, 아니, 거짓말쟁이란 소린 아니야."

아밀은 비샬이 가버릴까 봐 재빨리 말했다.

"그냥 놀란 거야. 미안. 용서해 줘."

아밀은 발쪽을 내려다보았다. 자신은 튼튼한 가죽 샌들을 신
고 있는데, 비샬은 가죽 옆면이 닳은 낡은 샌들을 신고 있음을

알아차렸다.

"사실은 말이지."

비샬은 이렇게 말하고는 숨을 깊이 들이마셨다.

"증명할 수 없어. 난 그저 먼 사촌일 뿐이고, 가지고 있던 서류는 모두 사라졌어. 하지만 정말이지 난 왕족이야."

"네가 사실이라고 하면 믿을게."

아밀은 이렇게 말하며 비샬의 어깨를 두드렸다.

비샬은 안심한 얼굴로 로티를 조금 뜯어갔다. 생각에 잠겨 로티를 씹으며 주위를 둘러보았다. 그러고는 주머니에 손을 넣어 아밀이 준 처방전 종이 묶음을 꺼냈다.

비샬이 말했다.

"이제 플립 북 수업하자. 분수를 만들어봤어. 예전 집 앞에 있던 분수 같은 거. 봐, 책의 절반만 썼지. 나머지 절반은 네가 써."

"고마워."

플립 북을 받아서 휙휙 넘겨보자 마치 분수가 뿜어져 나오는 것처럼 보였다.

"자전거 장면을 꼭 만들어보고 싶어. 응, 제발. 내가 자전거를 그리고 다음 장면은 네가 그리고, 그렇게 가르쳐 줄 수 있지 않을까?"

"알았어."

비샬이 말했다.

그래서 아밀은 단순한 선만으로 자전거 타는 소년을 쓱쓱 그렸다. 비샬이 받아서 다음 장면을 그렸는데, 소년의 발 위치가 살짝 달라졌다. 그런 다음 비샬이 아밀에게 플립 북을 건네주었다. 몇 번을 거치고 나자 아밀은 어떻게 하는지 요령을 터득했다. 둘은 계속 책을 주거니 받거니 했다. 마침내 비샬이 플립 북을 주르륵 넘겨보았다. 소년의 발이 자전거 바퀴를 굴리는 것처럼 보였다. 소년의 머리카락은 마치 바람에 날리는 것처럼 살짝 흩날렸다.

"성공이다!"

아밀은 손뼉을 치며 말했다. 비샬과 함께 그림 속으로 뛰어들어가고 싶었다.

"아르파나야."

비샬은 소녀 쪽으로 고개를 까딱했다.

아밀이 보니까, 안뜰 건너편 소녀들이 앉아 있는 쪽에 아르파나가 있었다. 아밀은 그쪽으로 가서 플립 북을 보여줄까도 생각했다. 아르파나가 감탄하며 친구들에게 보여주는 모습을 상상했다. 다음 순간 아밀은 마음을 접었다. 비샬과 함께 더 많이 연습해서 훨씬 더 훌륭한 플립 북을 만들어 보여주고 싶었다. 뒤에서 비웃는 소리가 들려와 생각이 멈추었다.

그 목소리는 이렇게 말했다.

"도무지 말을 안 듣는구나, 변태. 그만 좀 빤히 쳐다보라고."

아밀은 벤치에 몸을 기댄 채 돌아보았다. 역시나 라케시가 허리에 손을 올린 채 양쪽에 친구들을 끼고 서 있었다.

아밀이 말했다.

"빤히 보지 않았어."

비샬은 재빨리 책을 주머니에 도로 넣었다.

"너나 네 불가촉천민 친구가 어떻게 생각하든 상관없어. 저 자식은 여기서 우리와 함께 점심을 먹어서도 안 돼. 그 더러운 눈으로 어떤 여자애라도 쳐다봐선 안 되고."

이제 라케시는 둘 앞에 서서 말했다. 그러곤 숱이 많은 머리카락을 손으로 쓸어넘겼다.

아밀이 미처 깨닫기도 전에 비샬이 일어나서 어깨를 쫙 펴고 라케시를 마주 보았다. 라케시는 왜소한 비샬 앞에 우뚝 서 있었는데, 풍성한 머리 때문에 훨씬 더 커 보였다. 아밀은 비샬의 셔츠를 잡아당겼지만 비샬은 아랑곳하지 않았다.

두 소년은 계속 서로를 노려보았다. 아밀은 비샬이 어리석게 라케시 같은 녀석들에게 싸움을 걸지는 않을 것이라고 생각했다. 한편으로는 더욱 적극적으로 비샬을 말려야 하나 생각했다. 그런 다음 교실로 달아나면 될 것이다. 라케시도 선생님 앞에서는 싸우지 않을 것이다.

비샬은 심호흡을 하고 큰 소리로 말했다.

"불가촉천민이라고 말하는 건, 너 자신을 모욕하는 거야."

아밀은 눈이 휘둥그레졌다.

비샬이 이어서 말했다.

"난 불가촉천민이면서 브라만이기도 해. 그건 다 연결되어 있지만, 그게 진정으로 의미하는 게 뭘까? 그러니 우리가 편하게 먹을 수 있게 해 줘, 형씨."

그리고는 두 손을 모으고 고개를 끄덕이고는 자리에 앉았다.

라케시는 입을 살짝 벌린 채 서 있었다. 아밀은 그대로 얼어붙었다. 비샬이 그런 말을 할 줄은 상상도 못 했다. 사실 그 또래의 누구라도 상상도 못 할 일이었다.

비샬은 차분하게 라케시에게 로티 한 조각을 내밀었다.

"좀 먹을래?"

라케시는 잔뜩 노려보더니 가버렸다. 아밀은 누가 보고 있나 하고 주위를 둘러보다가 아르파나와 눈이 마주쳤다. 아밀은 살짝 고개를 끄덕였다. 아르파나는 얼른 눈길을 돌렸지만 아밀은 그 아이가 웃는 것을 알아차렸다.

방과 후, 니샤를 기다리던 아밀은 초조하게 발을 까닥거리며 라케시나 비샬이 있는지 주위를 둘러보았다. 둘이 동시에 나타나지 않기만 바랐다. 니샤를 보자마자 아밀은 니샤의 팔을 끌고 모퉁이를 돌았다.

니샤가 말했다.

"천천히 좀 가. 무슨 일이야?"

멀찌감치 간 뒤에야 아밀은 점심시간에 있었던 일을 들려주었다.

니샤가 말했다.

"와, 비샬은 꼭 작은 간디처럼 말하네. 그 애를 본 적 있는데, 머리숱 많은 젊은 간디랑 닮았더라."

아밀은 소리 내어 웃었다.

"그래! 나도 그렇게 생각했어. 비샬이 진짜로 왕실의 친척일 리는 없지 않아? 자기가 불가촉천민이자 브라만이란 말도 무슨 뜻인지 모르겠어."

뭄바이에 와서부터 유독 카스트 제도 이야기가 많이 들려왔다. 미르푸르 카스 사람들은 그런 이야기를 하지 않았다.

"아빠는 우리가 어떤 카스트 계급도 아니고 신드 힌두교도일 뿐이라고 했어. 우린 신드 지방에서 왔으니까."

니샤가 말했다.

"우린 이슬람교도이기도 해."

"그래? 난 이제 잘 모르겠어."

아밀은 이해하려 애쓰는 데 넌더리가 났다.

파스타 레인 1번지로 가면서 니샤가 말했다.

"혼란스럽긴 해."

아밀은 골목에서 작은 오렌지색 고양이가 부드러운 하얀 배를 드러낸 채 모로 누워 있는 것을 보았다. 슈레야와 라비는 그

고양이를 피쿠라고 부르기로 했다.

니샤가 쪽 하고 뽀뽀하는 소리를 냈다.

"안녕, 피쿠."

피쿠는 고개를 들고 눈을 깜박였다. 그러더니 도로 잠을 잤다. 아밀은 이런저런 생각할 거리 때문에 머릿속이 혼란스러웠다. 햇볕을 쬐며 낮잠 잘 생각만 하는 피쿠가 부러웠다.

13장

그 주 목요일, 드디어 다디가 아빠와 함께 집으로 돌아왔다. 아빠는 마치 어린 여자아이를 다루듯이 다디를 데리고 계단을 올라왔다. 두 발로 서게 해주고 지팡이를 건네주고 부축해서 의자에 앉도록 도왔다. 아밀과 니샤는 다디에게 밀크티와 밥 한 그릇을 갖다 주고는 근처의 침대 겸 소파에 앉았다. 니샤는 다디에게 바느질거리나 편지를 갖다 줄지 물었다. 다디는 고개를 저었다.

"됐다."

다디는 입은 웃고 있지만 눈은 웃지 않았고 피부는 여전히 누렇게 떠 있었다.

"사랑스러운 너희 얼굴을 보는 것만으로도 행복하단다. 날 어린애처럼 지켜보지 않아도 돼. 의자를 창문 쪽으로 돌려줄 수 있겠니?"

아밀이 일어나서 다디의 의자를 살살 돌려주었다. 다디는 고개를 끄덕이며 아밀의 손을 도닥여 주고는, 저 아래 건물들과 거리를 말없이 바라보았다.

카지는 비리야니¹를 만드느라 바빴다. 카지는 특별한 날에만 비리야니를 만들었는데, 아밀은 다디가 집에 온 것도 특별한 날이라고 생각했다. 물론 다디는 비리야니를 먹지 않을지도 모르지만. 요즘 다디는 주로 밥, 로티, 요구르트로 이루어진 아주 간단한 식사만 하고 있었다.

비리야니는 만들려면 몇 시간이 걸렸다. 모든 재료를 양념하고 따로 조리한 다음 밥과 함께 켜켜이 쌓아 다시 조리했다. 그렇게 요리하는 카지의 인내심이 대단하다 싶었다. 게다가 맛도 좋았다. 예전에는 양고기로 만들었는데 이제는 양고기를 구하기가 힘들었다. 아밀은 비리야니를 보면 미르푸르 카스에서의 작별 파티가 생각났다. 친구들과 이웃을 본 것은 그때가 마지막이었다. 아밀은 비리야니를 먹으면 슬픈 추억의 맛만 느껴지지 않을까 걱정스러웠다. 그래도 너무 맛있는 냄새가 나서 먹고 싶었다.

아밀의 예상대로 다디는 저녁 식사 때 비리야니를 먹지 않고 일찍 방으로 돌아갔다. 한밤중에 다디가 큰 소리로 신음하는 바

---

1 바스마티 쌀, 야채, 고기를 겹겹이 쌓아 만든 쌀 요리

람에 모두가 깨어났다. 물론 같은 방에서 자는 니샤가 가장 먼저 잠에서 깼다. 아밀은 다디의 신음 소리가 들리자 처음에는 밤에 울부짖는 피쿠의 꿈을 꾸었다. 그러다 결국 꿈에서 퍼뜩 깨어나 무슨 일인가 하고 다디의 방에 들어갔다. 니샤는 차가운 수건을 가져와 옆에 앉아 다디의 이마에 살짝 올려놓았다.

다디가 끙끙거렸다.

"난 짐덩어리구나. 어서 가서 잠들 자거라."

니샤가 말했다.

"아니에요, 다디. 저흰 다디가 괜찮아지기만 바랄 뿐이에요."

아밀은 다디의 발쪽으로 다가갔다. 다디가 덮고 있는 숄 아래로 작고 쪼글쪼글한 발이 튀어나와 있었다. 방은 따뜻했는데도 다디의 발은 차가워 보였다. 아밀은 엄지손가락과 집게손가락으로 다디의 발목과 발바닥을 꾹꾹 주물러 마사지를 해주었다. 다디가 고관절 통증을 잠시나마 잊을 수 있기를 바랐다.

아빠도 그 소리에 깨어났다. 방에 들어와 다디에게 알약 두 개와 물을 주었다. 잠시 후 다디는 졸음이 몰려왔고, 나머지 식구들은 거실로 돌아왔다. 니샤도 다디가 조금이라도 공간을 넓게 쓰도록 거실에서 자기로 했다. 니샤는 베개와 낡은 침구를 아밀의 침대 겸 소파 근처에 내려놓았다.

"무슨 약을 주신 거예요?"

아밀은 잠이 오지 않아서 아빠에게 물었다. 조금 전 소동 때

164

문에 신경이 잔뜩 예민해진 탓이었다.

"아."

아빠는 아밀에게 약병을 보여주었다.

"그냥 아스피린이란다."

"어떤 효과가 있는데요?"

"아스피린? 통증을 덜어주지."

"네, 그런데 어떻게요?"

아빠는 탁자에 앉아 아밀을 진지하게 바라보았다. 아빠의 눈가에서 조금 깊어진 잔주름들이 눈에 띄었다.

"정말로 궁금하니?"

"네."

아밀은 그렇게 말하며 맞은편에 앉았다.

그러자 아빠는 아스피린이 무엇인지, 혈액 속에서 통증을 유발하는 물질을 어떻게 차단하는지 설명해 주었다. 그러고는 위를 보호하는 물질도 함께 차단하기 때문에 지나치게 복용하면 위에서 출혈이 일어날 수도 있다고 했다.

"조심하지 않으면 모든 약은 독이 될 수 있단다. 물도 너무 많이 마시면 해로울 수 있어."

"뭐든지 너무 지나치면 해롭다는 말인가요?"

"아마도."

아빠가 말했다.

"사랑은 어때요?"

아밀이 아빠에게 물었다.

"사랑은 어떠냐니?"

"사랑이 지나치게 많을 수도 있나요?"

아빠는 아밀을 바라보더니 입꼬리가 올라갔다.

"사랑이 너무 많아도 사람을 질식시킬 것 같구나."

아밀은 가슴이 철렁 내려앉았다. 아빠 말이 맞을 수도 있지만 확실하지는 않았다.

"그럼 통증에 도움 되는 약은 또 뭐가 있나요?"

아밀은 대답하기 쉬운 질문들로 말을 돌렸다.

"의학 공부를 하고 싶니?"

아빠는 똑바로 앉으며 물었다.

아밀이 대답했다.

"네. 전에 말씀드렸잖아요. 저도 좋은 의사가 될 수 있을 거예요."

아빠는 다시 한번 아밀을 찬찬히 살펴보았다. 아밀이 알기로 아빠는 사람의 눈을 똑바로 바라보는 것을 그다지 좋아하지 않았다. 수줍거나 비밀스러워서가 아니었다. 오히려 그럴 시간이 없는 것에 더 가까웠다. 하지만 환자의 말에 귀 기울일 때는 환자를 똑바로 바라보았고, 그런 아빠를 볼 때면 아밀은 항상 샘이 났다.

"그럼 왜 학교 공부를 열심히 하지 않는 거니? 의사가 되려면 성적이 좋아야 해."

아밀은 입을 다물었다. 아빠와의 대화는 늘 이렇게 제자리걸음이었다. 처음 조드푸르에 왔을 때 아밀은 읽고, 쓰고, 집중하는 것이 자기에게는 얼마나 힘든 일인지 아빠에게 설명했었다. 아빠가 관심이 없었기 때문은 아니었다. 처음으로 아빠는 그런 아밀에게 더 열심히 노력하라고 하지 않았다. 그저 고개만 끄덕였다. 그러다가 뭄바이에 와서 새 학교에 다니자 아빠는 조금씩 이해하던 것들을 다 잊어버린 것 같았다. 아밀은 설명하기도 지쳤다.

"전 최선을 다하고 있어요."

아빠는 눈을 내리깔았다.

"알고 있다."

마침내 아빠는 이렇게 말하고 아밀의 어깨에 잠깐 손을 얹었다.

"아빠가 차근차근 설명해 주시거나 병원에서 아빠가 일하시는 모습을 실제로 보면 더 쉽게 배울 수 있어요."

아밀은 그저 아빠에게 희망을 주려고 이렇게 덧붙였다.

아빠는 수염이 까칠하게 자란 턱을 쓰다듬으며 말했다.

"뭐, 네가 그러길 바란다면 가르쳐 주마."

"정말요?"

"그래. 가끔 병원에 와서 내가 진료하는 걸 봐도 된다."

"병원에서 허락할까요?"

아밀은 가슴이 한껏 부풀었다.

"적어도 지금은 부서장이니까 내가 괜찮다고 하면 괜찮아. 시간이 늦었다. 자러 가야지."

그래서 아밀은 희망에 차서 잠자리에 들었다. 한참 동안 그대로 누워서 아빠가 정말로 자신을 병원에 데리고 갈까 생각했다. 희망이 있는 것인지 궁금해졌다. 어쩌면 희망은 아무리 많아도 좋은 것일지도 모르겠다.

아침에 일어나자 아밀은 덜컥 겁이 났다. 정말로 아빠와 함께 병원에 가고 싶은지, 정말로 의사가 되고 싶은지 알 수가 없었다. 체온을 재고 사람들을 편안하게 해주고 어떤 약이 왜 필요한지 배우는 것은 좋았다. 도움이 되는 일이라면 역겨운 일들도 상관없었다. 사막을 건너는 동안 수많은 사람들이 고통받는 모습을 보면서 그들 모두 건강을 회복하도록 돌볼 수 있었으면 하고 바랐다.

학교에 가는 길에 아밀은 니샤에게 이 고민을 털어놓았다.

"어쩌면 네가 되고 싶은 건 바로 그건지도 몰라. 간호사."

붐비는 길을 건너면서 니샤가 말했다.

"간호사!"

아밀은 큰소리로 외쳤다. 걸음을 멈추고 니샤를 돌아보았다.

"남자 간호사는 못 봤는데."

니샤가 말했다.

"음, 여자 의사들은 봤잖아."

"많지 않았어."

"몇 명 봤어. 여자 의사가 있으면 분명 남자 간호사도 있겠지."

아밀은 잠시 생각했다. 니샤 말이 맞을 수도 있다. 간호사복은 어떻게 입게 될까? 주변에서 남자 간호사가 아밀 혼자뿐이라면 사람들은 어떻게 생각할까?

"아빠는 탐탁지 않아 하실 것 같아."

"굳이 말할 필요 없어. 그냥 가서 배우면 되지. 그런데 아빠가 널 병원에 데려가면 나는 집에서 온종일 혼자서 뭘 하지?"

"정말 가고 싶은지 어떤지도 모르겠어. 아빤 어차피 잊어버렸을지도 몰라. 너도 같이 갈 수도 있고."

니샤는 고개를 저었다.

"아니, 난 안 가. 괜찮아. 다디와 카지와 더 많은 시간을 보낼 게. 슈레야와 라비랑 놀고 글도 가르쳐 주고."

"맞아! 넌 훌륭한 선생님이지. 그게 우리한테 좋을지도 몰라."

"무슨 말이야?"

"음, 우린 너무 붙어 있잖아."

니샤가 말이 없어지자 아밀은 니샤의 마음이 상한 건 아닐까 생각했다. 둘은 다시 걷기 시작했다. 잠시 뒤 니샤가 걸음을 멈추었다.

"왜?"

아밀은 니샤가 무슨 말을 할지 마음의 준비를 했다.

니샤가 길 건너편을 가리켰다.

"저기 비샬 아니야?"

한 소년이 길가에서 자고 있었다. 아밀은 처음에는 대수롭지 않게 여겼다. 등굣길에 길거리에서 노숙하는 사람들을 흔히 볼 수 있었다. 어떤 때는 길가에 천막이 줄줄이 늘어서 있기도 했다. 거기서 사람들은 요리하고, 잠을 자고, 팔 물건을 만드는 등 자기 일을 하고 있었다.

둘은 길을 건넜다. 아밀은 눈을 가늘게 뜨고 더 자세히 살펴보았다.

"그래, 맞아."

아밀이 조그맣게 말했다.

둘은 더 가까이 다가갔다. 비샬은 신문지와 낡은 담요 속에 누워 있었고, 멀지 않은 길가에 있는 천막에는 부부가 아기를 데리고 있었다. 웅크리고 있는 비샬은 몹시 작아 보였다. 딱 보아도 오랫동안 씻지 못한 상태였다. 어쨌거나 점심시간에 비샬과 이야기를 나눌 때는 미처 눈치채지 못했다.

니샤가 물었다.

"그 앤 군용 막사 옆에 있는 수용소에서 지낸다고 하지 않았어?"

"나한텐 그렇게 말했어. 하지만 그 애 말은 사실인지 늘 아리송했어. 여기서 자는 거 보니까 아닐지도 모르지. 하지만 그렇다면 전에도 여기서 보지 않았을까?"

니샤가 말했다.

"분명한 건 도움이 필요해 보인다는 거야. 그 애랑 이야기 좀 해봐야겠어."

"좋아."

아밀이 말했다.

둘은 비샬 옆에 쪼그리고 앉았다. 옆 가족은 아이들에게 전혀 신경 쓰지 않았다.

아밀이 말했다.

"왠지 평온해 보이는데."

니샤가 날 선 목소리로 말했다.

"아니, 그렇지 않아. 슬프고 아파 보여. 깨워 봐. 널 알아볼 거야."

니샤는 팔꿈치로 아밀의 어깨를 쿡 찔렀다.

아밀은 마음 한구석에서는 비샬이 얼마나 많은 도움이 필요한지 알고 싶지 않았다. 비샬을 돕기 싫어서가 아니었다. 아밀은 그저 비샬이 아프지 않은 세상에서 살기를 바랄 뿐이었다. 그러면 모든 것이, 심지어 아밀 자신도 더 괜찮을 것 같았다. 하지만 분명 비샬과 그를 둘러싼 세상은 괜찮지 않았다. 아밀은 비샬을 놀라게 하고 싶지 않아서 살살 건드렸다. 비샬이 곧바로 눈을 뜨고 벌떡 일어나는 바람에 아밀과 니샤는 화들짝 뒤로 물러났다.

비샬이 소리쳤다.

"나 좀 내버려 두라고."

아밀이 재빨리 말했다.

"나야, 아밀. 나라고."

비샬은 화난 얼굴에서 당황한 얼굴로 바뀌었는데, 입을 굳게 다문 채 거리를 바라보았다.

"깜짝 놀랐잖아, 형씨. 여긴 웬일이야?"

아밀은 차근차근 말했다.

"건너편에서 널 봤어. 괜찮은지 확인하고 싶었어."

비샬이 말했다.

"나 말이야? 아주 좋지."

그러고는 잽싸게 담요를 챙겨 천 가방에 넣었다.

아밀이 말했다.

"그런데 왜 여기서 자? 난민 수용소에 살지 않아?"

비샬이 말했다.

"이야기하자면 길어, 형씨."

아밀이 니샤를 보자 니샤는 어깨만 으쓱했다. 아밀은 다시 비샬을 보았다.

"우리 앞에선 아닌 척하지 않아도 돼. 그게 어떤 건지 우리도 알아."

비샬은 아무 말도 하지 않았다. 계속 짐만 꾸렸다.

아밀은 이어서 말했다.

"무섭고 배고프고 지낼 곳이 없다는 게 어떤지 우리도 잘 알고 있어."

"나랑은 달라."

비샬은 눈을 가늘게 뜨며 얼굴을 찡그렸다.

아밀은 다시 말을 꺼내보았다.

"우리도 어느 정도는 알아. 도와주고 싶어."

비샬이 대꾸했다.

"너와 나는 큰 차이가 있어. 넌 가족이 있고, 살 집도 있어. 돌봐줄 사람도 있고. 우리 가족은 사라졌어."

비샬은 양손을 비볐다.

"사라져버렸다고?"

아밀은 다시 니샤를 흘끗 보았다. 어떻게 해야 할지 몰랐다. 비샬은 니샤도 함께 있는 것을 그제야 알아차린 것 같았다.

비샬이 니샤를 가리키며 물었다.

"잠깐만, 넌 누구야?"

니샤는 비샬을 돌아보았다. 니샤는 뭄바이에 온 뒤로 슈레야와 라비를 제외하고는 아밀과 아빠, 다디와 카지말고는 누구와도 말하지 않았다. 아밀은 잠시 기다렸다. 니샤는 입을 살짝 벌렸다가 다물었다. 그러고는 눈을 내리깔았다.

아밀이 대신 대답했다.

"니샤라고 해. 학교에서 본 적 있을 거야. 나랑 쌍둥이야."

"아."

비샬은 둘을 좀 더 자세히 들여다보며 말했다.

"쌍둥이처럼 안 보여."

아밀은 어깨를 으쓱했다.

"그런 소리 많이 들었지만, 우린 쌍둥이가 맞아. 똑같이 생긴 쌍둥이도 있고 아닌 쌍둥이도 있어. 근데 들어 봐, 오늘 우리 집에 가지 않을래? 우리가 도와줄게."

"뭘 도와줄 건데, 입양이라도 하려고?"

비샬은 이렇게 말하고 웃었다.

니샤는 비샬을 쳐다보지 않고 눈을 내리깐 채 어깨를 으쓱했다.

그러곤 이렇게 말했다.

"필요하다면."

아밀은 깜짝 놀라 입이 살짝 벌어졌다. 니샤가 말했기 때문만이 아니라 과연 실제로 비샬을 입양할 수 있을까 궁금했기 때문이기도 했다.

비샬이 말했다

"너희와 같이 간다고 해보자. 나는 씻겠지. 먹고. 하지만 언제까지나 머무를 수 없다는 건 너도 잘 알잖아. 난민 수용소에 있는 우리 대부분은 아마 굶어 죽겠지. 우린 과연 가치 있는 존재이긴 할까?"

아밀은 비샬을 뚫어지게 보았다. 행운 대신 불운을 가졌을 뿐 비샬 역시 아밀과 똑같은 소년이었다. 아밀은 비샬을 위아래로 훑어보며 더러운 얼굴, 더러워진 셔츠와 낡은 샌들, 샌들 밖으로 비죽 나온 작고 메마른 발가락을 보았다.

아밀이 비샬에게 말했다.

"사람이 스스로 가치 있다고 느끼는 이유는 대개 누군가 그렇게 믿도록 도와주기 때문이야."

거리의 소음들이 아밀의 귀에 들어오기 시작했다. 여러 목소리들, 새소리, 자동차 경적, 쏴쏴 불어오는 바람 소리가 들려왔다. 마치 한순간 볼륨을 낮추었다가 방금 다시 높인 것 같았다.

이윽고 비샬이 입을 열었다.

"하지만 널 가치 있는 존재로 여겼던 사람들이 모두 사라졌다면 어떡하지? 내 문제는 바로 그거 같아."

"지금은 우리가 있잖아, 비샬. 빨리 가자."

아밀은 냉큼 대꾸하면서 따라오라고 손짓했다. 나머지 문제는 나중에 해결할 것이다.

비샬은 움직이지 않았다. 손으로 입을 훔치고 헝클어진 머리카락을 가다듬었다. 니샤와 아밀은 기다렸다. 1분이 지났다.

아밀이 팔짱을 끼며 말했다.

"안 가고 기다릴 거야."

비샬이 대답했다.

"그래, 좋아. 계속 귀찮게 할 줄 알았어. 앞장서."

비샬은 작은 천 가방을 집어 들고 마치 선심이라도 베푸는 듯 짜증스럽게 손짓했다.

"학교는 어떻게 해?"

니샤가 아밀의 귀에 속삭였다.

"가고 싶으면 가. 난 비샬을 집에 데려갈게. 카지가 뭐라고 할진 모르겠지만, 비샬에게 나가라고 하진 않을 거야. 아빠는 밤이 되어야 집에 오실 테고."

니샤는 학교 쪽을 보았다가 다시 비샬을 보았다.

"아니, 나도 같이 갈래. 카지는 이해해 줄 거야. 우리와 똑같이 할걸. 학교는 이따가 갈 수도 있고."

그 말과 함께 아이들은 아파트로 돌아갔다.

14장

집에 도착하자 샌들은 문가에 벗어두고 집 안으로 들어갔다. 다행히 카지는 없었다. 아빠는 병원에 있고 다디의 방문은 닫혀 있었다.

"다디가 깨지 않도록 조용히 있어야 해."

아밀이 비샬에게 속삭였다.

비샬은 고개를 끄덕이며 침대 겸 소파와 주방과 식사 공간, 나머지 두 개의 방문과 화장실을 살펴보았다. 비샬은 눈을 깜빡이며 얼른 눈을 닦았다.

"정말 오랜만에 진짜 집에 와본다."

비샬은 거친 목소리로 나지막하게 말했다.

니샤는 비샬의 팔을 살짝 만져주고는 복도에 있는 리넨 수납장 쪽으로 조용히 걸어갔다. 그리고는 비샬에게 수건을 주면서 화장실을 가리켰다. 아밀은 아빠와 함께 쓰는 벽장에서 깨끗한 교복 셔츠와 반바지를 잽싸게 찾아다 주었다. 세 벌이 있으니 한 벌은 여유가 있었다. 셔츠가 찢어졌다고 하면 아빠가 새로 사줄지도 모르겠다.

니샤가 살짝 말했다.

"거기 안에 비누가 있어."

비샬은 고개를 끄덕이고 수건과 옷을 챙겨 얼른 화장실로 들어갔다. 그때 현관문이 열렸다. 휙 돌아보니 카지가 장 본 봉지들을 들고 들어왔다. 카지는 작은 현관에 서서 아이들을 마치 유령 보듯이 바라보았다.

"왜 집에 있는 거니? 별일 없는 거지?"

카지는 걱정으로 이마에 주름이 잡혔다.

니샤는 눈을 떨구며 말했다.

"네, 아저씨. 그냥, 저기…."

아밀이 어깨를 쭉 펴고 앞으로 나서며 말했다.

"친구를 돕고 있어요. 상황이 안 좋거든요. 달리 방법이 없었어요."

"그래?"

카지는 이렇게 말하며 채소 봉지들을 부엌에 내려놓았다.

"그게 무슨 말이지? 너희가 등교하지 않은 거 학교에서도 알고 있니?"

"어, 아니요."

아밀은 일단 말은 꺼냈지만 어떻게 설명해야 할지 몰랐다.

"학교 친구인데, 학교 근처 길거리에서 자고 있었어요. 난민 수용소에서 사는데 먹을 것이 부족하대요. 몸도 씻고 좀 먹어야 해요."

"수용소에서는 누가 돌봐주고 있는데?"

"아무도 없나 봐요. 부모님은…."

아밀은 차마 말을 맺지 못했다.

"그분들이 어떻게 되었는지 몰라요. 그 친구가 수용소에서 누구랑 같이 지내는지는 잘 모르겠어요."

"아."

카지는 알겠다는 듯이 말했다. 그러고는 고개를 저었다.

"학교에 안 간 줄 알면 아빠가 언짢아하실 거야."

"알아요."

하지만 생명은 생명이고 학교는 학교이지 않는가? 사실 아밀이 아는 가장 중요한 것들은 학교에서 배운 게 아니었다. 니샤는 생각이 다를지 모르지만.

카지는 아이들이 먹을 음식을 준비하겠다고 했다. 비샬은 한참 동안 화장실에서 나오지 않았고, 카지는 먹고 남은 달과 밥을 데웠다.

비샬이 나타났는데, 검은 머리카락은 반지르르하고 젖은 피부는 반짝반짝 빛나고 있었다. 아밀의 깨끗한 옷을 헐렁하게 걸쳐 입고 있으니 마치 딴사람처럼 보였다. 어리고 섬세하며 자신의 주장대로 왕족의 후손처럼 보였다.

카지는 잠깐 고개를 끄덕이고 두 손을 모으며 인사했다. 비샬도 똑같이 했다.

카지가 말했다.

"넌 먹을 것과 씻을 곳이 필요하다더구나."

비샬은 젖은 옷가지를 팔에 걸친 채 말했다.

"네, 아저씨. 폐가 되지 않았으면 좋겠습니다. 옷은 빨았어요."

니샤가 고개를 끄덕였다. 그리곤 손을 내밀자 비샬은 입었던 셔츠와 반바지를 천천히 건네주었다. 아밀은 애초에 비샬이 어떻게 교복을 구했는지 궁금했다. 니샤는 부엌 창문 밖에 걸려 있는 빨랫줄로 가서 옷을 널었다.

니샤가 돌아오자 비샬은 약간 겁먹은 목소리로 말했다.

"옷은 학교에서 돌려줄 거야?"

아밀이 비샬을 가리키며 말했다.

"당연하지. 지금 그 옷은 계속 입어도 돼."

비샬이 얼른 대꾸했다.

"아니. 내 옷이 마르면 이건 돌려줄게."

아밀은 계속 입으라고 고집하고 싶었지만 비샬의 표정을 보니 그러면 안 될 것 같았다.

아이들은 앉아서 조용히 음식을 먹었다. 비샬은 몇 분 만에 로티 두 개와 수북이 담긴 밥과 달 한 접시를 먹어치웠다.

비샬이 다 먹고 의자에 기대앉자 아밀이 드디어 물어보았다.

"수용소에서는 누구와 지내니?"

카지는 어깨에 수건을 걸친 채 화덕 옆에 서서 비샬을 꼼꼼히 살피고 있었다.

"어머니, 아버지, 아이들 넷으로 이루어진 가족이 있어. 여기에 올 때 배에서 만난 사이지. 그 집 어머니는 나더러 자기네 공간 한구석에서 자도 된다고 했지만, 돌봐줄 수는 없대. 고아원에 가고 싶진 않지만, 그분들도 아이 넷 키우기에 벅찬 상황이거든. 가끔 난 잠시 나왔다가 다시 돌아가. 그러다 너희가 날 길거리에서 본 거야."

비샬은 말을 멈추었다. 침을 꿀꺽 삼키고는 눈길을 떨구었다.

아밀이 말했다.

"도와주고 싶어."

비샬은 고개를 퍼뜩 들고 미소를 지었다.

"이미 도와줬어, 형씨. 하지만 난 가야 해."

비샬은 자리에서 일어나 현관으로 걸어갔다.

아밀도 자리에서 일어나며 말했다.

"우리랑 같이 학교에 가면 돼. 지금 당장 안 가도 된다고."

비샬은 고개만 끄덕이고는, 뭐라고 말리기도 전에 몸을 돌려

문밖으로 휙 나가버렸다.

"잠깐만!"

아밀은 아파트 복도로 달려나가 계단을 내려다보았다. 한 걸음 한 걸음 내려가는 비샬의 발소리가 울렸다. 아밀은 다시 한번 비샬을 불렀지만 건물의 묵직한 현관문이 열리고 닫히는 소리만 들려왔다.

아밀이 돌아와서 말했다.

"아빠한테는 말하지 마세요."

"그럼 다디가 낮잠에서 깨기 전에 학교에 가는 게 좋겠다."

카지가 소리를 낮추어 말하며 문 쪽으로 손짓을 했다.

아밀과 니샤는 비샬이 자던 거리를 지나 학교로 걸어갔다.

"이렇게 늦은 시간에 학교에 가봤자 뭐해? 그 애를 찾아봐야 할까? 왜 그렇게 도망치듯 떠났을까?"

생각에 잠겨 있던 아밀은 니샤의 말에 정신이 퍼뜩 들었다.

"나도 모르겠어."

아밀은 대답하면서 니샤와 함께 주변 거리를 돌기 시작했다. 자신이라면 비샬의 상황에서 어떻게 할까 생각해 보았다.

니샤가 말했다.

"그 애는 어떤 일을 겪었는지 털어놔야 한다는 걸 알고 있을 거야. 그래서 말하기보다는 그냥 사라지는 쪽이 더 마음 편한지도 모르지."

아밀은 입술을 모으고 그 말을 곰곰이 생각했다. 니샤는 몇 날 며칠을 걸은 끝에 라시드 외삼촌 집에 도착했던 8월의 일을 입에 올리기도 싫어했다. 미친 남자가 칼을 들고 니샤를 위협하다가 아빠에게 쫓겨났다. 니샤는 그 이야기도 절대로 꺼내지 않았다. 비샬은 더 나쁜 일을 겪었는지도 모르겠다.

한참 찾아다니다가 허탕 치고 나서 둘은 항구 쪽으로 걸어갔다. 눈앞에 게이트웨이 오브 인디아[1]의 장엄한 아치가 나타났다. 급한 일은 지나갔기 때문에 둘은 천천히 걸었다.

니샤가 아밀을 돌아보았다.

"이제 뭐 하지?"

아밀이 말했다.

"비샬이 도움을 거절하면 우린 어떻게 할까?"

바다가 내려다보이는 돌담으로 가서 앉아 있을 만한 곳을 찾았다. 아밀이 힐끗 올려다보니, 작은 게를 물고 날아가는 갈매기 한 마리가 보였다. 갈매기는 게를 잡은 것이 무척 자랑스러워 보였다. 계속 바위들 위로 날아다니며 게를 떨어뜨렸다가 다시 아래로 날아 내려가 게 껍데기가 부서졌는지 살펴보았다. 세 번째 시도에서 마침내 게 껍데기가 깨졌고, 갈매기는 구멍을 내어 게 살을 파먹었다.

---

1 1911년 영국 국왕 조지 5세가 인도를 방문한 기념으로 세워진 기념문으로, 뭄바이의 관광 명소이다

니샤가 말했다.

"난 아빠가 그 애를 입양하면 어떨지 진지하게 고민하고 있었어."

"가능할까?"

"정식으로 입양하는 게 아니라 그냥 우리 집에서 같이 사는 거 말이야. 그동안 길거리와 수용소에서 자는 굶주린 사람들을 보면서도 우리가 상관할 바 아니라고 생각하고 그냥 지나쳤어. 하지만 아는 사람일 경우는 달라."

둘은 돌담 아래쪽 바위에 찰싹찰싹 부딪히는 파도 소리를 들으며 앉아 있었다.

니샤가 물었다.

"왜 우리가 아니었을까? 우린 왜 난민 수용소에 가게 되지 않았을까?"

"운이 좋아서?"

니샤가 말했다.

"그렇다면 그 행운을 낭비해선 안 돼. 안 그러면 행운이 다 무슨 소용이 있겠어?"

아밀은 니샤의 말이 무슨 뜻인지 알고 있었다. 도로 쪽을 돌아보니 아밀 또래 소년이 자전거를 타고 휙 지나갔다. 자전거의 크롬 도금이 햇빛을 받아 번쩍였다. 아밀은 목이 꽉 막히는 느낌이 들었다. 뭄바이에 온 이후로 계속 느꼈던 압박감이었다. 방금 비샬과 이런저런 일을 겪고 나니 그들 위로 드리워진 짙은 안개에서 완벽하게 벗어날 방법은 바로 자전거인 것만 같았다. 자전거만 생긴다면 어떻게든 니샤와 비샬을 태우고 갈 것이다. 더 이상 슬픈 일들을 생각하지 않아도 될 때까지 자전거 페달을 빨리 밟아 안개에서 완전히 벗어나도록 달릴 것이다.

아밀이 말했다.

"니샤. 시간이 됐어."

"무슨 시간?"

"자전거를 찾아보러 갈 시간이야."

15장

놀랍게도 니샤는 아밀과 함께 가겠다고 했다. 둘은 앉아 있던 자리에서 일어나 콜라바에 있는 상점들을 지나갔다. 큰길가에 있는 많은 상점들과 골목에 숨어 있는 상점들을 찾아보았지만 자전거는 통 눈에 띄지 않았다. 그래도 끈끈한 습기가 가신 덕분에 아밀은 발걸음이 가볍고 빨라졌다. 필요하다면 뭄바이에 있는 모든 매장을 뒤져볼 생각이었다.

타이어 파는 가게 앞에 이르렀다. 그곳에는 자동차 타이어, 자전거 타이어, 마차용 타이어 등 온갖 타이어가 넘쳐났다. 어두운 가게 창문을 들여다보니 타이어만 있는 것이 아니었다. 나사와 못이 가득한 유리병들도 있고, 파이프와 금속 그릴로 가득 찬 상자들도 있었다. 심지어 운전대들이 쌓여 있는 선반도 보였다. 바닥에는 망치와 스패너 같은 연장들이 가득한 나무 궤짝들이 놓여 있었다. 뒤쪽 선반에는 알 수 없는 물건들이 훨씬 더 많이 있었다.

아밀과 니샤가 들어가자 가게 주인이 빤히 바라보았다. 주인은 뻑뻑한 콧수염을 기르고 두꺼운 안경을 쓴 몸집이 큰 남자였다.

가게 주인이 손을 내저었다.

"어서 나가거라, 요 꼬마 도둑들. 휘이."

"가자."

니샤가 아밀의 팔꿈치를 잡아당기며 속삭였다.

왠지 아밀은 발이 떨어지지 않았다.

아밀이 속삭였다.

"자전거가 있는지만 물어보자. 타이어가 너무 많아서 도무지 알 수가 없어."

아밀은 심통 사나운 가게 주인도 겁나지 않았다. 고개를 바짝 쳐들고 조금 더 가까이 다가갔다. 비샬이 가끔 아주 정중하고 깍듯하게 행동하던 모습이 떠올랐다. 그럴 때면 항상 상대방은 좋은 쪽으로 어리둥절해했다.

아밀은 두 손을 모으고 말했다

"나마스테. 선생님의 멋진 가게를 둘러볼 수 있도록 간청드립니다. 저희는 매우 중요한 것을 찾고 있답니다."

니샤는 아밀이 물구나무서기라도 한 듯이 눈이 휘둥그레져 바라보았다.

가게 주인은 안경을 내리고 둘을 찬찬히 살펴보았다.

"뭐, 중요한 물건이 아주아주 많긴 한데. 하지만 너희가 여기서 싸게 사다가 비싸게 팔 만한 물건들은 아니다. 나는 최고급 물건들만 팔거든."

"그럼요. 저희는 자전거를 찾고 있습니다."

아밀은 이제 등 뒤에서 양손을 꽉 맞잡은 채 말했다.

"흠, 자전거라."

가게 주인은 콧수염을 긁적이며 말했다.

"자전거라, 자전거라" 하고 되뇌더니 이리저리 돌아다니면서 자전거가 절대 들어갈 수 없을 만한 곳에서 물건들을 들추어 보기 시작했다.

아밀은 자기 팔꿈치를 계속 잡고 있는 니샤를 바라보았다. 안심하라는 눈빛을 보냈다. 니샤는 고개를 끄덕였고, 그제야 팔꿈치를 놓는 것이 느껴졌다. 그런 것이 쌍둥이의 장점이었다. 둘은 말하지 않아도 대화를 나눌 수 있었다.

주인은 돌아서서 가게 뒤쪽으로 갔다. 문가에 쳐진 얇은 천을 옆으로 제쳤다.

주인이 말했다.

"따라오너라."

아밀과 니샤는 다시 서로를 흘낏 보았고, 니샤가 고개를 저

188

었다.

"이상한 낌새가 느껴지면 바로 도망치자."

아밀은 재빨리 속삭이고는 니샤와 함께 문가를 지나갔다.

"우리가 저 사람보다 훨씬 빠를 거야."

아밀은 니샤가 내켜 하지 않는 줄 알면서도 가게 주인이 무엇을 보여주려는지 확인해야만 했다. 그곳은 작은 뒷방이었는데, 선반이며 바닥에 잡동사니들이 많이 쌓여 있었다. 아밀은 어두침침한 공간에 적응하려고 눈을 깜박였다. 금속 나부랭이들이 많았다. 다음 순간 벽과 천장 사이의 좁은 틈새를 통해 새어 들어오는 가느다란 빛줄기 속에서 아밀은 보았다. 크롬의 반짝임, 두 개의 바큇살, 솟아오른 손잡이, 틀림없었다. 아밀은 점점 가까이 다가갔고, 니샤도 바로 뒤따라 왔다. 아밀은 바퀴를 찬찬히 들여다보았다. 자전거 타이어 안쪽의 금속은 전혀 녹슬지 않았다. 초콜릿 갈색의 안장은 가죽이 갈라진 곳 하나 없이 새것처럼 보였다. 헤드라이트도 정면에 자랑스럽게 자리 잡고 있었다.

가게 주인은 어둠 속에서 눈을 번쩍이며 흠흠 헛기침을 했다. 둘 앞으로 와서는 안장을 톡톡 두드렸다.

"멋지지, 안 그래? 희귀한 건데, 상태도 훌륭해. 뭄바이에서 이런 자전거를 파는 가게는 또 없을걸."

아밀은 가게 주인이 뭘 믿고 그렇게 큰소리일까 싶었지만 자전거는 확실히 멋졌다. 빨리 비샬에게 말해주고 싶어 죽을 지경이었다.

가게 주인이 말했다.

"영국산 BSA 로드스터이고, 1년밖에 안된 거야. 타이어는 빵빵하고 녹슨 곳 하나 없어. 헤드라이트도 잘 작동하고."

주인의 얼굴에 천천히 함박웃음이 번졌다.

니샤와 아밀은 서로를 바라보았다.

"한번 타 봐. 부끄러워하지 말고."

주인은 아밀을 자전거 쪽으로 가볍게 밀며 말했다.

아밀은 등이 바짝 긴장되었지만 안장과 핸들을 쓰다듬어 보니 금세 긴장이 풀렸다. 방안은 덥고 퀴퀴한 냄새가 났지만, 자전거 금속 부분은 만져보니 차가웠다. 스위치가 어디 있는지 몰라 헤드라이트 주변을 더듬어 보았다.

"여기야."

가게 주인은 조급한 목소리였다. 주인이 아밀 가까이 몸을 기울이자 땀 냄새가 확 풍겨왔다. 아밀은 뒤로 물러나 가게 주인에게 불을 켜게 했다.

딸깍 불이 켜지면서 온 방을 밝혔다. 아밀과 니샤는 그 방에 물건들이 얼마나 많은지 보고는 입이 딱 벌어졌다. 바닥에는 더 많은 금속 조각 더미가 쌓여 있고, 금속 선반에는 버튼들이 들어있는 병들과 두꺼운 천 두루마리들이 쌓여 있었다. 또 한 선반에는 시계들이 가득하고, 창유리가 벽에 세워져 있고, 깨진 점토

꽃병 몇 개, 망가진 의자, 검정 신발 한 짝도 보였다.

가게 주인이 손을 비비며 말했다.

"그럼, 살 거야? 난 시간 없어."

"당연히 사고 싶어요."

아밀은 이렇게 말해놓고 흥정할 기회를 망친 게 아닌가 싶었다.

"좋아, 20루피다."

니샤는 아밀을 바라보며 눈썹을 치켜떴다.

아밀이 말했다.

"근데… 돈이 그만큼은 안돼요."

아밀의 주머니에는 파코라 살 동전도 없었다.

가게 주인은 아밀의 손을 덥석 잡고 살펴보았다. 아밀은 깜짝 놀라 손을 뺐다.

가게 주인이 말했다.

"손이 부드럽고 손톱이 깨끗하구나. 옷도 깨끗하고. 아마 넌 그 돈을 구할 길이 있을 거야."

아밀이 힐끗 보니 가게 주인의 손톱은 상당히 지저분했다. 주인은 자전거 핸들을 잡고 가게 한복판을 지나 곧장 문밖의 인도로 나갔다.

니샤가 소곤거렸다.

"어쩌려는 거지?"

아밀은 어깨를 으쓱했고, 답답한 뒷방에서 나온 것에 안도하
며 주인을 따라갔다.

밖으로 나오자 가게 주인은 아밀 옆에서 자전거를 끌고 갔다.

"한 번 타봐라. 네가 훔쳐가면 이 거리에 내 정보원들이 있으
니 널 찾아낼 거야. 진짜라니까, 너도 그자들에게 잡히고 싶진
않겠지."

가게 주인의 말에 아이들은 점점 더 겁이 났다. 하지만 아밀
은 어쩔 수 없었다. 자전거 핸들을 잡아보지 않을 수 없었다. 자
전거 핸들을 꽉 잡고 한쪽 다리를 반대편으로 넘겨 안장에 앉았
다. 새보다도 빠르게 거리를 달리는 모습을 상상할 수도 있었다.
한편으로는 전혀 상상이 안 가기도 했다.

"뭘 망설이니? 한 번 달려 봐. 그러고 나면 틀림없이 사고 싶
어질걸."

"못해요."

"괜찮아. 네가 수상한 짓을 하려고 하면 내 사람들이 지켜보
고 있으니까."

"아니, 자전거를 탈 줄 몰라서 그래요."

"아."

니샤는 아주 조그맣게 말했다.

미르푸르 카스에서는 소년들 여럿이 함께 자전거를 탔는데,
번갈아 가며 페달을 밟고 핸들에 올라타기도 했다. 니샤는 아밀

도 그렇게 다른 아이들과 어울리다가 자전거를 배웠을 거라고 생각할지도 모르겠다. 하지만 아밀은 늘 자전거 타는 것을 피해 왔다. 긴 다리를 움직이면서 동시에 다리 끝에 달린 큰 발을 어떻게 움직여야 할지 통 감이 오지 않았다. 니샤도 자전거를 배운 적이 없었다. 사람들은 여자아이들이 다리를 쩍 벌리고 자전거 타는 것이 적절치 못하다고들 했다. 아밀은 그것이 부당하다고 여겼다.

가게 주인이 노려보았다.

"헛소리 말고, 그냥 타 봐. 간단하니까 너도 할 수 있어."

아밀이 주저하자 주인이 말을 이었다.

"난 바쁜 사람이야. 이제 어떻게 할 거야?"

가게 주인이 발을 탁탁 굴렀다.

니샤가 아밀에게 다가가 자전거 핸들을 잡았다.

"페달을 밟아 봐."

니샤가 힘주어 속삭였다. 그러고는 자전거를 끌고 걸어가기 시작했다.

어쩌면 그리 어렵지 않을 수도 있지 않을까? 앞으로 제대로 된 자전거를 손에 넣을 기회가 또 언제 오겠는가? 니샤가 자전거를 똑바로 잡아주는 사이 아밀은 안장에 딱 버티고 앉아 두 발을 페달에 올려놓았다. 그러고는 페달을 밟자 자전거 바퀴가 돌기 시작했다. 아밀이 페달을 밟자 니샤는 자전거를 붙잡은 채로 좀 더 빨리 걸었다. 그렇게 아밀과 함께 보도를 달렸다. 아밀이 페달을 더 열심히 밟자 니샤는 자전거를 놓아야 했다. 한순간 아밀은 실제로 자전거를 타고 있었다. 그 소년이 타고 있던 것과 똑같은 종류의 자전거를 말이다. 완벽히 1초 동안 균형을 잃지 않았고, 바람에 머리카락이 나부꼈다. 하지만 다음 순간 자전거가 흔들리기 시작했고, 핸들을 조종해 균형을 잡으려고 할수록 자전거는 더 심하게 흔들리는 것 같았다.

"아밀!"

니샤의 외침이 들리면서 아밀과 자전거는 결국 옆으로 넘어져 콘크리트 바닥 위로 쓰러지고 말았다.

아밀은 땅바닥에 누워 있었다. 팔 옆부분과 무릎에서 피가 나는지 찌르는 듯한 통증이 느껴지고 위쪽의 자전거 바퀴가 빙글빙글 돌고 있었다. 아밀이 고개를 들어보니 어깨너머로 니샤와 가게 주인이 달려오는 모습이 보였다. 아밀은 그저 웃을 수밖에 없었다.

16장

집으로 돌아온 아밀은 무릎과 팔에 붕대를 감은 채 소파에 앉아 있었다. 아빠가 몹시 화낼지도 모르지만 아밀은 개의치 않았다. 눈곱만큼도 말이다. 이제 진정한 자유의 순간을 맛보고 나니 자신이 이토록 간절하게 뭔가를 바란 적이 없음을 깨달았다.

아밀이 넘어지자 가게 주인은 소리를 질렀고, 아밀과 자전거가 있는 곳으로 와서 아밀에게는 눈길도 주지 않고 잽싸게 자전거를 일으켜 세워 흠집이 나지 않았는지부터 확인했다. 그러고는 자전거에 전혀 손상이 없다고 결론을 내리자 아밀에게 작은 천을 주며 상처를 닦으라고 했다. 자전거 살 돈을 갖고 오지 않으면 두 번 다시 가게 근처에 얼씬도 하지 말라고 윽박지르고는 자전거를 가지고 도로 가게로 들어가버렸다.

니샤는 절뚝거리는 아밀을 부축해 집으로 돌아왔다. 카지와 다디가 놀랄 게 뻔해서 둘은 천천히 문을 들어섰다. 무슨 일이 있었는지 카지와 다디에게 털어놓았는데, 카지는 화내지 않았다. 가만히 듣고만 있었는데, 아밀이 보니까 카지의 입꼬리가 살짝 올라가 있었다.

"평온한 주말을 보내고 다음 주가 되면 너희 둘 다 학교 끝나고 곧장 집에 오렴. 오늘 이미 한 달 치 모험을 다 한 거니까. 얼른 씻어라. 친구는 좀 어떠니?"

니샤와 아밀은 서로를 바라보았다. 자전거에 정신이 팔린 나머지 비샬 일은 까맣게 잊고 있었다. 또 카지가 다디 앞에서 이 일을 물어본 것도 놀라웠지만 어쨌거나 다디는 별 관심이 없는 것 같았다.

"찾을 수가 없었어요."

아밀은 이렇게 말하면서 속으로는 계속 찾아볼 걸 하고 후회했다. 아밀은 아랫입술을 깨물었다. 자전거를 본 순간 비샬이 아니라 자기 생각만 했던 것이다.

니샤가 말했다.

"월요일에 학교에 오길 바라요."

"그 애를 계속 잘 지켜보렴, 알았지?"

카지의 말에 아밀은 얼른 고개를 끄덕였다.

카지는 아빠가 화장실에 둔 소독약을 천에 묻혀 상처를 톡톡 두드렸다. 따가움이 더 심해져서 아밀은 이를 악물었다. 그런 다음 카지는 긁힌 상처마다 반창고를 붙여 주었고, 다디는 의자에 앉아 이 사이로 소리를 내며 고개를 절레절레 저었다.

"불쌍한 네 아빠한테 왜 이런 짓을 하는 거니?"

다디의 말에 아밀이 사과했다.

"죄송해요, 다디."

아밀은 다디를 화나게 하고 싶지 않았다. 하지만 아밀도 가엾지 않은가? 일부러 넘어져서 다친 것도 아닌데 말이다.

이제 소파에 누워 있으려니 반창고 붙인 상처가 욱신거렸다. 하지만 아밀은 통증이 완전히 사라지기를 바라지 않았다. 왜냐하면 그 통증은 아밀이 넘어지기 전 모든 것이 가능해 보였던 그 멋진 순간들을 떠올리게 해주었기 때문이다.

아밀은 크고, 상세하고, 많은 것을 아우르는 그림을 그리기로 마음먹었다. 가게와 가게 주인 그리고 자전거를 그렸다. 가게 창문에 있던 물건들도 그렸다. 가게 주인의 안경을 꼼꼼히 그리고 콧수염에 있는 잔털까지 그렸다. 그런 다음 연필로 자전거 바퀴를 그리고, 타이어와 바큇살을 세세하게 그린 다음 적당히 여백을 남겨 크롬으로 된 부분의 반짝임을 표현했다.

아빠가 집에 돌아오자 카지는 무슨 일이 있었는지 자분자분 이야기했다. 적어도 아밀은 두 사람이 자기 이야기를 하고 있다고 생각했다. 아밀과 니샤는 눈빛으로 서로에게 질문을 던졌다. '카지가 비샬 이야기를 꺼낼까? 우리는 얼마나 곤란한 일을 겪

게 될까?'

그러고 나자 아빠는 입을 일자로 다문 채 생기 없이 어두운 '실망한' 눈빛으로 아밀에게 걸어왔다. 아빠가 아밀 앞에 떡 버티고 섰다. 아밀은 숨을 깊이 들이마시고 한바탕 아빠의 설교를 들을 마음의 준비를 했다. 하지만 아빠는 아밀의 무릎에 놓인 그림을 살펴보았다.

아밀은 한동안 아빠에게 그림을 보여주지 않았다. 어릴 때는 보여주었다. 아빠는 그림들을 힐끗 보고 고개를 한 번 까딱했고, 가끔 칭찬도 한마디씩 해주기는 했다. 하지만 대개는 가서 쓸모 있는 일을 하라고 했다. 그러다 보니 점점 아밀은 아빠에게 그림을 보여주지 않게 되었고, 아빠도 더는 물어보지 않았다.

아밀은 자기 그림을 내려다보며 아빠의 눈에는 어떻게 보일까 생각해 보았다. 집에 온 뒤로 아밀은 몇 시간 동안 스케치를 했다. 그 그림은 아밀이 그린 최고의 작품 중 하나였다. 아밀은 연필을 내려놓고 그림을 돌려 앞쪽으로 천천히 밀었다. 아빠는 몸을 가까이 기울였다.

아빠는 입술을 오므리고 고개를 끄덕이며 말했다.

"제법 잘 그렸구나. 거의 사진 같아. 이렇게 그리는 건 어디서 배웠니?"

아빠가 놀라서 목소리가 높아진 것이 느껴졌다. 아밀은 어깨만 으쓱댔지만 가슴이 두근거리기 시작했다.

엄마, 아빠는 자전거 탈 줄 아세요?
왜 나한테는 가르쳐 주시지 않았을까요?

"아마 연습한 덕분이겠죠."

아밀이 말했다. 싱글벙글 웃음이 나오는데 애써 참느라 입꼬리가 씰룩거렸다.

"그게 네가 타봤던 자전거니?"

아빠가 그림 속 자전거를 가리키며 물었다.

아밀은 고개를 끄덕였다. 팔에 붙인 반창고를 문지르며 상처를 살짝 눌렀다. 어쩌면 이제 아빠는 아밀이 얼마나 자전거를 갖고 싶어 하는지 알게 될지도 모르겠다.

아빠는 "조심해야지"라고만 하고는 허리에 손을 올렸다.

헛된 꿈은 깨지고 말았다. 아밀은 고개를 푹 떨어뜨렸고 소파에 몸을 묻은 채 그림을 도로 끌어당겨 자기 쪽으로 돌렸다.

아빠가 말했다.

"카지가 네 학교 친구 이야기를 해줬다."

"아."

아밀은 그렇게만 대답하고 맞은편 침대 겸 소파에 앉아 교과서로 얼굴을 숨기고 있는 니샤를 힐끗 보았다. '아빠는 왜 니샤에게는 말을 걸지 않는 것일까?' 오늘 한 일들은 모두 니샤도 함께한 일이었다. 비샬을 집으로 데려오자고 한 사람은 바로 니샤였다.

아밀은 니샤를 보호하려는 본능에 따라 그 일에서 니샤는 빼주는 좋은 형제가 되고 싶었다. 하지만 지금 이 순간 보호가 필요한 사람은 바로 아밀 자신이었다. 둘이 무엇을 하든 아빠는 항상 아밀을 더 비난하곤 했다.

"카지가 날마다 그 아이 것까지 점심을 싸줄 거야. 치료가 필요하면 꼭 말해주렴."

"알겠어요, 아빠."

아밀은 어깨가 축 처졌다.

아빠가 말했다.

"너도 알다시피 그 애를 받아들일 순 없단다."

아밀은 니샤의 제안을 듣고도 이 일이 가능할 거라고는 생각지 않았다. 하지만 막상 아빠가 안 된다고 딱 부러지게 말하자 괜히 밀어붙이고 싶은, 그 친숙한 욕망이 올라왔다.

"왜 안 돼요? 그 앤 아무도 없어요."

"이제는 우리가 지켜봐 줄 거야. 우리 집에서 지내면 사람들에게 알려질 거야. 매일 우리 집 문을 두드리겠지. 여긴 난민 수용소가 아니란다."

"하지만…."

아밀은 무슨 말을 하고 싶은지도 모르면서 입을 열었다.

거실이 갑자기 너무 넓어 보였다. 아밀은 쌀, 렌즈콩, 밀가루가 가득한 부엌 선반을 보았다. 싱크대에는 기 버터가 담긴 큰 병이 있고, 아이스박스에는 요구르트와 우유가 있었다. 감자, 완두콩, 시금치, 토마토가 넘치도록 사발에 담겨 있었다. 이 집에는 옷, 소파, 침대, 침낭이 있었다. 심지어 아밀 가족만 쓰는 화장실도 있었다.

"우리는 비샬과 같이 살아도 충분한 만큼 가졌어요."

"아밀, 우리가 가진 것을 갖기 위해 나는 내 책임에 집중해야 한다. 무엇도 그것을 방해할 순 없어. 또다시 떠나야 한다면 좋겠니?"

아빠는 '또다시'라는 단어를 말할 때 언성이 확 높아졌다.

아밀은 그 말의 위력에 화들짝 놀랐다. 다음 순간 아빠는 돌아서서 방으로 들어가 문을 탁 닫아버렸다. 니샤가 일어나서 아밀 옆에 앉았다. 부엌에서는 카지가 바쁘게 일하고 있었다. 의자에 앉아 듣고 있던 다디는 고개만 저었다. 그래도 아밀을 꾸짖지는 않았다.

다디가 말했다.

"병원에 골치 아픈 문제가 있단다."

"어떤 문제요?"

아밀이 물었다. 다디의 무릎 위에 놓인 손을 힐끗 보았다. 다디는 손을 비틀고 돌리면서 초조하게 비벼대기 시작했다.

"그래서 아빠가 화난 거야."

다디는 고개를 저으며 손을 더욱 비틀었다.

"둘 다 내 방으로 가거라. 네 아빠랑 이야기 좀 해야겠다."

아밀과 니샤는 서로를 바라보았다. 다디는 보통 이런 식으로 명령하지 않았다.

"어서."

다디가 턱으로 방 쪽을 가리키며 말했다. 그래서 둘은 벌떡 일어나 방으로 달려갔다.

아밀은 다디가 아밀에게 큰소리 낸 것을 두고 아빠를 꾸짖을지 궁금해했다. 마음 한구석에서는 다디가 그래 주었으면 하고 바랐다.

방에서 니샤는 다디의 침대에 앉고 아밀은 니샤의 침대에 앉았다.

"무슨 일이 있는 걸까?"

아밀이 물었다. 이럴 때면 아밀은 니샤에게 의지했다. 니샤는 아밀이 종종 놓치는 사소한 것들을 다 지켜보고 있기 때문이다.

"다디가 쓰러지기 전에 어느 밤인가 아빠가 다디에게 병원장에 대해 불평하는 소리를 들었어. 인도가 분할되기 전부터 여기 있던 의사들만큼 아빠를 대우해 주지 않는대. 병원장이 신드 출신 힌두교도들은 깨끗하지 않다고 말하는 걸 들었대."

"깨끗하지 않다고?"

아밀은 몸이 바짝 긴장했다. 그런 건 생각해 본 적이 없지만 아밀 가족이 바로 신드 출신 힌두교도였다. 신드 지방에서 온 힌두교도. 왜 가는 곳마다 새롭게 분리하는 선을 발견하는 기분일까? 그 선의 목적은 사람들을 더욱 분열시키는 것뿐이었다. 처음에는 이슬람교도, 힌두교도, 시크교도 사이에 선이 그어졌다. 이제 신드 출신 힌두교도와 원래 그곳에 살던 힌두교도 사이에도 선이 생긴 듯했다.

"왜 우리가 깨끗하지 않다는 거지?"

아밀은 항상 단정한 차림에 깨끗이 씻고 셔츠에는 주름 하나 없으며 손톱 밑에도 때 하나 없는 아빠를 생각했다. 넘어져서 긁히고 더러워진 자신의 다리와 발을 내려다보았다. 발톱 가장자리는 거뭇거뭇했다. 오늘 밤에는 더욱 꼼꼼히 씻어야겠다고 마음먹었다. 누구의 눈에도 지저분하게 보이고 싶지 않았다.

니샤가 말했다.

"아빠 말씀으로는 미르푸르 카스에서 우리가 고기를 먹고 이슬람교도와 시크교도들과 함께 기도했기 때문이래. 거기서는 서로 한데 어울리며 살았으니까."

"이것저것 다 선을 긋는 게 더 불편하지 않나?"

아밀이 물었다. 다디는 음식을 섞어 먹는 것을 좋아하지 않는데, 그래서 카지가 다디의 음식은 다 따로따로 접시에 담아주면서 몹시 답답해하는 것이 생각났다. 아밀은 접시에 담긴 카레를 로티로 떠서 밥과 섞고 양파, 타마린드[1] 또는 처트니 소스를 몇 숟가락 얹어서 신나게 먹을 때면 그렇게 먹지 못하는 다디가 안

---

1 콩과에 속하는 나무인데, 열매로 피클과 병조림을 만든다

됐다고 여겼다. 아밀에게 맛있는 것이란 달콤함, 새콤함, 매콤함
이 서로 균형을 이루면서 함께 어우러지는 것을 의미했다.

니샤가 말했다.

"선이란 건 지붕이나 벽에 더 가까운 것 같아. 선이 있어야 사
람들은 더 안전하다고 느껴."

아밀은 선들과 지붕, 벽에 대해 생각해 보았다. 이곳 또는 저
곳 출신의 힌두교도인지, 힌두교도이자 이슬람교도인지, 아예
다른 종교를 믿는지 따위에 왜 다들 그렇게 신경을 쓰는 것일
까? 그것이 아밀의 남은 인생에도 늘 중요한 문제가 될까? 아밀
은 침대에 누워 매트리스에 몸을 묻었다. 팔다리와 눈꺼풀이 점
점 무거워졌고, 이렇게 피곤한 적이 있었나 싶을 정도로 피로가
몰려왔다.

17장

주말은 천천히 지나갔다. 아밀과 니샤는 슈레야와 라비와 함께 건물 뒤편에서 발견한 하얀 돌멩이들을 가지고 놀이도 하고 그림도 그리며 시간을 보냈다. 고양이 피쿠가 햇볕을 쬐며 누워 있었는데, 아밀은 피쿠가 꼬리를 위아래로 휙휙 흔드는 모습을 지켜보는 것이 좋았다. 다디는 방에서 보내는 시간이 점점 더 많아졌다. 아빠 말로는 다디의 고관절이 잘 낫고 있다고 했지만, 다디는 길을 조금만 걸어도 금방 지치는 것 같았다. 아빠는 이런 상태가 계속되면 병원에 다시 가서 심장 검사를 해 봐야 한다고 했다.

그러던 일요일 오후, 현관문 두드리는 소리가 났다. 아빠는 식탁에 앉아 신문을 읽으며 차를 마시고 파파드를 먹고 있었다. 니샤와 아밀은 거실에서 글을 쓰고 그림을 그렸고, 다디는 연한 녹색의 겉옷 사리를 무릎에 올린 채 폭신한 의자에 앉아 창밖을 내다보고 있었다. 다디는 보통 바느질을 카지에게 맡겼지만, 지금은 풀린 밑단을 직접 수선하겠다고 했다.

다들 노크 소리에 깜짝 놀랐다. 지금까지 누군가 문을 두드린 적이 없었다. 아밀은 그것이 비샬이기를 진심으로 바랐다. 금요일 이후로 계속 비샬이 걱정되었다. 비샬이 문가에 나타난다면 아빠는 쫓아내지 않을 것이다. 카지가 문을 열러 나갔다.

카지가 큰 소리로 물었다.

"누구세요?"

남자 목소리였다.

"아쇼카요."

아밀의 얼굴이 환해졌다. 아쇼카 삼촌! 몇 주 전 삼촌 집을 방문했던 일이, 세련된 거실과 영화 포스터, 맛있는 음식이 떠올랐다. 아빠가 초대한 것일까? 지난번에 아쇼카 삼촌이 초대했는데도 아빠가 마뜩잖아하는 것 같아서 아밀은 난생처음 영화관에 가는 꿈을 포기했다.

카지가 아쇼카 삼촌을 들여보내 주었다. 아빠는 살짝 목례를 보내고는 얼른 탁자에서 일어났다. 아쇼카 삼촌은 신발을 벗으면서 활짝 웃는 얼굴로 거실을 둘러보았다. 아밀은 아쇼카 삼촌의 발이 깨끗한지 살펴보았다. 깨끗했다.

아쇼카 삼촌은 아빠의 어깨를 툭 치면서 큰 소리로 인사했다.

"어이, 자네. 요즘 보기 통 힘들던데? 여러 번 초대했는데."

아빠는 고개를 끄덕였다.

"미안하네. 몹시 바빴다네."

"아, 그래, 알았어."

아쇼카 삼촌은 이렇게 말하고 눈을 찡긋했다. 아빠는 눈을 찡긋하지 않았다.

"힘든 일이 있어도 영화관에서 하루를 보내면 괜찮아진다는 걸 잊지 말라고. 적어도 잠깐은 말이야."

그러고 나서 아쇼카 삼촌은 반짝이는 눈으로 아밀과 니샤 쪽을 바라보았다.

아밀은 소파에서 일어나 천천히 아쇼카 삼촌 쪽으로 다가갔는데, 삼촌이 덥석 안아주리라 마음의 준비를 하면서 한편으로는 기대했다. 아쇼카 삼촌은 아빠에게 하던 것보다 조금 더 가볍게 아밀의 등을 도닥여 주기만 했다. 니샤는 일어나서 두 손을 모았다. 삼촌도 니샤에게 똑같이 인사하고는 다디의 발을 만져 인사했다.

"여러분들 좀 보세요. 이 아름다운 날을 빈둥거리며 낭비하고 있잖아요. 준비하세요. 4시 30분 영화에 데려갈 거예요. 거절은 사양합니다!"

아밀은 아빠 쪽으로 고개를 휙 돌렸다. 이 상황에서 거절한다면 아빠는 사실상 아밀을 사랑하지 않는 게 분명했다. 적어도 아밀이 받고 싶은 사랑은 아닐 것이다.

아쇼카 삼촌은 허리에 손을 척 올리고 서 있었다.

"데브 아난드가 나오는 영화야. 대스타가 될 배우지. 멋진 영화라고. 어떠신가요, 대장님?"

"넌 거절하기가 쉽지 않은 사람이지."

아빠가 살짝 미소를 머금고 말했다.

"제발, 아빠."

니샤의 말에 모두가 동시에 니샤를 돌아보았다. 니샤는 아빠에게 뭘 조른 적이 한 번도 없었다. 니샤가 흘낏 쳐다보는 순간, 아밀은 니샤가 자기에게 도움을 청하고 있음을 바로 알아차렸다. 니샤는 영화를 보고 싶지 않은 것은 아니지만 아밀이 조르면 아빠는 오히려 안 된다고 할 가능성이 더 커지니까 잠자코 있으란 뜻이었다.

아빠가 한숨을 쉬었다.

"좋아. 설득됐어. 고마워. 아이들을 데려가 줘. 난 밀린 서류 작업을 해야 해서."

아밀과 니샤의 눈이 마주쳤다. 어휴, '또 서류 작업이야'라는 말이 둘 사이에 소리 없이 떠다녔다. 아밀은 발끝으로 깡충깡충 뛰기 시작했다. 흥분을 감출 수 없었다. 금방이라도 팔짝팔짝 뛸 것만 같았다.

"정말이야? 그 서류 작업은 지겹게 따라다니는구면."

아쇼카 삼촌이 놀리는 투로 말했다.

아빠는 고개를 끄덕였다.

"알겠소, 대장. 다음에 갑시다."

아쇼카 삼촌은 이렇게 말하고 카지와 다디를 돌아보았다.

"또 가실 분?"

아밀은 카지를 보았는데, 카지는 아빠를 보고 있었다.

카지가 어린 소년처럼 수줍게 말했다.

"저도 같이 가고 싶어요."

아빠는 다시 고개를 끄덕였다. 그러자 아밀은 다디를 흘낏 보았다. 다디가 천천히 일어났다.

아빠가 말했다.

"엄마, 가시면 안 돼요. 걸어가시기엔 너무 무리예요."

아쇼카 삼촌이 말했다.

"차를 가져왔어. 극진하게 모셔갈 거야."

"쉬엄쉬엄 다닐게. 아이들을 돌봐야 하니까."

다디가 말은 그렇게 했지만 아밀과 니샤가 다 알아서 하는 줄 너무도 잘 알고 있었다. 게다가 카지와 아쇼카 삼촌도 함께 있을 터였다. 하지만 아밀이 보니까 다디의 눈이 오랜만에 빛나고 있었다. 다디도 아밀 못지않게 들떠 있었다.

그래서 아빠는 마지못해 허락했고, 다들 다디를 부축해 계단을 내려가 아쇼카 삼촌의 차가 기다리는 거리로 나갔다. 카지와 아쇼카 삼촌은 다디를 뒷좌석에 태웠다. 그다음에 아밀과 니샤가 차에 탔다. 카지는 아쇼카 삼촌과 함께 앞 좌석에 앉았다.

아밀은 자동차를 타본 적이 없었다. 미르푸르 카스에서는 일부 사람들이 자동차를 가지고 있었지만 아밀은 늘 마차를 타고 다녔다. 그곳을 떠나기 전에 마지막으로 탔던 마차가 생각났다. 아밀 가족은 그 마차를 타고 기차역에 가기로 되어 있었다. 전날 밤 짐들을 모두 마차에 실어두었다. 아빠는 아밀의 그림 무더기를 가져가지 못하게 화덕에 던져넣어 몽땅 태워버렸다. 아밀은 아빠에게 그토록 화난 적은 처음이었다. 그러다가 마차를 타고 기차역까지 가는 것은 너무 위험하다는 사실을 알게 되었다. 아밀 가족은 식료품 저장실에 숨어야 했고, 그러고 나서는 카지의 오두막에 숨어 있다가 끔찍한 도보 여행을 시작했다.

차를 타고 가는 동안 아밀의 머릿속에는 훨씬 많은 기억들이 쌓여갔다. 마치 그 일들이 다시 일어나기라도 하듯이 생생한 영상들이 눈앞에 보이는 듯했다. 아밀 가족이 집을 떠나는 모습이 보였다. 태양이 내리쬐는 것이 느껴지고 목이 마르고 물이 쏟아지는 장면이 보였다. 다음 순간 아밀은 거기 누워 있던 때로 돌아갔다. 너무너무 목이 탔다. 물을 더 구하려고 애쓰던 아빠가 옆에서 무릎 꿇고 앉아 아밀의 맥박을 확인하며 겁에 질린 잠긴 목소리로 아밀의 귓가에 속삭였다. "제발 죽지 마라, 아밀."

니샤가 다리를 톡톡 두드리자 아밀은 화들짝 놀라 생각에서 벗어났다.

니샤가 속삭였다.

"괜찮아?"

아밀은 악몽에서 깨어난 것처럼 현재로 돌아왔다. 이마가 축축했다. 길을 따라 달리는 자동차의 울렁거림에 따라 흔들리며 창밖을 바라보는 다디와 카지를 바라보았다. 아밀은 다시 니샤를 보았다.

니샤는 "심호흡해 봐"라고만 했다.

둘은 잠시 서로 손을 잡았다가 놓았다. 그 뒤로 극장에 도착하기까지 15분 동안 아무도 입을 열지 않았다. 우뚝 솟아 있는 연노란색 콘크리트 건물인 로열 시네마 앞에 차가 멈추어 섰다. 영화 제목은 〈지디〉로, 거대한 흰색 천막에 검정 글자로 쓰여 있었다. 다들 차창 밖으로 고개를 빼꼼 내밀고 입을 딱 벌렸다. 아밀은 아까의 나쁜 기억들이 사라져버렸다. 이제 새로운 기억, 행복한 기억을 만들 것이다.

아쇼카 삼촌은 그들을 데리고 극장으로 들어갔다. 삐걱거리는 좌석에는 열 명 정도만 앉아 있었다. 아밀 일행은 두 번째 줄에 앉았다. 아밀은 앞으로 몸을 내밀고 두 손으로 턱을 괸 채 기다렸다. 영화 상영이 시작되자 시끄러운 소음이 확 밀려왔다. 스크린에 제목이 나타나고 음악이 들리고 이름들이 나오더니 사람들이 등장했다. 아밀은 같은 줄에 앉은 니샤와 다디, 카지를 힐곳 보았다. 다들 경외감에 차서 화면을 올려다보고 있었다. 심지어 다디와 카지는 영화 관람이 처음이 아닌데도 말이다. 스크린에서 나오는 빛이 춤추듯 그 얼굴들에 어른거렸다.

아밀은 마치 꿈속에 들어간 것처럼 자기 앞에서 배우들이 움직이는 광경을 지켜보았다.

얼굴들과 소리에 푹 빠져서 처음에는 이야기를 따라가기가 힘들었다. 스크린 뒤로 뛰어가 배우들이 숨어 있는 게 아닌지 확인하고 싶었지만 대신 팔걸이를 꽉 붙잡고 좌석에 기대앉았다.

영화가 시작하자마자 할머니가 죽자, 아밀은 다디가 슬퍼할까 봐 걱정되어서 다디를 힐끔 보았다. 아밀 자신도 슬퍼지고 싶지 않는데 곧이어 사랑 이야기가 펼쳐졌다. 데브 아난드가 젊은 여배우 카미니 카우샬과 사랑에 빠지는 모습을 지켜보았다. 두 배우가 말하고 노래하고 사랑에 빠지는 것을 지켜보았다. 잠시나마 다른 사람의 삶을 사는 듯한 느낌이었다. 아밀은 영화가 언제까지나 계속되었으면 하고 바랐다.

영화가 끝나자 아쇼카 삼촌은 다시 집으로 데려다주고는 아빠만 허락하면 매주 일요일마다 와서 영화관에 데려가겠다고 했다.

"와, 좋아요!"

아밀이 박수를 치며 팔짝팔짝 뛰자 지켜보던 다디가 아밀의 팔을 토닥거렸다.

"두고 보면 알겠지, 암."

다디는 이렇게 말하고 아쇼카 삼촌에게 고개를 끄덕였다.

"나들이하게 해 줘 고맙구나."

카지가 다디를 부축해서 계단을 올라가고 니샤가 뒤따라갈 때, 아밀은 거리에 남아서 아쇼카 삼촌의 차가 다른 거리로 접어들어 더 이상 보이지 않을 때까지 손을 흔들어 주었다.

집에 돌아오니 니샤가 말했다.

"음악이랑 노래가 시끄러웠지만 괜찮았어. 넌 어땠어?"

아밀은 어떻게 대답해야 할지 몰랐다. 영화 속 이야기는 아밀이 실제 겪은 일처럼 기억의 일부가 되어 있었다.

"꼭 마법 같았어"라는 말밖에 나오지 않았다. 아밀은 초파티 해변에 갔던 일, 전차 탔던 일, 쿨피를 먹었던 것, 자전거를 몹시 갖고 싶었던 것, 그리고 이제 영화관 가는 것에 대해 생각해 보았다. 힘든 일이 그렇게 많은 와중에도 즐거운 시간을 보낼 수 있다니 참 신기했다. 그러는 자기 자신이 나쁜 사람인 걸까 싶기도 했다.

18장

이틀이 지났는데 비샬은 학교에서 보이지 않았다. 사흘째 되던 날 아밀과 니샤는 어떻게 해야 할지 고민하며 집으로 걸어갔다.

"수용소로 돌아갔을지도 몰라. 거기 가서 찾아봐야 할 것 같아."

이렇게 말하면서 아밀은 가슴속에 죄책감이 번지는 것을 느꼈다.

니샤가 대꾸했다.

"어떻게? 학교를 빼먹을 순 없어. 아빠는 우리가 또 외출하는 것을 허락하지 않을 테고, 방과 후에 찾으러 갔다가 저녁 식사 때까지 돌아오는 데 너무 오래 걸릴 수 있어. 다디에게 걱정을 끼치고 싶지 않아. 오늘 아침에 보니까 얼굴이 창백했어."

아밀은 고개를 끄덕였다. 일요일 외출 이후 다디는 방에서 계속 쉬고 있었다.

아밀은 다디가 영화관에서 얼마나 행복해 보였는지 떠올리며 말했다.

"다디는 영화관에 한 번 더 가봐야 할지도 몰라."

아밀은 공기의 냄새를 맡고 얼굴을 찌푸렸다. 바다가 가까워지자 해변에 밀려온 해초와 죽은 물고기 냄새가 희미하게 풍겨왔다. 지난 이틀 동안 날씨가 더웠고, 그럴 때면 항상 바다 냄새가 변했다. 아밀이 흘낏 보니 니샤의 눈은 길가 쪽을 향하고 있었다. 입꼬리가 축 내려가 있었다.

"다디는 괜찮을 거야."

아밀은 이렇게 위로하고 잠시 니샤의 등에 손을 얹었다.

"다디가 더 튼튼해지려면 어떻게 해야 할지 아빠는 아실 거야."

"그거야 모르지."

"그래도 그렇게 말하면 기분이 한결 나아져."

"그건 그래."

둘은 좀 더 걸었다. 아밀은 미래의 어느 것 하나라도 확신할 만한 것이 있을까 싶었다. 길가에 병뚜껑 하나가 보이자 아밀은 냅다 걷어찼다. 병뚜껑이 날아가 도로에 툭 떨어졌다. 다음 순간 쌩 지나가는 자동차에 깔려 병뚜껑이 납작 찌그러졌다. 그들 역시 저 한심한 병뚜껑과 다를 게 뭐가 있을까? 단 한 번의 잘못된 선택 때문에 땅바닥에 부딪혀 박살 날 수도 있다. 하지만 그래도

인간이니까 달라야 하지 않을까? 알아서 조절하고 통제할 수 있
지 않을까?

어느덧 고물상 옆을 지나갔다. 아밀은 뜻하지 않게 가게 주인
의 눈길을 끌고 말았다.

아밀과 니샤가 서둘러 모퉁이를 돌아가려는데 가게 주인이
큰 소리로 불렀다.

"돈을 구해오는 게 좋을 거야! 안 그러면 다른 사람에게 팔아
버릴 테니까."

멀찌감치 갔을 때 니샤가 말했다.

"아빠에게 사달라고 해."

아밀이 말했다.

"절대로 사주지 않을 거야. 죽었다 깨어나도 말이야."

"물어보기 전에는 모르는 일이야."

아밀은 어깨만 으쓱했다. 다음 순간 길 건너 어느 벽에 기대
어 앉아 있는 한 소년이 눈에 들어왔다. 소년은 돈과 음식을 달
라고 손을 내밀고 있었다. 아밀은 혹시 비샬이 아닌가 하고 눈을
가늘게 뜨고 자세히 보았다. 비샬은 아니었다. 아밀은 그 소년에
게 뭐라도 주고 싶었다.

니샤가 말했다.

"요새 비샬이 안 보인다고 누구한테라도 알려야 할 것 같아."

아밀이 말했다.

"아쇼카 삼촌은 어때? 수용소 바로 근처에 사시잖아. 아니면 카지 아저씨. 하지만 그러면 아빠도 알게 될 거야."

니샤가 말했다.

"어차피 아빠는 알게 돼. 그리고 비샬에게 도움이 필요하면 꼭 말하라고 하셨잖아. 그러니까 아빠한테 먼저 말해야 하지 않을까?"

"그래도 일단 카지 아저씨한테 말해 보자."

아밀이 말했다. 카지는 꼭 필요한 경우가 아니면 아빠를 개입시키지 않고도 도와줄 거라는 믿음이 있었다.

집에 와보니 다디는 문을 닫고 방에 들어가 있었다. 카지는 부엌에서 감자 껍질을 벗기고 있었다. 조리대 위에 다진 양파가 쌓여 있고, 절구로 찧은 커민 씨앗 냄새가 풍겨왔다. 절구는 고향을 떠날 때 카지가 니샤에게 가지고 가라고 주었던 바로 그 절구였다. 아밀은 물끄러미 절구를 바라보았다. 기나긴 여정 동안 그 절구는 살아남았고, 여전히 여기에서 제 할 일을 하고 있다는 사실에 기분이 좋아졌다.

"아저씨, 여쭤볼 게 있어요."

니샤가 부엌으로 들어와 말했다. 니샤는 카지한테는 낯을 가리지 않았다. 카지와 니샤가 서로의 마음을 잘 아는 것 같아 아밀은 가끔 부럽기도 했다. 카지는 늘 니샤의 말을 귀담아 들어주었다. 카지는 감자 껍질을 벗기다 말고 니샤를 마주 보았다.

니샤가 입을 열었다.

"지난주에 데려왔던 남자애 말이에요. 그 애가 학교에 오질 않아요. 그렇지 않아도 몸이 아프고 먹을 것도 거의 없는데 말이에요. 막사에 있는 수용소로 찾아가 보고 싶어요."

카지는 무슨 말인지 알아들었다. 손목시계를 보고는 손을 닦았다.

카지가 말했다.

"내가 찾아볼게."

"정말요?"

아밀은 깜짝 놀라서 물었다. 카지에게 사정을 설명하고 간곡히 부탁해야 할 줄 알았다.

카지가 말했다.

"지난번에 왔을 때 보니까 그 애는 잔뜩 굶주려 있더구나. 그 아이의 생명을 구할 수 있는데도 아무것도 안 한다면 우리가 낯부끄럽지 않겠니? 그 아이 말에 따르면, 돌봐줄 사람이 아무도 없잖아."

이 말에 아밀은 멈칫했다. 비샬이 힘든 것은 알고 있었지만 길가에 나앉아 있는 것을 보고도 상황이 그렇게 나쁘다는 사실을 아밀은 인정하고 싶지 않았다. 그 한심한 자전거 생각 따위는 더 이상 하지 않을 것이다. 몇 날 며칠을 기다리다가 이제야 도움을 청하다니. 너무 늦었으면 어떡하지? 아밀은 눈물이 핑 돌아서 얼른 눈을 깜박여 참았다.

니샤가 말했다.

"도움이 필요한 사람은 다 도와줄 수 있었으면 좋겠어요."

카지가 대답했다.

"내 맘도 그렇지만 다 도와줄 순 없어. 그래도 비샬은 도울 수 있지. 고통받지 않은 사람들이 고통받는 사람을 한 명씩 도와준 다고 상상해 보렴."

아밀은 그런 생각은 해 본 적이 없었다.

"저도 같이 갈래요."

니샤는 자기도 그러겠다는 뜻으로 고개를 끄덕였다. 카지는 턱을 만지며 잠시 생각했다.

"니샤도 같이 가는 건 아닌 것 같구나. 지금 당장 다디를 혼자 둘 수 없고 위험할 수도 있어서."

카지는 이렇게 말하고는 다디의 방문 앞으로 가서 귀를 기울 이더니 다시 부엌으로 돌아왔다.

니샤가 말했다.

"좋아요, 전 다디 곁에 있을게요. 부디 조심하세요."

니샤는 조그맣게 덧붙였다.

카지는 니샤의 어깨를 꽉 잡아주었다.

"약속하마."

"아빠가 화내실까요?"

아밀이 말했다. 병원에 들러야 하나 고민되었는데, 아빠가 어떤 이유에서든지 가지 말라고 하면 어떡할까? 일단 저지르고 보는 거고 나중 일은 그때 가서 처리하는 것이 나았다.

"아밀, 아빠도 생명 구하는 일을 하고 계시잖아. 이해해주실 거야."

그렇게 해서 부엌 일은 니샤가 넘겨받았다. 아밀과 카지는 거리로 나가 군대 막사 쪽으로 갔다. 카지와 단둘이 있으니 참 좋았다. 아밀은 실로 오랜만에 친숙한 해방감을 온몸으로 느꼈다. 고향에 있을 때는 주마다 카지와 함께 시장에 가곤 했다. 채소나 작은 유리관에 담긴 사프란이나 계피 껍질 묶음, 신선한 생강 뿌리와 같은 향신료를 고르는 카지를 느긋하게 따라다니던 기억이 났다. 아밀은 투명한 얼음 사탕을 쳐다보다가 하나 사달라고 조르곤 했다. 오늘의 외출은 여유롭지 않았다. 얼음 사탕도 없고, 계피와 생강 냄새가 허공에 감돌지도 않을 것이다. 이 새로운 세상에서 둘의 외출은 난민 수용소에 있는 굶주린 친구의 생명을 구하기 위한 것이었다.

19장

그리 오래 걷지도 않았는데 어느새 아쇼카 삼촌 집 근처에 와 있었다. 아밀은 야쇼카 삼촌을 만나러 가야 하나 싶기도 했다.

거리를 따라 걸으며 난민들이 사는 막사로 향했다. 해가 저물어가자 공기가 더 시원해졌다. 신고 있는 샌들 바닥이 길에 긁히는 소리를 들으니까 아빠가 발을 질질 끌지 말라고 했던 것이 떠올라 또박또박 신경 써서 걸었다. 카지 쪽을 보니 카지는 단호한 걸음걸이로 꾸준하게 앞으로 나아가고 있었다.

"우리를 들여보내 줄까요?"

막사에 가까워지자 아밀이 물었다. 열린 창문들을 통해 몇몇 사람이 움직이는 모습이 보였다. 사람들은 정사각형 공간 안에서 청소하고 요리하고 쉬거나 놀고 있었다.

정문처럼 보이는 곳에 이르렀다. 한 남자가 뒤집힌 나무 상자

위에 앉아 님 나무 막대기[1]를 씹고 있었다. 근처에는 한 여성이 잠든 아기를 꼭 안은 채 담요 위에 앉아 있었다. 아밀은 평화롭게 잠든 작은 아기를 바라보았다. 아기는 인생이 이렇게 힘든 줄은 전혀 알지 못했다.

"들여 보내주지 않을까? 저 사람에게 물어보자."

카지가 님 나무 씹는 남자를 가리켰다.

둘은 그 남자에게 다가갔고, 카지가 어린 친구 비샬을 찾고 있다고 말했다.

남자는 입에서 막대기를 빼고는 두 사람을 위아래로 살펴보았다. 그리고는 여자와 아기를 흘낏 쳐다보았다. 여자가 고개를 끄덕였다. 남자는 다시 아밀과 카지를 보았다. 아밀은 그들이 그냥 수용소에 머무는 난민인지 아니면 어떤 권한을 가졌는지 궁금했다. 알 수가 없었다.

"그자 성이 뭐요?"

남자가 묻고는 막대기를 도로 입에 넣었다.

카지가 아밀을 돌아보았다.

"알고 있니?"

아밀은 비샬이 했던 말을 떠올려 보았다.

"모르겠어요. 비샬은 자기가 어떤 왕가의 친척이라고 했어요."

---

1 아시아, 특히 인도에서 사람들이 구강 관리를 위해 씹을 수 있는 님 나무의 나뭇가지

남자는 고개를 절레절레 젓더니 껄껄 웃기 시작했다. 카지는 아밀을 보며 고개를 옆으로 기울였다. 남자는 더 큰 소리로 웃었다.

"암, 그렇고말고. 왕자님은 바로 저기 왕궁 막사에 살고 있지!"

남자는 말하면서 아무 데다 가리키더니 고개를 뒤로 젖히고 계속 웃어댔다. 여자도 소리 내어 웃기 시작했다.

아밀은 창피해서 얼굴이 화끈거렸다. 비샬이 해준 말을 그저 그대로 되풀이하고 있는 것뿐이었다.

"괜찮다면 한 번 둘러보겠습니다."

카지는 이렇게 말하고 아밀의 팔을 부드럽게 잡고는 껄껄 웃고 있는 남자에게서 멀리 데려갔다. 남자는 막지 않았다.

좁은 복도를 따라 막사 가운데를 지나갔다. 걸어가면서 아밀은 작게 나누어진 공간 내부를 들여다보았다. 어떤 곳은 비어 있는 것 같았는데, 딱 한 사람이 고개를 돌린 채 구석에 쪼그리고 앉아 있었다. 다른 곳들은 북적거리고 사람들로 넘쳐났다. 어머니들과 아버지들이 조각품 같은 팔기 위한 물건들을 만들고 있었다. 천을 염색하고, 바닥에 앉아 깔개 위에다 차파티 빵 반죽을 밀거나 빨래를 했다. 아밀 집의 방만한 작은 공간에 최소한 대여섯 명이 있는 경우도 있었다. 소지품들이 여기저기 흩어져 있고, 냄비와 프라이팬과 앉을 곳으로 쓰이는 벽돌 더미들이 있고, 안뜰 곳곳에 친 빨랫줄에는 쿠르타, 사리, 두파타, 속옷 따위가 걸려 있었다. 아밀은 소년들이 보일 때마다 비샬인지 얼굴을 확인했다. 그렇게 적어도 3분 동안 돌아다니며 안뜰도 살펴보았다.

아밀이 카지에게 물었다.

"그 애가 여기 없으면 어떻게 하죠?"

"학교에서 찾아보렴. 여기도 다시 와보자. 우리가 할 수 있는 건 그것뿐이야."

카지는 이렇게 말하고 잠깐 아밀의 어깨에 듬직한 손을 얹었다.

아밀은 덥고, 목이 타고, 배가 고팠다. 목이 타는 느낌이 싫었다. 사막을 건너던 때가 떠올랐다. 아주 조금만 목이 말라도 아밀은 기겁했다. 물을 구할 수 있는지 카지에게 물어보려고 했다. 그러다 순간 아밀은 입을 다물었다. 볼일이 끝나면 편안한 집으로 돌아가 배불리 저녁을 먹고 물과 차도 충분히 마실 것이다. 이만하면 괜찮았다. 불평할 게 하나도 없었다. 나중에 매주 이곳 사람들에게 음식을 갖다 주면 어떻겠냐고 카지와 이야기해 볼 것이다. 아밀이 할 수 있는 일이었다.

입구 쪽으로 돌아서 가려는데, 커튼이 쳐져 작은 공간들로 나뉜 큰 방 뒤쪽의 열린 문을 통해 한 소년이 보였다. 소년은 어두운 구석에서 간이침대 위에 축 늘어져 있었다. 아밀은 카지를 끌고 소년 쪽으로 다가갔다. 비샬이었다. 홀로 눈을 감고 있는 모습이 너무나 작아보였다.

카지가 커튼을 젖히고 들어갔고, 아밀도 뒤따랐다. 카지는 간이침대 한쪽에 무릎을 꿇고, 아밀은 반대편에 무릎을 꿇고 앉았다. 아밀이 살살 흔들자 비샬이 눈을 떴다. 비샬은 아밀을 알아보고 미소를 지었다.

비샬이 말했다.

"어이, 형씨."

아밀이 말했다.

"비샬. 너 아프니?"

비샬이 물었다.

"그럼 멀쩡해 보여?"

"아니, 난 그냥…."

아밀이 말을 멈추었다. 왜 가끔 그런 멍청한 질문이 나오는 것일까?

카지가 비샬에게 물었다.

"널 집에 데려갈 거야. 걸을 수 있겠니?"

비샬은 고개를 저었다.

"아니요, 그냥 내버려 두세요. 다 소용없어요."

카지가 물었다.

"설 수 있어?"

"그냥 내버려 두시라니까요."

비샬은 이렇게 말하고 고개를 돌렸다.

아밀이 물었다.

"너랑 같이 사는 분들은 어디 있어?"

"모르겠어. 나갔겠지. 학교 같은 데. 아니면 일자리를 구하려거나."

카지가 엄한 목소리로 말했다.

"이대로 두고 가면 넌 죽을 거야."

아밀은 가슴이 철렁 내려앉았다. 이마에 땀이 솟았다.

아밀이 다시 설득했다.

"플립 북 만드는 법도 다 가르쳐 주지 않았잖아. 더 잘 만드는 법을 알려준다며. 꼭 가르쳐 줘야 해. 그러니까 우리랑 같이 가자."

비샬은 아밀 쪽으로 고개를 돌리고 눈을 깜박였다. 아밀의 말을 곰곰이 생각해 보는 것 같았다. 그러더니 몸을 일으켜 앉으려고 했다. 비샬이 자신 쪽으로 손짓하자 아밀은 가까이 다가가 몸을 기울였다.

비샬이 말했다.

"내가 죽을 때를 대비해 말해주는데, 내 이름은 비샬이 아니야. 바심이야. 바심 쿠레시."

20장

마침내 비샬은 카지와 아밀의 부축을 받아 일어설 수 있었다. 아밀은 그를 비샬이라고 불러야 할지 바심이라고 불러야 할지 몰랐다. 만약 이름이 진짜로 바심 쿠레시라면 힌두교도라고 한 말은 거짓이라는 소리였다. 쿠레시는 이슬람식 이름이었다. 그 아이는 왜 국경을 넘기까지 했을까? 하지만 그것은 카지도 마찬가지였다. 아밀은 머릿속에 맴도는 생각들을 떨쳐버렸다. 지금 당장 중요한 것은 그 아이를 회복시키는 것뿐이었다.

어쨌거나 아이를 데리고 수용소를 나오는데 아무도 묻지 않았다. 가는 도중 아이는 점점 더 축 늘어졌다. 아밀은 그 아이가 얼마나 가벼운지를 알아차렸다. 그의 팔은 어린 소년처럼 가벼웠다.

카지 말로는 비샬 또는 바심이 콜레라나 장티푸스에 걸렸을 수도 있다고 했다. 난민 수용소에서는 흔한 일이었다. 그래서 조심해야 하고, 음식이나 물을 같이 먹어서는 안 되며 손을 잘 씻어야 한다고 했다. 아밀은 콜레라나 장티푸스를 잘 몰랐지만 몹시 나쁜 병처럼 들렸다.

아밀이 말했다.

"이 거리로 조금만 가면 아쇼카 삼촌 집이에요. 거기로 데려가요."

카지가 말했다.

"좋은 생각이구나. 그분이 집에 있었으면 좋겠는데."

바심을 부축해 가면서 아밀이 물었다.

"그럼 이제 바심이라고 불러야 해? 부모님은 살아계셔? 제발 사실대로 말해줘."

바심은 숨을 깊이 들이마시고 고개를 살짝 들었다.

"사실대로 말해줄게. 우리 부모님은 파키스탄에서 폭동으로 돌아가셨어. 난 형제자매가 없어. 방이 열네 개짜리 집도 없고 왕족도 아니야. 난 도망쳐서 작은 헛간에 숨었어. 힌두교도 남자가 날 발견했는데 죽이지 않고 도와주고 싶어 했어. 가끔 그때 차라리 죽었으면 하고 바랐지만. 그 사람이 나를 보트에 태워서 여기로 데려왔어. 나에게 힌두교도인 척하라면서 신드 지방의 힌두교도 이름인 비샬 기드와니라는 이름을 지어주고 이 수용소에서 지낼 수 있게 해줬어. 고아원에 가는 것보다는 나을 거라면서. 그러고는 사라졌어."

"너무 안타깝다."

아밀이 작은 목소리로 말했다.

"편하게 쉴 만한 곳을 마련해 보자."

카지의 말에 바심은 고개를 끄덕이고 눈을 감았다. 아밀은 이제부터 그를 바심이라 부르기로 마음먹었다. 바심이 다른 사람인 척하는 것은 싫었다. 아밀과 카지는 바심을 부축해 가는 데만 온 힘을 쏟았다. 마침내 아쇼카 삼촌의 집 건물 앞에 도착했다.

카지는 바심이 잠시 앉아 있도록 도와주면서 말했다.

"초인종을 눌러라."

아밀은 문 앞에 가서 여러 세대의 초인종을 살펴보았다. 아쇼카 삼촌의 이름이 보이자 그 초인종을 힘껏 눌렀다. 잠시 기다렸다. 다음에는 초인종을 좀 더 길게 눌러 보았다. 아무 일도 일어나지 않았다. 아밀은 뒤로 물러나서 카지와 바심에게 갔다. 바심에게 정말로 필요한 것은 자동차에 태워 병원에 있는 아빠에게 가는 것이었다. 걸어갈 수는 없었다. 시간이 너무 오래 걸릴 것이다. 세 사람은 건물 근처의 길가 보도 블럭에 앉았다. 바심은 눈을 감고 몸을 앞으로 조금 수그렸다.

"아밀! 내가 보고 싶었구나, 그렇지?"

누군가의 목소리에 그쪽을 휙 돌아보았다. 아쇼카 삼촌이 마치 성 안의 왕처럼 발코니에서 웃으며 손을 흔들고 있었다. 아밀은 뭔가 말하려고 입을 벌렸지만 카지가 한발 앞섰다.

카지가 큰 소리로 말했다.

"아밀의 친구가 많이 아파요. 난민 수용소에서 찾았어요. 좀 도와주세요."

아쇼카 삼촌의 얼굴에서 미소가 사라졌다. 삼촌은 그들을 찬찬히 살펴보며 상황을 파악했다. 그러고는 아밀이 눈을 두 번 깜박이기도 전에 발코니에서 사라져 밖으로 달려 나왔다.

다 같이 바심을 엘리베이터에 태워 집으로 올라갔다. 아쇼카 삼촌은 얼른 담요를 가져와 그 근사한 소파에 깔았다. 그러고는 셋이서 바심을 소파에 뉘었다. 아밀은 코를 찡그렸다. 밖에 있을 때는 잘 몰랐는데 바심에게서 좋지 않은 냄새가 났다. 사실 지독한 냄새였다. 땀과 질병이 바심을 짙은 구름처럼 에워싸고 있었다. 아밀은 바심이 앓고 있는 병을 과연 치료할 수 있을까 궁금했다.

아쇼카 삼촌도 냄새가 났는지 뒤로 물러섰다.

"병원에 데려가야 해. 심한 탈수 상태일지도 몰라. 디비야!"

아쇼카 삼촌이 부르자 요리사 디비야가 부엌에서 나왔다. 디비야는 아밀과 눈을 마주치고는 살짝 웃어주었다. 그러고는 자기 앞에 펼쳐진 광경을 살펴보았다. 세 사람이 바심을 내려다보며 서 있고, 바심은 소파에 축 늘어져 있었다. 디비야는 코를 찡그리며 뒷걸음질 쳤다.

아쇼카 삼촌이 디비야에게 물었다.

"여기 있는 친구에게 수분 공급 물약 좀 만들어주겠소? 생강과 레몬이 들어간 것으로."

디비야는 고개를 끄덕이고 다시 부엌으로 사라졌다.

아밀은 바심의 가슴이 오르락내리락 움직이는 것을 지켜보았다. 아밀이 보기에 정상적인 속도로 숨을 쉬고 있었다. 그나마 다행이었다. 아밀은 다가가면서 예전에 물을 조금씩 나누어 먹으며 사막을 건널 때 아빠가 탈수되었는지 확인했던 방법을 떠올렸다. 아밀은 바심의 손을 잡고 손등을 가볍게 꼬집어 보았다. 아밀이 탈수되었을 때처럼 피부 탄력이 현저히 떨어져 집힌 상태가 지속되지는 않았지만 원래 대로 돌아가는 데는 시간이 좀 걸렸다. 바심의 맥박도 확인했는데 약간 느리고 약해진 것 같았다.

아밀은 다시 일어섰다.

"와! 네 아빠가 하는 것이랑 똑같구나."

아쇼카 삼촌이 말했다. 아밀은 뿌듯해서 당당하게 서 있었다. 그런 말은 처음 들어보았다. 항상 모든 이들이 자기를 보며 '왜 아빠를 닮지 않았나' 하고 생각한다는 느낌만 받아온 것이다.

디비야가 금속 컵을 쟁반에 받쳐 들고 나왔다. 아밀은 다시 갈증을 꾹 삼켰다.

아밀이 말했다.

"제가 할게요."

디비야는 아밀에게 쟁반을 맡기고 얼른 자리를 떠났다.

아밀은 쟁반을 내려놓고 바심 옆에 무릎을 꿇고 앉았다.

"일어나 앉을 수 있겠어?"

아밀이 묻자 바심은 고개를 살짝 들었다. 아쇼카 삼촌이 얼른 달려가서 베개를 하나 더 등에 받쳐 주었다.

카지가 말했다.

"조심해라, 아밀. 너까지 아프면 안 된다. 컵만 주렴. 바심, 천천히 마셔라."

"잡을 수 있겠어?"

아밀이 물었다. 바심은 고개를 끄덕이고 떨리는 손으로 컵을 받아서 한 모금 마셨다. 그리고 한 모금 더 마셨다.

아쇼카 삼촌이 말했다.

"한 모금 더 마셔라. 그러고 나면 병원에 데려다줄게. 밖에서 보자."

삼촌은 이렇게 말하고 밖으로 나갔다.

아밀은 바심이 마시는 모습을 지켜보기가 힘들었다. 그래서 부엌으로 갔다.

카지가 큰 소리로 말했다.

"손을 씻으렴."

디비야가 개수대 위로 몸을 숙이고 설거지하고 있었다.

아밀이 말했다.

"손 씻고 물 좀 마셔도 되나요?"

디비야는 하던 일을 멈추고 자리를 비켜주었다.

"고맙습니다."

아밀은 손에 비누 거품을 잔뜩 묻혔다. 수도꼭지에 금방이라도 입을 갖다 대고 싶은 것을 참으려면 그러는 수밖에 없었다.

"시원한 물 줄게."

디비야는 이렇게 말하며 아이스박스에서 물병을 꺼냈다. 찬장에서 큰 컵을 꺼내 물을 가득 따라주었다. 아밀은 물을 받아서 세 모금 만에 다 마셨다. 디비야가 놀란 표정을 지었다.

아밀은 당황해 웃으며 말했다.

"미안해요. 너무 목이 말랐어요."

디비야는 괜찮다고 고개를 내저었다.

"당장 병원에 데려가렴. 저런 경우들을 봐왔단다. 오래 버티지 못할 거야."

아밀은 컵을 내려놓고 다시 바심에게 관심을 돌렸다. 디비야가 무엇을 알고 있고, 무엇을 보았을까 궁금해하면서 부엌을 뛰쳐나갔다.

거실로 돌아가 보니 바심은 컵을 내려놓고 다시 눈을 감고 있었다.

"빨리 가야 해."

아밀은 바심에게 큰 소리로 말하고 카지와 눈을 마주 보았다. 그러고는 몸을 굽히고 바심의 팔을 끌어당겨 어깨에 걸쳤다. 카지는 바심의 다른 팔을 어깨에 걸쳤고, 둘이서 함께 바심을 엘리베이터에 태워 아쇼카 삼촌의 차로 데려갔다.

21장

병원에 도착했을 때 천만다행으로 아빠는 아직 근무하고 있었다. 아빠는 바심을 한번 살펴보고 간호사를 불렀다.

"지금 링거를 맞추어야 해요."

간호사 둘이 이동식 침대를 끌고 와 재빨리 바심을 태우고 가버렸다.

아쇼카 삼촌이 아밀의 어깨를 쿡 찌르며 아빠에게 말했다.

"자네 아들은 최고야. 영웅이라고."

모름지기 영웅은 웃지 않는 법이라서 아밀은 허리를 한껏 펴고 무표정하게 아빠를 바라보았다. 영웅들은 해야 할 일을 했을 뿐이다. 아빠는 두 사람을 흘끗 보고는 손목시계를 확인했다.

아쇼카 삼촌이 말했다.

"그리고 카지도! 둘 다 영웅이야."

"아닙니다, 아니에요."

카지는 칭찬 세례에 손을 내저었다.

아빠는 굳어진 입매로 "고맙네, 아쇼카"라고만 인사했다.

"안전하게 집에 데려다줄 수 있겠나?"

아밀은 어깨를 축 늘어뜨린 채 고개를 옆으로 돌렸다. 아쇼카 삼촌이 뭔가 당황한 표정으로 아빠를 바라보는 것이 보였다.

아쇼카 삼촌이 말했다.

"물론이지. 그 아이가 잘 회복하기를 바라네."

아빠는 바심을 태운 침대를 밀며 긴 병원 복도를 내려가는 간호사들을 서둘러 따라가면서 잘 가라고 손을 들었다.

"네 아버지는 말이다."

아빠가 모퉁이를 돌아 사라지자 아쇼카 삼촌이 입을 열었다. 그러곤 아밀을 돌아보았다.

"가끔 너무 진지해서 탈이야. 늘 이렇지는 않았는데."

아밀은 무슨 말을 해야 할지 몰라 어깨만 으쓱했다. 그 말을 듣고 보니 아빠도 한때는 젊었고 엄마와 사랑에 빠졌으며, 모두의 반대를 무릅쓰고 도망쳐서 결혼했다는 사실이 생각났다. 아밀이 태어나고 엄마가 죽기 전에는 아쇼카 삼촌이 기억하는 그런 사람이었을까?

2년 전 열 번째 생일날, 아밀은 용기를 내어 엄마가 죽은 것이 아밀 탓이라 생각하느냐고 아빠에게 물었다. 니샤가 아니라 아밀이 거꾸로 태어났기 때문이다.

아빠는 곧바로 대답했다.

"절대로 아니야. 우연히 일어난 일은 누구의 탓도 아니란다."

아밀은 그때 안도감을 느꼈다. 하지만 지금 생각해 보면 아밀도 아빠에게는 우연한 존재라는 뜻이 아닐까 싶기도 했다.

카지가 아쇼카 삼촌에게 인사했다.

"정말 고맙습니다."

"도움이 되어서 기뻐요. 이쪽인가요?"

아쇼카 삼촌이 병원 앞쪽을 가리키며 물었다.

카지와 아밀은 서로 바짝 붙어서 아쇼카 삼촌을 따라 나갔다. 어쩌면 아빠는 영영 아밀을 제대로 이해하지 못할 수도 있었다. 하지만 아밀에게는 카지가 있고 이제 아쇼카 삼촌도 있었다. 물론 니샤도. 그것으로 충분했다. 더할 나위 없이 좋았다.

집으로 돌아와 차에서 내린 아밀과 카지는 파스타 레인 1번가를 걸어가다가 니샤가 슈레야와 라비와 함께 사방치기 하는 광경을 보았다. 니샤는 머리에 썼던 두파타를 내리고 첫 번째 네모 칸에 조약돌을 던지고는 땋은 머리를 찰랑거리고 소리 내어 웃으며 한 발로 깡충깡충 뛰었다. 니샤가 네모 칸들을 다 건너자 라비와 슈레야가 박수를 보냈다. 니샤는 한 번 더 던지고 깡충깡충 뛰기 시작했다.

슈레야가 소리쳤다.

"내 차례 아냐?"

"아직은 아니야."

니샤는 참을성 있게 말하고는 자기 차례를 마쳤다.

이제 니샤는 슈레야와 라비에게 말을 많이 했다. 그 아이들과 함께 있으면 니샤가 편안한 것을 아밀은 알 수 있었다. 니샤가 슈레야에게 가서 조약돌을 건네주었다. 그런 다음 다시 머리에 두파타를 썼다.

아밀은 전에는 니샤가 쓰는 두파타에 대해 별생각이 없었지만 다디가 그 끔찍했던 여행 동안 되도록 니샤를 많이 가리고 싶어한 것이 떠올랐다. 다디는 또한 아밀과 니샤가 아빠와 가까이 붙어서 가도록 당부했다. 니샤는 밖에 있을 때는 종종 두파타로 머리를 감싸고 다녔다. 미르푸르 카스에서는 그렇게 스카프를 쓴 적이 없었고, 사빈처럼 학교에서 알고 지내던 대부분의 이슬람교도 여자아이들은 히잡을 쓰지 않았다.

다음 순간 아밀은 카지가 그의 예전 선생님이었던 칸 선생님에 관해 들려준 이야기가 생각났다. 탈출하는 과정에서 소녀들과 여인들에게 끔찍한 일들이 많이 일어났을지도 모른다는 생각이 들었다. 생각하고 싶지도 않은 일들 말이다. 심지어 어떤 소녀들과 여인들은 사악한 남자들의 손을 피해 우물에 몸을 던졌다는 이야기도 들렸다. 이제 아밀은 니샤가 깔깔 웃는 모습을 지켜보며 언제까지나 그렇게 웃을 수 있기를, 행복하고 자유롭기를 바랐다.

바로 그때 니샤는 아밀과 카지가 자기 쪽으로 오는 것을 보았다.

니샤가 물었다.

"비샬은 찾았어?"

"응. 그런데 진짜 이름은 비샬이 아니었어. 집에 가면 다 이야기해 줄게."

아밀은 슈레야와 라비를 보면서 말했다. 아이들이 듣는 데서 자세한 이야기를 하고 싶지는 않았다. 놀랍게도 이 아이들을 보호해주고 싶은 마음이 들었기 때문이다.

사방치기 하는 아이들을 뒤로 하고 아밀 일행은 2층으로 올라갔다. 아밀이 깨끗하게 씻고 나자 니샤는 아밀이 가장 좋아하는 간식 중 하나인 따뜻한 로티와 시원한 라이타 한 그릇을 주었다. 그러고는 가만히 앉아서 아밀이 들려주는 이야기에 귀를 기울였다.

니샤가 물었다.

"비샬은 어떻게 될까? 그러니까 바심 말이야. 병이 나은 뒤에는?"

아밀은 음식을 씹다가 멈추었다. '바심의 병이 낫지 않으면 어떡하지?'

니샤가 말했다.

"혼자 수용소로 돌려보낼 순 없어."

아밀이 말했다.

"알아. 난…."

바로 그때 아빠가 집으로 돌아왔다. 탁자에 앉아 있던 아밀과 니샤가 고개를 들었다. 아빠는 둘을 힐끗 보고 턱을 들어 인사하고는 바닥에 가방을 툭 내려놓고 아무 말도 없이 씻으러 갔다. 아밀이 보니까 카지도 아빠가 씻으러 가는 모습을 지켜보고 있었다. 그러고 나서 카지는 아밀을 돌아보았다. 눈이 마주쳤지만 카지는 아무 말도 하지 않았고, 다시 하던 일로 돌아가 쿠르타의 찢어진 부분을 수선했다. 아밀은 화장실 문이 열리고 닫히는 소리에 귀를 기울였다. 마음속에서 분노가 일어나는 것이 느껴졌다. 아빠는 어떻게 바심에 대한 소식을 바로 말해주지 않을 수 있을까? 안 좋은 소식이기 때문일까? 이제 분노에 걱정까지 더해졌다.

니샤는 아밀의 눈에 담긴 불안감을 눈치챘는지 이렇게 말했다.

"아빠가 뭐 좀 드시고 나면 바심이 어떤지 물어보자. 아마 괜찮을 거야. 안 그러면 무슨 말씀이 있었겠지."

아밀은 숨을 깊이 들이마시고 그림 재료를 꺼내기로 했다. 그림을 그리면 마음이 좀 진정될 것이다. 아밀은 스케치북을 펼쳐 매끈한 하얀 종이를 쓰다듬어 보았다. 연필을 쥐고 푹신한 소파에 누워 아쇼카 삼촌 집에 있던 바심을 그리기 시작했다. 아쇼카

삼촌 집의 넓은 거실과 식당을 떠올렸다. 황금빛 스탠드와 스팽글이 달린 실크 베개, 벽을 장식한 영화 포스터 액자들, 도자기로 가득 찬 유리 보관장, 가네샤 신[1]의 동상을 떠올렸다. 삼촌 집은 혼자 사는데도 물건이 너무 많았다. 디비야도 그 집에 살지 않았다. 어디 사는지도 몰랐다.

처음에 아밀은 눈을 감고 소파에 누워 있는 바심을 그리기 시작했다. 그러고 나서 방의 나머지 부분을 그려나갔다. 마치 모든

---

[1] 힌두교에서 지혜와 복을 상징하는 신. 코끼리 얼굴을 지녔다

것 위에 앉아 내려다보는 것처럼 높은 곳에서 바라보는 관점을 택하기로 했다. 큰 방 한가운데에 있는 바심이 유난히 작아 보이도록 그렸다. 거기에 있던 다른 사람들은 그리지 않고 바심만 그렸다. 선택한 각도가 자신이 그리고 있는 것에 대해 뭔가 말해줄 수 있음을 처음으로 깨달았다. 어느새 그림 그리기에 푹 빠져들었고, 고개를 들어보니 날이 어두워져 있었다.

아빠가 식사하러 나오지 않은 것이 이상했다.

아밀이 니샤에게 물었다.

"아빠는 괜찮으신 걸까?"

니샤는 읽고 있던 책에서 고개를 들어 아밀을 보았다.

"당연하지."

"그런데 왜 아직도 나오시지 않는 거지?

"모르겠어. 아마 이유가 있겠지. 차분히 기다려 보자."

애써 떨쳐버리려고 했던 분노가 다시 솟구쳤다. 긍정적인 대답을 얻기 위해 너무도 오랫동안, 몇 달이고 기다려도 아무런 대답을 듣지 못한 기분이 들었다. 지금 당장 대답을 듣고 싶었다.

아밀은 일어나서 재빨리 아빠 방으로 걸어갔다. 니샤가 아밀을 불렀다. 그러자 아밀은 더 화가 났다. 다들 항상 아빠를 보호하려고 애쓰고 있었다. '아빠는 의사다. 어른이다. 중요한 사람이다.' 하지만 아밀은 어떤가? 아밀의 기분 따윈 아무래도 좋다는 말인가?

아밀은 니샤의 부름에도 아랑곳하지 않고 방문을 똑똑 두드린 다음 몇 초 기다렸다. 아무 일도 일어나지 않았다. 다시 노크했지만 여전히 대답이 없었다. 아밀은 아빠에게 꾸지람을 들을 각오를 하고 천천히 문을 열었는데, 눈앞에 나타난 것은 침대에 누워 곤히 잠든 아빠의 모습뿐이었다. 아빠는 노크 소리에도 꼼짝 않고 옷을 입은 채 이불 위에 누워 있었고 꽉 맞잡은 두 손을 허리에 올려놓고서 나직이 코를 골고 있었다. 고개를 돌린 채 입은 살짝 벌리고 잠들어 있었다.

이런 광경을 보리라고는 상상도 못 했다. 아밀은 아빠를 깨워 바심이 괜찮은지 물어보고 싶었다. 하지만 그럴 수 없었다. 아빠의 얼굴은 너무나 평화로워 보였고, 완전히 다른 얼굴이었다. 아밀이 태어나기 전에는 그런 얼굴이었는지도 모르겠다. 아밀은 몇 초 동안 더 지켜보고는 천천히 문을 닫았다.

22장

아밀은 밤새도록 잠을 이루지 못했다. 동트기 두세 시간 전에
야 겨우 잠들었다. 아밀은 자지 않고 있다가 아빠가 일어나면 부
엌에서 만날 작정으로 기다렸다. 하지만 결국에는 눈꺼풀이 너
무 무거워졌다. 얼마나 잤는지 모르겠는데, 찻주전자가 쌕쌕거
리는 소리가 들려왔다. 그러고 나자 의자 삐걱거리는 소리와 나
직한 목소리가 들렸다. 아빠와 다디였다. 카지는 반대편 벽에 있
는 침대 겸 소파에서 자고 있어서 뒤통수만 보였다.

아빠가 말했다.

"전에 근무하던 의사는 복귀하지 않는다는데, 병원 측에선 제
가 일하는 방식을 못마땅해해요. 저도 계속 근무하고 싶은지 잘
모르겠어요. 그 아이는 죽을 수도 있었어요. 기다릴 수가 없어서
제가 접수창구를 통해 입원시켰죠. 시간이 없었어요. 병원 측은

서류 작업이 생명보다 더 중요하다고 여기는 걸까요?"

그 아이는 죽을 수도 있었다. 아밀이 들은 가장 중요한 내용이었고, 심장이 두근두근 뛰었다.

아빠는 계속해서 말했다.

"아이가 본명을 알려줬어요. 병원에서 그 아이가 이슬람교도라는 사실로 트집을 잡으면 전 바로 병원을 나갈 겁니다. 간디는 이 어리석은 폭력 때문에 이번에도 단식하다가 죽을 뻔했어요. 만약 간디가 단식하다가 죽는다면 그 죽음의 책임은 우리 모두에게 있는 겁니다."

아빠는 늘 간디를 아는 사람인 것처럼, 아밀이 도움을 청해도 될 것 같은 사람인 것처럼 대화에 끌어들였다. 사람들은 심지어 간디를 '아버지'라는 뜻의 바푸라고, 인도의 아버지라고 부르기까지 했다. 또 아빠는 간디도 완벽하지 않으며 인도와 파키스탄이 맞닥뜨린 문제를 모두 해결하지는 못한다는 말도 자주 했다. 아밀은 그렇다면 '과연 누가 해결할 수 있을까?' 싶었다.

지난번에 바심이 이슬람 예배 전에 아잔이 울린 뒤 기도했다고 말한 것 같았는데, 아말이 다시 물어보니까 바심이 잘못 들은 것이라고 부정해서 어리둥절했던 일이 있었다. 이제는 바심이 왜 그랬는지 이해가 되었다. 아빠의 말은 '병원에서 바심이 이슬람교도인 것을 알았기 때문에 부당한 대우를 받고 있다'는 소리인가? 더 많은 분노가 부글부글 솟아올랐다. 하지만 아밀은 잠자코 있었다. 이야기를 계속 듣고 싶었다.

다디가 말했다.

"수레시, 여긴 미르푸르 카스 같지 않을 거야. 거기선 모두가 널 알고 네가 원하는 대로 할 수 있었지. 넌 새롭게 시작해야 해. 그 사람들이 원하는 대로 일해야 해. 나를 봐서라도 그렇게 해주렴. 또다시 이사 가야 한다면 난 버티지 못할 거야."

아빠가 말했다.

"제가 최선을 다하고 있는 거 잘 아시잖아요."

아밀은 자기도 아빠에게 똑같은 말을 얼마나 자주 했는지 생각했다. 아밀이 아빠에게 느꼈던 것과 똑같은 심정을 아빠도 다디에게 느끼는 것일까? 절대로 기대에 미치지 못할 것 같다는 심정 말이다. 아밀은 일어나서 부엌 입구에 섰다.

아밀이 조용히 말했다.

"아빠, 바심은 괜찮을까요?"

아빠와 다디는 깜짝 놀라 고개를 들었다. 다음 순간 아빠의 얼굴이 부드러워졌다.

"말했듯이 최선을 다하고 있단다. 그 아이는 괜찮을 거야."

"그 애가 다 나으면 우리랑 함께 살아도 되나요? 제발요, 아빠."

아빠는 고개를 갸웃하며 눈을 가늘게 떴다.

"유감스럽지만 안 된다, 아들아."

아빠가 자리에서 일어나려 했다.

"그렇다면 무슨 의미가 있는 거죠?"

아밀은 두 손을 번쩍 치켜들며 목소리를 높였다.

"다 낫더라도 혼자 수용소로 돌아가면 다시 병에 걸려 죽을지도 몰라요."

"더 좋은 곳을 찾아볼 거야. 그런 일이 일어나게 두진 않을 거야."

아빠의 목소리는 아밀이 익히 보아왔던 좌절감으로 날이 서 있었다. 아밀은 계속 다그치면 아빠가 버럭 소리칠 줄 뻔히 알고 있었기 때문에 잠자코 서서 아빠가 소지품을 챙기고 병원으로 출근 준비하는 모습을 지켜만 보았다.

아빠가 가고 난 뒤 아밀은 다디와 함께 탁자에 앉아 있었고, 고개를 숙인 채 늘 그랬듯이 다디가 아빠를 힘들게 하지 말라고 나무라기만 기다렸다. 아랫입술이 떨리기 시작했다.

하지만 다디는 이렇게 말했다.

"걱정하지 마라. 아빠는 네 친구를 돌봐줄 거야."

다디는 아밀이 얼마나 속상한지 눈치챈 게 틀림없었다.

아밀은 헛기침을 하며 손등으로 눈물을 닦았다. 그러고는 속삭이듯이 말했다.

"사실 바심은 그냥 바심이 아니에요. 그 애는 꼭 저 같아요. 우리 모두인 것 같아요."

다디는 마치 처음으로 제대로 보는 것처럼 아밀을 바라보았다. 다디가 손을 뻗어 아밀의 손을 도닥였다.

"네가 누구 못지않게 똑똑하다는 걸 안단다. 아빠와 니샤가 규칙을 잘 따른다고 해서 더 똑똑한 건 아니야. 실은 아빠도 어렸을 때는 너랑 많이 닮았어."

몸에서 긴장이 스르르 풀리면서 아밀은 얼굴을 들어 다디를 바라보았다.

"정말요?"

그것이 정말 사실일까?

"그럼, 하지만 아빠는 어른이 되면서 자기 일에 진지해졌단다. 너도 그림만 그릴 게 아니라 학교 공부에 시간을 더 쓰렴. 그림 그리는 건 네 엄마한테 물려받은 거지만 실생활에는 별 도움이 안될 거야."

아밀은 조금 실망했다. 다디는 원래 모습으로 돌아왔다.

"학교 갈 준비를 해야지."

결국 다디는 이렇게 말했다.

학교 갈 시간이 아직 한 시간이나 남아서 아밀은 니샤의 방문을 두드렸다.

아밀이 들어오자마자 니샤는 일어나 앉았다.

"바심이 어떤지 알아냈어?"

니샤는 헝클어진 머리를 매만지며 물었다.

"아직 나은 것 같진 않아. 그래도 아빠는 괜찮아질 거라고 하셨어.”

아밀은 침대 끝에 앉으며 말했다. 푹신한 침대에 앉아 아밀
자신보다 더 아밀을 잘 아는 니샤와 단둘이 있으려니 그동안 마
음속에 품고 있던 모든 것이 하나하나 되살아났다. 아밀은 어깨
가 떨리기 시작하자 몸을 수그렸다. 그러고는 얼굴을 가리며 울
음을 터뜨리고 말았다. 그동안 마음에 품고만 있던 압박감을 조
금이나마 쏟아내니 좋았다.

“아밀, 아빠가 바심을 구해줄 거야. 난 알아.”

니샤는 몸을 숙여 아밀의 어깨에 손을 얹으며 말했다.

“구한다 해도 그 뒤에는 어떻게 될까?”

아밀은 눈물을 흘리며 꺽꺽거렸다. 뭄바이에 도착했을 때 지
금까지 겪었던 끔찍한 일들은 다 끝난 줄 알았다. 하지만 난민
수용소, 계속되는 전투 소식, 병원에 있는 바심 등 끔찍한 일들
이 파도처럼 계속 밀려왔다. 니샤는 대답이 없었다. 둘 중 누구
도 답을 알지 못했다.

23장

아밀은 그날 내내, 다음날까지도 계속 바심이 걱정되었다. 수업 시간에도 선생님 말씀은 귀에 들어오지 않고 그냥 소리처럼 웅웅거렸다. 점심시간에 아밀은 혼자 앉아 있었다. 라케시가 친구들과 이야기하고 있었는데, 바심이 용감히 맞선 뒤 라케시는 아밀을 건드리지 않았다. 아밀은 라케시의 빛나는 머리카락이나 친구들에게 둘러싸여 거들먹거리는 꼴을 봐도 거슬리지 않았다. 또 아르파나가 안뜰 저편에 친구들과 함께 앉아 있는 것을 보았지만 아무렇지 않았다. 라케시를 싫어하는 마음도 아르파나를 좋아하는 마음도 중요하지 않았다. 지금은 다 어리석게만 느껴졌다. 그저 바심을 다시 볼 수 있을까 하는 생각만 들었다.

하교할 때 아밀이 니샤에게 말했다.

"집에 가는 길에 병원에 들르자. 아빠가 화를 내더라도 더 많

은 것들을 알아낼 수는 있잖아. 바심이 정말로 그 병에 걸렸는지
는 말해주지 않으셨어. 무슨 병이더라?"

"병?"

"그래, 콜, 뭐라고 하던데."

니샤가 말했다.

"콜레라? 정말로 아빠가 바심이 콜레라에 걸렸다고 하셨어?"

니샤는 입술을 깨물었다.

"아마도. 아니 카지가 그랬나? 잘 모르겠어."

"콜레라는 좋지 않아."

아밀은 더 이상 말이 없었다. 그저 걸음만 재촉했다. 병원에
도착하자 접수창구에 앉아 있던 간호사가 둘을 알아보았다.

"아버지를 만나러 왔니? 환자를 보고 계시는 것 같구나."

아밀이 말했다.

"괜찮아요. 사실 어떤 환자를 만나 보고 싶었어요. 그 환자가
아버지와 함께 있는지는 모르겠고요."

"환자 이름은?"

"바심이에요."

"성은?"

"음, 쿠레시. 바심 쿠레시요."

"아."

간호사의 얼굴에 어떤 표정이 스쳐 갔다. 간호사는 눈을 가늘

게 뜨고 이름들이 적힌 종이들을 살펴보았다. 페이지를 손가락으로 죽 훑어보았다.

아밀은 반갑지 않은 소식을 말할까 봐 몸이 뻣뻣하게 굳었다. 니샤가 팔을 잡아주었다.

간호사가 단조로운 목소리로 말했다.

"퇴원했단다."

아밀이 물었다.

"퇴원했다고요? 아니, 분명 착각하신 거예요. 지금도 많이 아픈걸요."

"기다리면 분명 아버지께서 더 자세히 설명해 주실 거야. 담당 간호사에게 연락해 놓을게."

아밀은 한숨을 쉬며 니샤를 바라보았다. 둘은 고개를 끄덕이고 대기실의 나무 벤치에 가서 앉았다. 적어도 30분은 지난 것 같았을 때 아밀은 다시 접수창구로 갔다.

"기다린 지 한참 되었어요. 저희가 여기 있다고 한 번만 더 아빠께 전해 주시겠어요?"

아밀은 가슴 속에서 뭉글뭉글 피어오르는 좌절감을 숨기려고 이를 악물고 물었다.

"미안하구나. 자리를 비울 순 없단다."

간호사가 대답했다.

아밀은 그대로 뛰쳐나가 아빠를 직접 찾아 나설 뻔했다. 니샤가 팔을 잡아당기자 아밀은 확 뿌리쳤다. 사정하는 건 다 아밀에게 맡기고 니샤는 예의만 차리고 있는 상황이 짜증 났다.

"왜?"

아밀이 묻자 니샤가 가리켰다. 가리키는 쪽을 보니 긴 복도를 급하게 지나가는 아빠의 뒷모습이 보였다. 아밀은 그쪽으로 향했고 니샤도 따라왔다.

"아빠!"

아밀이 불렀다. 아빠는 돌아보지 않았다.

아밀은 더 크게 소리쳤다.

"아빠!"

니샤가 거칠게 속삭였다.

"아밀. 조심해."

간호사는 어른들에게서 수없이 보았던 것과 똑같은 꾸짖는 표정으로 둘을 보고 있었다. 아밀은 걸음을 재촉했고 샌들이 병원 타일 바닥에 탁탁 부딪히는 소리가 울렸다. 마침내 아빠가 뒤를 돌아보았다. 아빠는 하얀 의사 가운을 입고 손에 클립보드를 들고 목에 청진기를 걸고 있었다. 아빠가 눈을 가늘게 떴다.

"그 애는 어디 있나요?"

아밀은 아빠를 향해 곧장 걸어갔다. 마음에 품고 있던 바로 그 분노에 눈이 이글거렸다.

"뭐라고?"

아빠가 말했다.

"바심은 어디 있어요? 간호사 말로는 퇴원했다던데요. 그 애는 너무 아파서 수용소로 돌아가면 안 돼요. 거기서 죽으면 다 아빠 탓이에요!"

아빠는 주위를 둘러보며 이를 악물었다.

"사무실로 들어가자. 지금."

아빠는 이렇게 말하고는 몸을 홱 돌려 복도를 내려갔다. 아밀은 바로 자신의 행동을 후회했다.

아빠는 긴 다리로 성큼성큼 빨리 걸어갔기 때문에 아밀과 니샤는 뛰다시피 다급하게 따라갔다. 사무실로 들어가자 아빠가 문을 세게 닫았다.

"어떻게 감히 여기까지 찾아와 나한테 소리를 지를 수 있지? 날 병원에서 해고시키려고 작정한 거냐?"

아빠는 그렇게 말하고는 머리카락을 쓸어넘겼다.

아밀은 순간 아빠가 곤경에 빠진 사람처럼 불편하고 불안한 기색인 것을 알아차렸다.

"전 그냥 대체 어떻게 된 건지 궁금할 뿐이에요. 그 애는 제 친구이고 정말로 걱정돼요. 모르시겠어요? 어떻게 모르실 수 있죠?"

그 말과 함께 눈물이 왈칵 쏟아졌다. 아빠는 누가 자기 앞에서 우는 것을 질색했다. 아밀은 두 손으로 얼굴을 꽉 눌렀다. 니샤가 아밀의 팔을 만져주었는데, 이번에는 짜증스럽지 않았다. 얼른 눈물을 닦고 침을 꿀꺽 삼키고는 고개를 드니 아빠의 냉랭한 시선이 기다리고 있었다.

"그 아이는 탈수가 심하고 영양실조였어. 다행히 콜레라에 걸린 것은 아니었지. 우리는 수분과 음식을 공급했고 오늘 아침에는 상태가 훨씬 나아졌단다. 그 아이는 병원에다 본명을 말하지 말았어야 했어. 여기 사람들은 그 애를 잘 돌봐주지 않으려고 했어. 내가 할 수 있는 것들엔 한계가 있단다."

"이제 그 애는 어떻게 되는 건가요?"

아밀은 두 손을 들며 말했다.

"나는 찾아오는 환자들을 치료해. 모든 사람을 구해줄 순 없어. 끝이 없을 테니까. 내가 할 일은 이 병원 문 앞까지란다."

아빠는 이렇게 말하며 사무실 문을 가리켰다.

"미르푸르 카스에서는 그러지 않았어요. 사람들이 밤이고 낮이고 우리 집을 찾아와도 아빠는 항상 도와줬어요. 아빠가 할 수 있는 일은 다 했다고요."

"그 세상은 이제 사라졌다. 우리는 지금 다른 세상에 살고 있어."

아빠는 나직한 목소리로 말하고 고개를 숙였다. 손으로 턱을 문질렀다. 아빠의 얼굴에서 괴로움이, 슬픔이 엿보였다. 아밀은 아빠가 자기 어깨에 손을 얹고 다 괜찮을 거라고 말해주기를 바랐다. 또 이 달라진 세상의 유일한 친구인 바심을 돕기 위해 뭐든지 다 하겠다고 말해주기를 바랐다. 하지만 아빠는 그대로 서 있을 뿐이었다.

아밀이 말했다.

"전 절대로 의사가 되고 싶지 않아요. 여긴 더 이상 오고 싶지도 않아요!"

그러고는 아빠나 니샤의 대답도 듣기 전에 돌아서서 밖으로 뛰쳐나갔다.

뒤에서 니샤가 불렀다.

"아밀, 잠깐만!"

아밀은 계속 달리고 싶었다. 이 새로운 세상에서 벗어나 예전의 삶으로 돌아가고 싶었다. 재밌는 일도 간간이 있던 평범한 일상의 웅성거림을 느끼고 싶은 마음이 간절했다. 인도가 분할되기 전에는 내내 그렇게 살아왔다. 니샤가 부르는 소리가 다시 들려왔다. 아밀은 속도를 늦추다가 멈춰 섰다. 이것은 니샤의 잘못이 전혀 아니었고 모르는 사람들이 있는 데서 아밀을 큰 소리로 부르는 것이 니샤에게는 얼마나 힘든 일인지 잘 알고 있었기 때문이다. 1년 전만 해도 니샤는 그런 일은 꿈도 꾸지 못했을 것이다.

아밀은 돌아섰고, 둘은 불어오는 바람에 가늘게 뜬 눈을 깜박이며 마주 보고 섰다. 풀린 머리카락이 니샤의 얼굴 주위에서 마구 나부꼈다. 아밀은 마른 나뭇잎 한 뭉치가 바람에 날리는 것을 보았다. 나뭇잎 뭉치는 빙글빙글 돌다가 흩어져 도로 땅에 떨어졌다.

니샤가 말했다.

"아빠한테 그런 식으로 말하지 말았어야 해."

아밀은 니샤에게 눈을 굴렸다. 니샤가 그런 말을 할 줄도 몰랐고, 듣고 싶지도 않았다.

"너한테까지 비난 듣고 싶지 않아, 니샤. 모두가 너처럼 완벽한 건 아니라고."

니샤의 얼굴이 구겨지자 아밀은 창피해서 얼굴이 화끈거렸다.

니샤가 말했다.

"완벽하다고? 넌 아무도 눈여겨보지 않는 여자애랑 완벽한 것을 혼동하고 있는 것 같아. 넌 학교에서 아무렇지도 않게 쿵쿵거리며 돌아다니고 이것저것 요구하고 난리를 피우잖아. 그런데도 아빠는 결국에는 널 용서하시겠지. 넌 아빠 아들이고 다들 네가 원래 그런 애라는 걸 아니까. 가끔 나도 쿵쿵거리며 다니고 싶어. 가끔 시끄럽게 굴고 사고도 치고 아빠에게 내 생각을 말하고, 그래도 남들이 날 용서해주었으면 좋겠어. 설령 아빠에게 말할 수 있다 해도 아빠는 좋아하지 않으실 거야. 다디는 충격을 받아 쓰러지시겠지. 카지는 날 새삼 다른 눈으로 볼 테고."

아밀은 숨을 들이마셨다. 니샤가 이렇게 말하는 것은 처음 들어보았다. 니샤는 돌아서서 두파타를 머리에 단단히 두른 다음 점점 더 걸음을 빨리하며 집으로 향했다. 아밀은 방금 무슨 일이 일어났는지 얼떨떨했다. 바심의 생명을 구하려고 애쓰고 있었는데, 이제 모두에게 미움받는 신세가 되었다. 아밀은 니샤보다 다리가 길어서 따라잡을 수도 있었지만 그러지 않았다. 집으로 가는 내내 니샤는 앞에서, 아밀은 3미터쯤 뒤떨어져서 그렇게 걸었다. 왜 둘은 싸우기까지 하는 걸까? 서로 같은 편이 되어주어야 하는 것 아닌가?

24장

집 앞에 이르렀을 때 슈레야와 라비가 보이지 않아서 다행이
었다. 어차피 오후 6시쯤이라 아이들이 나와 놀기엔 늦은 시간
이었다. 니샤가 앞에, 아밀은 뒤에서 계단을 뛰어 올라가 집 안
으로 들어갔다. 다디가 방에서 쉬고 있어도 니샤는 곧장 방에 들
어가 틀어박혀 있을 터였다. 그러니 아밀은 혼자 생각할 공간도
없이 탁자에 앉거나 소파에 있어야 할 것이다. 아밀이 그림을 그
렇게 많이 그리는 데에는 그런 이유도 있었다. 스케치북은 아밀
을 둘러싼 커튼과도 같았다. 모든 사람과 떨어져 방해받고 싶지
않다는 신호였다.

집 안에 들어가니 카지와 다디는 라디오를 크게 틀어놓고 탁
자에 앉아 있었다. 두 사람은 보통 아침 뉴스를 들었다. 가끔 다
디가 오후에 음악을 듣기도 했지만 지금 라디오에서는 충격받아

떨리는 목소리로 안내 방송이 흘러나오고 있었다. 다디의 입술이 파르르 떨리고 볼에는 핏기 하나 없었다. 카지는 손으로 입을 틀어막았다.

아밀이 물었다.

"왜요? 무슨 일이죠?"

혹시 또 폭동이 일어난 것일까? 가까운 곳일까? 집에 걸어올 때만 해도 모든 것이 다 괜찮아 보였는데.

다디가 울기 시작했다. 니샤가 달려가 다디 곁에 무릎을 꿇고 손을 잡았다.

다디가 눈물을 흘리며 말했다.

"그분이 죽었어. 죽었다고."

아밀이 악을 쓰듯 말했다.

"누구요? 누가요?"

"마하트마. 간디 말이다."

카지가 조용히 말했다.

머릿속에서 생각들이 빙글빙글 맴돌기 시작하자 아밀은 어지러웠다. 앞에 있는 의자 등받이를 붙잡았다. 무슨 일이 일어나고 있는지 어리둥절했다. 간디가 죽었다고? 어떻게 그럴 수 있단 말인가?

카지가 덤덤하게 말했다.

"총에 맞았단다. 누군가의 손에 죽은 거야. 끔찍해. 정말 끔찍해."

이제 보니 다디는 입고 있던 사리 자락에 얼굴을 묻고 있었다. 니샤가 아밀을 힐끗 바라보자 아밀은 반대편으로 가서 다디 곁에 무릎을 꿇고 기대었다. 혼자가 아니라는 것을 알려주는 것 말고 아밀이 다디의 마음을 위로해 수 있는 방법은 아무것도 없었다.

조금 늦은 저녁, 네루 총리가 영어로 연설을 했다. 아밀은 인도가 독립하던 날, 인도가 반으로 갈라지던 날 그 목소리를 들은 적이 있었다. 모두가 귀 기울이는 가운데 더듬거리듯 말하는 네루의 감정적인 목소리가 라디오 스피커에서 흘러나왔다. 아밀은 이제 자기가 대부분의 영어를 알아들을 수 있음을 깨달았다. 네루 수상은 "삶에서 빛이 사라졌다"고 말했다.

"우리의 사랑하는 지도자, 바푸라 불렀던 이 나라의 아버지는 이제 없습니다. 어쩌면 그렇게 말하는 것은 틀렸는지도 모릅니다. 그렇지만 이 많은 세월 동안 간디를 보아온 것처럼 볼 수 있는 일은 다시는 없을 겁니다. 우리는 간디에게 조언을 구하거나 위로를 구하러 달려가지 못할 것입니다. 그리고 그것은 저뿐만 아니라 이 나라의 수백만 국민들에게 끔찍한 타격입니다."

네루 수상의 연설이 계속 이어지고 다디는 울고 니샤는 다디의 무릎에 머리를 기대고 있고 카지는 고개만 계속 절레절레 흔들며 서 있는 상황에서 아밀은 자신의 바푸를 생각하며 아빠가 더 이상 세상에 없다면 얼마나 슬플지 생각했다. 아빠는 항상 아밀이 바라는 모습을 보여주지 않았고, 어쩌면 간디도 그랬을 것이다. 아빠가 세상에서 나쁜 일보다 좋은 일을 훨씬 더 많이 한 것은 아밀도 잘 알고 있었다. 아빠는 아밀을 비롯해 많은 생명을 구했다. 아빠는 다디에게 말했듯이 최선을 다하고 있었다.

아밀은 다시 라디오에 집중했다. 네루 수상은 간디를 죽인 자를 미치광이라고 비난했다.

"그럼에도 지난 몇 년 동안 이 나라에는 독이 퍼질 만큼 퍼졌고, 이 독이 사람들의 정신에 나쁜 영향을 끼쳤습니다. 우리는 이 독과 맞서 똑바로 마주 보아야 하고, 이 독을 뿌리 뽑아야 하며, 우리를 둘러싼 모든 위험에 맞서야 합니다. 미친 듯이 또는 올바르지 않은 방법이 아니라 우리의 사랑하는 스승이 가르쳐 준 방식으로 맞서야 합니다."

아밀은 잡고 있던 다디의 의자를 놓았다. 자신이 그렇게 꽉 잡고 있는 줄도 미처 깨닫지 못했다. 손가락을 펴니까 욱신거렸다.

"카지 아저씨, 이제 어떻게 될까요?"

아밀의 물음에 카지는 대답이 없었다. 돌아보니 카지는 부엌에 없었다.

아밀은 일어섰다. 다디가 우는 소리를 더는 견딜 수 없었다. 거실로 들어가 보니 아무도 없었다. 다디와 니샤의 방을 빼꼼히 들여다보아도 카지는 없었다. 그 방도 비어 있었다. 아밀 집은 그다지 크지 않았다. 카지는 대체 어디로 간 것일까? 아밀은 다시 거실을 지나 아빠 방을 들여다보았다. 카지가 아빠 침대 끝에 앉아 창밖을 바라보고 있었다. 카지는 평상시에는 청소할 때만 아빠 방에 들어갔다. 아밀이 카지 옆에 앉았다.

"네루 수상은 미치광이가 간디를 쏘았대요. 대체 어떤 미치광이가 그런 걸까요?"

카지는 계속 창밖을 바라보았다.

"그자가 미치광이인지 어떤지는 알 수 없단다. 다만 힌두교도, 그러니까 힌두교도 중에서도 브라만 계급 사람이었는데, 간디가 우리 이슬람교도들에게 너무 마음을 쓴다고 믿었단다. 이 사건 때문에 더 많은 폭력 사태가 일어날까 봐 걱정되는구나. 이번에는 어떻게 될지 나도 모르겠다. 이제는 힌두교도들끼리도 서로 공격하게 되는 건 아닐까? 누가 알겠니? 네루의 말이 옳아. 그 독이란 것이 우리에게 너무 많이 남아 있어. 네 아빠는 다시 떠나고 싶어 할지도 모르겠다."

"안 돼요! 어디로 간단 말이에요?"

아밀은 처음에는 손이, 그 다음에는 다리와 온몸이 덜덜 떨리기 시작했다.

"파키스탄으로 돌아갈 순 없어요. 여기를 떠나 인도의 다른 도시에서 처음부터 다시 시작했는데, 거기서도 또 나쁜 일이 일어나면 어떡해요?"

간디의 삶만 끝난 게 아니라 그들의 삶도 어쩔 수 없이 뭔가의 끝에 이른 것만 같았지만 아밀은 그것이 무엇인지 정확히 알수가 없었다.

카지가 손을 내밀었다.

"네 말이 맞아. 어쩌면 갈 데가 없을지도 모르지."

카지가 몸을 돌려 아밀을 마주 보았다.

"네 아빠는 너희를 안전하게 지키고 싶을 뿐이야. 가장 중요하게 여기는 건 바로 그거란다."

아밀은 아무 말도 하지 않았다. 그게 정말 아빠가 가장 중요하게 여기는 것일까? 가끔 그렇듯이 8월에 함께 여행했던 기억들이 번쩍 떠올랐다. 아밀은 목을 문질렀다. 갑자기 갈증을 참을 수 없었다. 물이 필요했다. 급하게 방을 나서는데 카지가 부르는 소리가 들려왔다. 아밀은 부엌에서 꿀꺽꿀꺽 마시고 한 잔 더 마셨다. 다디는 조용해졌고, 니샤는 그 곁에 앉아 있었다. 물을 마신 뒤에도 목이 답답한 느낌이 사라지지 않았다. 아밀은 하릴없이 거실로 들어갔다.

어쩌면 니샤가 가르쳐 준 대로 가방 속에 얼굴을 묻고 숨을 쉬어야 할지도 모르겠다. 침대에 놓인 스케치북이 눈에 띄길래 몹시 갖고 싶었던 자전거를 그린 커다란 그림을 펼쳤다. 딱 알맞는 곳에 자전거의 금속 부분 하나하나가 반짝이도록 표현하고 바큇살 하나하나, 모든 곡선과 그림자가 빠짐없이 드러나게 그려져 있었다.

이제 그 그림은 더없이 한심해 보였다. 간디도 총에 맞아 죽는 상황이라면 무슨 일이든 일어날 수 있었다. 불과 몇 주 전만 해도 아밀은 바라는 것이라고는 새 자전거와 같이 탈 친구뿐일 정도로 순진했다. 그런 소박한 소망을 마음껏 바랄 수 있는 세상은 언제나 올까? 기다리는 것도 넌더리가 났다. 아밀은 스케치북을 잡고 그림을 뜯어냈다. 그러고는 그림을 반으로 죽 찢어 바닥에 내팽개쳤다. 아밀은 침대 겸 소파에 누워 눈을 감았고, 금세 잠이 덮쳐왔다.

누군가 팔을 살살 흔드는 기척에 아밀은 잠에서 깼다.

"아밀, 일어나거라."

눈을 떠 보니 아빠였다. 아밀은 몸을 돌려 웅크린 채 벽에 붙었다.

"혼자 있고 싶어요."

아밀은 웅얼거리듯 말했다.

"바심은 아쇼카와 함께 지내고 있단다."

"네?"

아밀은 눈을 비비며 똑바로 일어나 앉았다. 밖은 어두웠다.

"어떻게 된 거예요?"

"바심이 안정적으로 지낼 집을 찾아줄 때까지 맡아달라고 부탁했지."

"그럼 바심은 지금 거기 있어요?"

아빠는 고개를 끄덕였다.

"그래."

아밀은 다시 누웠는데, 팔다리에 긴장이 좍 풀렸다. 바심은 안전했고, 덕분에 아밀은 자신도 훨씬 안전해진 느낌이 들었다.

"저 때문에 아빠가 직장을 잃는 건 아니에요?"

아밀은 아빠를 보지 않고 천장만 똑바로 쳐다보며 물었다.

"아니야."

아빠가 말했다.

아밀은 돌아누워 아빠의 얼굴을 찬찬히 살폈다. 눈 밑은 어둡게 그늘이 져 있고 입은 일자로 굳게 다물고 있는 것이 몹시 피곤해 보였다.

"난 직장을 잃지 않을 거야. 사실 내게 직장이 필요한 만큼 병원에서도 내가 필요하단다. 그리고 언젠가는 개인 병원을 열 수도 있겠지."

마치 신선한 바다 공기처럼 안도의 물결이 밀려왔다. 다음 순간 네루의 연설과 다디의 울음소리, 싸움이 더 많이 일어날까 봐 카지가 걱정하던 것이 생각났다.

"간디가 죽었어요."

아밀은 속삭이듯 말했다. 그저 나쁜 꿈이었을 뿐이라고 아빠가 말해주길 바랐다.

"알고 있다, 아들아. 나도 알아."

아빠는 입꼬리가 축 내려가더니 아랫입술이 파르르 떨렸다. 우는 게 아닐까 싶었지만 아빠는 침을 삼키고 헛기침했다. 그런 다음 침대 가장자리에 앉았고, 아밀은 아빠가 편히 앉도록 다리를 비켜주었다.

"오늘은 정말 슬픈 날이란다."

아빠는 깊은 생각에 잠길 때면 늘 그렇듯이 까칠하게 자라난 수염을 문질렀다.

잠시 뒤 아빠가 말했다.

"넌 꼭 이렇게 때맞춰서 날 밀어붙이더라."

"밀어붙인다고요?"

아밀이 물었다. 자신이 아빠의 등을 밀면서 복도나 문가를 지나가는 모습이 그려졌다.

"너에게 그렇게 심하게 할 생각은 없단다. 난 모든 사람을 구할 수는 없어. 가끔 그 사실이 화나기도 하지. 슬프고 화가 나. 네 말이 맞다, 아밀. 네가 애쓰는 것처럼 나도 그 아이를 구하진 못해도 도와줄 순 있었어."

아밀은 무슨 말을 해야 할지 몰랐다. 아빠는 아밀이 밀어붙였기 때문에 바심을 도왔던 것일까? 아빠를 실망하게 하거나 화나게 만드는 것 말고도 아빠가 하는 일에 아밀 자신이 영향을 미칠 수 있다는 사실은 미처 몰랐다.

"너흰 당분간 집에 있어야 할 거야. 며칠간, 어쩌면 더 오래 학교에 못 갈 수도 있단다. 암살 사건 때문에 벌써 폭동이 일어나고 있어. 더 나쁜 일이 생기지 않게끔 미리 조심해야지.”

처음에 아밀은 학교에 가지 않아도 된다니 기분 좋았다. 하지만 그 이유가 가슴 속에 무겁게 가라앉았다. 네루가 말한 독이 생각났다. 다음 순간 바심이 아쇼카 삼촌네 소파에 누워 있고, 디비야가 마실 것과 음식을 갖다 주며, 아쇼카 삼촌이 유명한 배우들 이야기를 들려주는 모습을 상상했다. 이런 생각만 해도 미소가 지어졌고, 동시에 왠지 울음이 나올 것도 같았다.

아밀이 물었다.

“우리도 간디를 쏜 사람처럼 브라만 힌두교도인가요?”

아빠가 대답했다.

“우리는 신디 지방 힌두교도란다. 난 카스트 제도는 믿지 않아. 그런 꼬리표는 복잡할 수밖에 없는 것들을 단순하게 만들어 버리지. 말했듯이 피는 피야. 뼈는 뼈이고. 그런데 신디 지방의 힌두교도 단체들이 있단다. ‘아밀스’라 불리는데, 우리가 신드에 왔을 때 교육활동을 중점적으로 하면서 만들어졌단다. 다른 단체들도 있고.”

아빠는 고개를 돌려 아밀을 찬찬히 바라보았다.

“엄마가 네 이름을 지어줬어. 하지만 그 단체에서 따온 건 아니야. 네 이름에는 몇 가지 의미가 있는데, 엄마는 한 가지 특별한 의미 때문에 아밀을 골랐단다.”

"그게 뭐죠?"

"희망에 차 있다는 뜻이란다."

아빠는 아밀의 정수리에 잠시 손을 얹었다.

아밀은 눈길을 떨어뜨렸다.

"지금은 별로 희망에 차 있지 않아요."

아빠는 고개를 끄덕였다.

"예전에 간디에 관한 이야기를 들은 적이 있어. 그게 사실인지는 잘 모르겠다. 간디는 그게 문제야. 실제보다 더 대단한 존재로 여겨지는 것 말이야. 결국 간디도 사람일 뿐인데."

아밀이 물었다.

"무슨 이야기인데요?"

아빠는 헛기침하고는 똑바로 고쳐 앉았다.

"인도가 분할된 직후 한 힌두교도 남자가 찾아와서 이슬람교도 남자의 손에 외아들을 잃었다고 하소연했단다. 한 번도 느껴 보지 못한 분노와 고통을 겪고 있다고 했지. 그 남자는 복수심에 이슬람교도를 죽일까 봐 두려웠어. 그래서 간디에게 어떻게 해야 할지 물었단다. 간디는 고통을 치유할 수 있는 단 하나의 방법은 힌두교도의 손에 부모를 잃은 고아 이슬람 소년을 찾아내는 것이라고 했단다. 그러고는 그 아이를 아들로, 이슬람교도로 키워야 한다고 했지."

아밀은 아무 말도 하지 않았다. 바심과 아쇼카 삼촌이 생각났다. 아빠가 찢어진 자전거 그림을 주워들었다. 그러고는 두 동강 난 그림을 붙여서 들고 보았다.

"테이프로 붙이면 괜찮을지도 몰라. 지금까지 그린 그림 가운데 최고로구나."

아빠는 이렇게 말하고는 세세한 부분까지 꼼꼼히 살펴봤다.

"진짜 같구나."

아밀은 고개를 들고 어깨를 으쓱했다.

"이젠 아무래도 상관없어요."

"아니야. 이 그림은 희망에 차 있어. 널 보면 너무 많이 생각난단다. 네 엄마 말이다."

"정말요?"

아밀의 말에 아빠는 고개를 끄덕였다.

"그래. 가끔 그게 힘들 때도 있단다. 하지만 네 엄마를 볼 수 있어 기쁘기도 해. 네 얼굴에서. 네 그림 속에서."

그러고 나서 아빠는 찢어진 그림을 가지고 자기 방으로 갔다.

25장

26장

간디가 암살된 날 밤, 아밀은 '펑' 소리와 함께 멀리서 들려오는 고함 소리에 퍼뜩 깨어났다. 그렇게 큰 소리가 아니었음에도 자신이 잠에서 깨기까지 했다는 사실이 놀라웠다. 방금 들은 소리가 총소리는 아닌지 궁금했다. 침대 위쪽의 커다란 창문을 통해 달빛이 새어 들어왔다. 벽에 비친 그림자들을 보고는 움직이기 두려워 아밀은 잠시 그대로 누워 있었다.

이윽고 아밀은 고개를 들어 잠든 카지를 바라보았다. 얇은 담요를 덮은 카지의 가슴이 오르락내리락하고 있었다. 카지를 깨우고 싶지 않았다. 잘못했다간 아빠와 니샤를 깨울 수도 있고, 그러면 그 순간이 현실이 되어버릴 것만 같았다. 아밀은 창문을 등지고 돌아누웠다. 빨리 잠들어 공포에서 벗어나고 아침이 되어 기억조차 나지 않기를 바랐다.

다음날은 조용하고 슬프고 길었다. 아밀은 들은 이야기를 굳이 입에 올리지도 않았고 사실이 아니라 상상이기를 바랐다. 신문에서는 폭동을 보도하면서 뭄바이에서 15명이 사망했다고 했다.

식구들은 라디오를 통해 뉴델리에서 열린 간디의 장례 행렬 소식을 들었다. 아나운서는 장례식에 백만 명도 넘게 왔고, 다들 간디를 화장할 장작더미까지 8킬로미터나 되는 거리를 몇 시간에 걸쳐 따라갔다고 했다.

아나운서는 또한 네루 총리가 간디의 막내아들과 함께 간디의 시신을 실은 군용 트럭에 탔고, 그 아들이 화장용 장작에 불을 붙였다고 했다. 다디는 장례 행렬을 설명하는 라디오를 계속 틀어놓은 채 거의 온종일 조용히 울었다. 아나운서의 해설을 듣다 보니 장례 행렬에 온 사람들이 어떤 때는 차분하고 어떤 때는 소란스러워지는 것 같았다. 가끔 외침과 울음소리도 들려왔다. 아밀은 어떤 광경인지 궁금해서 직접 볼 수 있었으면 했다.

다음 날 아침, 아빠가 신문을 읽고 병원으로 출근하자 아밀은 장례 행렬 사진을 보려고 얼른 뛰어가서 신문을 보았다. 장식된 트럭 속 침대에서 금잔화와 하얀 천과 인도 국기로 뒤덮인 간디의 시신을 한참 뚫어지게 보았다. 간디의 죽은 얼굴을 찬찬히 살펴보았다. 눈은 감고 있었고 멀리서 보면 자는 것처럼 보였지만 몸을 숙여 가까이 보니 잠든 것과는 달랐다. 간디의 얼굴은 생기가 전혀 없고 텅 빈 것 같았다. 간디는 그 육체 속에 존재하지 않는 것처럼 보였고, 그래서 아밀은 사람이 죽으면 실제로 어떻게 되는 것일까 궁금해졌다.

"그래도 평화로워 보이기는 해."

니샤가 와서 보고 말했다.

"그런 것 같아."

아밀이 말했다. 하지만 아밀이 보기에 간디의 얼굴은 평화롭지 않았다. 아무것도 아닌 것처럼 보였다. 그 사진을 그려볼까도 생각했다가 그러지 않기로 했다. 자신이 이해하지 못하는 것은 어떻게 그려야 할지 몰랐다.

델리와 뭄바이 그리고 인도 전역의 다른 도시들에서 폭력 사태가 계속되었기 때문에 아빠는 약속대로 학교에 가지 말라고 했고, 그래서 아밀과 니샤는 그 주 내내와 다음 주까지 며칠 동안 집에서 쉬었다. 이번에는 주로 힌두교도와 힌두교도가 싸웠다. 간디를 사랑하는 힌두교도들과 간디가 모든 사람을 사랑하려고 한다고 싫어하는 힌두교도들의 다툼이었다. 아밀은 간디가 자신과 니샤처럼 힌두교도와 이슬람교도의 피가 모두 흐르는 이들을 어떻게 생각할지 늘 궁금했다. 피에 따라 종교도 달라질 수 있을까? 아니, 그럴 수 없다고 아밀은 결론을 내렸다. 아빠가 "피는 피, 뼈는 뼈"라고 말한 것도 바로 그런 의미였다.

아밀은 신문을 그만 보기로 했다. 겁나는 상황들을 굳이 찾아보고 싶지 않았다. 라디오 소리도 애써 무시했다. 아빠는 상황이 진정되고 있으니 떠날 필요가 없다고 장담했지만, 아밀은 어느 쪽을 믿어야 할지 알지 못했다.

아빠는 선택의 여지가 없기 때문에 병원에 계속 출근했고, 카지는 하루에도 몇 번씩 장을 보러 다녀와야 했다. 하지만 아침마다 아밀은 침대에 누워 아빠나 카지가 나가는 소리를 들으며 집 안에 갇혀 또 하루를 보내야 한다는 생각을 할 때면 등골이 오싹했고 무슨 일이 일어날까 봐 걱정되기도 했다. 이번에는 카지나 아빠가 돌아오지 못하는 게 아닐까 두려웠다.

불안함과 지루함을 달래려고 슈레야와 라비를 불러와 함께 놀기도 했다. 아밀과 니샤도 몇 번 그 아이들 집에 놀러 갔는데, 카지가 밖에서 놀지 말라고 했기 때문이다.

이상하게도 아빠는 억지로 병원에 끌려가는 것이 아니라 뭔가 병원에서 아빠를 끌어당기는 것처럼 더 활기차 보였다. 아밀은 남 돕는 것을 좋아하고 피나 시체를 두려워하지 않았지만 아빠처럼 모르는 사람에게도 똑같이 사명감을 가질 수 있을지는 자신이 없었다.

다디는 더없이 힘든 시간을 보냈다. 의자에 앉아 기도했다. 말도 거의 하지 않았다. 그래도 식사는 했다. 가끔 딱히 누구에게랄 것도 없이 "당신은 떠나지만 난 여기 남겨줘. 그냥 여기 있게 해달라고!" 하고 소리치기도 했다. 아빠는 다디에게 이곳을 떠나지 않을 것이라고 계속 말해주었다. 여러 날이 지나서야 다디는 아빠를 믿고 안심했다. 아밀과 니샤는 가끔 다디와 함께 앉아 이야기를 해보려 했지만 다디가 원하지 않았다. 다디의 마음은 다른 곳에 가 있었다.

낮이면 둘은 소파에서 책상 다리를 하고 나란히 앉아 편하게 서로 무릎이 닿은 채로 아밀은 스케치북에 그림을 그리고, 니샤는 일기를 썼다. 둘은 대부분 조용했다. 아밀은 난생 처음으로 마치 물이 마른 호스처럼 할 말이 별로 없었다.

처음 며칠이 지나자 아밀은 침묵이 조금씩 괴로워지기 시작했다. 그래서 어느 날 아침 식사 후에 니샤에게 쓴 글을 읽어 달라고 했다. 니샤는 예전처럼 엄마에게 일기를 쓰지 않았다. 다시 그렇게 하면 8월에 있었던 일이 생생하게 되살아날 것 같아서 마음속 그곳으로는 돌아갈 수 없다고 했다.

니샤는 사람들이 안전하게 지낼 수 있고 모두가 영원히 살 수 있는 마법의 장소에 대한 새로운 이야기를 쓰고 있다고 했다. 그 세상에서는 사람이 태어나지도 않고 늙지도 않고 남을 다치게 하거나 죽일 수 없었다. 누군가를 다치게 하거나 죽이려고 하면 보호 장막이 생겨나 막아주었다. 또 서로를 죽이거나 다치게 할 수 없기 때문에 사람들은 싸움을 멈추었다. 피부색이 짙든 옅든 종교가 이것이건 저것이건 상관없이 모두가 어우러져 사는 법을 찾아야 했다.

니샤는 지금까지 쓴 것을 아밀에게 읽어보라고 주었다. 아밀은 등장인물과 사건들을 그림으로 그려도 되느냐고 물었고, 그렇게 해서 둘은 함께 책을 만들기 시작했다.

하루 이틀 지나면서 둘은 그 작업에 푹 빠졌다. 몇 페이지가 완성되면 카지와 다디에게 보여주었다. 니샤는 큰 소리로 글을 읽어 주고 아밀은 그날 그린 그림들을 보여주고는 했다. 그 책을 본 다디는 간디가 암살된 이후 처음으로 미소를 지었다.

어느 날 밤 니샤가 말했다.

"제목을 정해야 해."

아밀이 말했다.

"좋아. 네가 정해. 이야기를 썼으니까."

"음, 생각해 둔 제목이 있어."

"뭔데?"

아밀은 말하고는 무릎을 꿇고 앉았다.

니샤가 말했다.

"마법의 왕국."

아밀은 잠시 생각했다.

"맘에 들어. 근데…."

"근데 뭐?"

니샤가 일어섰다.

"한두 마디 더 붙이면 좋을 것 같아."

"그런가?"

니샤가 눈을 가늘게 뜨며 말했다. 니샤는 펜으로 허공을 가리키며 서성거렸다.

"생각 좀 해보자. 뭐, 이곳은 나쁜 일이 생기면 마법처럼 갈 수 있는 왕국이잖아?"

"그렇지."

아밀이 맞장구쳤다.

"살아남은 사람들이 쉬러 가는 곳이야. 아니면 사랑하지 않는 사람들도 사랑하는 법을 배우러 가는 곳이랄까. 그리고 항상 안전한 곳이고."

아밀은 팔짱을 끼며 말했다.

"그런 곳이 진짜 있었으면 좋겠어. 그 왕국에 도착하기도 전에 죽으면 어떡하지? 그래도 어떻게든 갈 수 있는 거야?"

니샤가 말했다.

"아, 모르겠어. 그곳은 열반[1]이나 잔나[2]처럼 죽은 후에 가는 장소는 아니야. 거긴 여전히 선과 악이 있으니까. 그 왕국은 사람들이 끔찍한 실수를 저지르지 않도록 해주고 더 나은 사람이 되도록 가르쳐줘. 사람들이 더는 두려워하지 않고 살 수 있는 곳이

---

1 힌두교에서 삶의 궁극적인 목표이자 힌두 철학의 가장 높은 영적 성취로, 모든 번뇌의 얽매임에서 벗어나고, 진리를 깨달아 불생불멸의 법을 체득한 경지
2 이슬람교에서 알라가 신자를 위하여 사후에 심판을 받고 들어갈 수 있도록 약속한 영원한 낙원

라 할 수 있지."

"그럼 그곳을 떠나고 싶으면 어떡해?"

"아, 원하면 떠날 수 있어. 그러면 현실 세계를 상대해야겠지. 하지만 마법의 왕국에 살았기 때문에 더 나은 사람으로 변했을 거야. 덕분에 현실 세계도 더 좋은 곳이 될 테고."

아밀은 손을 비비며 생각했다.

"이것을 '이후의 마법 왕국'이라고 부르면 어떨까? 왜냐면 그곳은 나쁜 일이 일어난 뒤 회복하기 위해 가는 마법의 장소이니까."

"오오, 맘에 든다."

니샤는 펜으로 아밀을 가리켰다.

"'이후의 마법 왕국.'"

니샤는 두 팔을 활짝 벌리고서 새 제목을 발음해 보았다. 그런 다음 얼른 공책으로 돌아가 맹렬하게 글을 썼다. 아밀은 궁금했다. '만약 그 왕국에 간다면 현실 세계로 돌아오고 싶을까? 아니면 영원히 늙지 않은 채 두려움 없이 하고 싶은 일을 하며 그곳에 머무르고 싶을까?' 지금은 상상만 해도 참 좋을 것 같았다.

27장

어느 날 아침, 아밀은 아빠가 어깨를 흔드는 바람에 잠에서
깼다. 아밀은 벌떡 일어나 앉았다.

"왜요? 떠나야 하나요?"

아밀은 놀라고 당황해 숨을 가쁘게 쉬며 물었다.

아빠가 말했다.

"아니, 미안하구나. 놀라게 하려던 건 아니다. 별일 없어."

"아."

아밀은 숨을 깊이 내쉬었다. 그러고는 도로 자리에 누웠다.

"사실, 좋은 소식이란다. 깜짝 선물이 있어. 실은 두 가지 깜짝
선물이지."

아빠의 눈은 초롱초롱 빛나고 장난기가 어려 있었다.

아밀은 눈썹을 치켜뜨며 의심스러운 눈초리로 빤히 바라보

았다.

"걱정 마. 좋은 거야. 옷 챙겨입고 나와라. 난 다른 식구들을 깨울게."

좋은 깜짝 선물이라, 아밀은 재빨리 옷을 입으며 머릿속에서 되뇌면서도 애써 대수롭지 않게 넘겼다. 아빠는 식구들을 깨워서 아파트 계단으로 데려갔다. 다들 말이 없었지만 아빠는 계단을 내려가는 내내 웃고 있었다. 아밀은 졸리면서도 정신이 확 드는 느낌이 동시에 들었다. 가슴이 뛰었다. 코밑에 살짝 땀이 배어 나왔다. 아빠는 좋은 깜짝 선물이라고 했지만 아밀은 잠에서 깼을 때 밀려오던 두려움이 잊히지 않았다. 미르푸르 카스를 어쩔 수 없이 떠나던 날이 다시 떠올랐다. 어두컴컴한 새벽, 모두가 조용히 재빠르게 무서운 미지의 세계로 들어갈 때 들리던 자박자박 자갈 소리.

그 당시 아밀은 집을 떠나 다시는 돌아오지 못한다는 것이 어떤 뜻인지 전혀 몰랐다. 이제는 알고 있다. 아밀은 맨 위 계단에 서서 길을 바라보고 있었고, 옆에는 니샤가 뒤에는 카지와 다디가 함께 서 있었다. 환한 햇살에 다들 눈을 깜박였고, 아밀은 눈앞에 있는 것이 무엇인지 이해하려고 애썼다.

길에는 바심이 서 있었다. 처음에 아밀은 알아보지 못했다. 바심은 병원에 간 지 몇 주밖에 되지 않았지만 훨씬 더 튼튼해 보였고 얼굴에 생기가 넘쳤으며, 핏기없이 여윈 뺨에 살이 오르고 머리카락에 윤기가 흐르고, 옷은 깨끗해 보였다.

바심 옆에는 아쇼카 삼촌이 서 있었는데, 늘 그렇듯이 뭐든지 하려는 의욕이 엿보이는 반짝이는 눈빛이었다. 아쇼카 삼촌이 손을 흔들자 아밀은 계단을 내려갔다. 삼촌은 몸을 수그려 아밀을 안으며 등을 토닥여 주었다. 어찌나 힘찼는지 아밀은 하마터면 기침이 나올 뻔했다.

그런 다음 아밀은 바심에게 다가갔고, 둘은 몇 초 동안 서로 바라보고만 있었다. 아밀과 니샤가 그렇듯이, 둘은 눈으로 말했지만 다른 방식이었다. 친구들끼리 하는 방식이었다. 아밀은 눈으로 '왔구나! 몸도 괜찮고!' 하고 말했고, 바심의 눈은 '고마워' 하고 말하는 것 같았다.

하지만 정작 바심이 큰 소리로 한 말은 "형씨 왜 그렇게 심각해?"였다.

아밀은 씩 웃었다.

"만나서 반가워, 친구."

아밀은 이렇게 말하고 바심의 팔을 쿡 찔렀다. 그런 다음 돌아서서 아빠가 서 있는 쪽을 흘낏 보았다.

거기, 건물 벽에 그 고물상에 있던 BSA 로드스터 자전거가 기대어 있는 것이 아닌가? 자전거의 금속이 햇빛을 받아 반짝반짝 빛나고 있었다. 아밀은 입이 딱 벌어졌다. 아빠가 어떻게 알았을까? 갑자기 '이후의 마법 왕국'에라도 온 것일까?

아빠가 말했다.

"어서 타보렴."

아밀은 발걸음도 가볍게 다가갔다. 자전거 안장과 핸들로 이어지는 크롬 부분을 쓸어보며 꿈이 아니라 진짜인지 확인했다. 니샤가 활짝 웃으며 발끝으로 깡충깡충 뛰었다.

아밀이 물었다.

"아빠, 왜죠? 이걸 어떻게?"

"카지가 말해주더구나. 네가 이 자전거에 눈독 들이고 있다며 어디서 사야 하는지 알려주었단다."

아밀이 카지를 보자 카지는 눈을 찡긋했다.

아빠가 말을 이었다.

"네가 얼마나 바심을 살리고 싶어하는지 내 눈으로 봤어. 그 전에는 네가 너 자신을 살리기 위해 얼마나 열심히 싸웠는지도 봤고. 너도, 우리 가운데 누구도 그저 살아남고 위험으로부터 숨는, 그런 삶을 살지 않았으면 좋겠다. 너희 둘 다 너무 어리잖아."

아빠는 바심을 바라보았다.

"너희 셋 다 그렇지. 너희가 재미있게 놀았으면 했어. 우린 계속 살아가야 하니까."

아밀은 귀 기울여 들었다. 다음 순간 얼마나 많은 아이들이 다시는 재미있게 놀지 못할지, 얼마나 많은 아이들이 국경을 넘다가 죽었는지, 얼마나 많은 아이들이 살아남지 못할지 생각했다.

아밀은 고개를 떨어뜨리며 말했다.

"죄송해요. 특별한 선물을 주신 건 감사한데 자전거를 탈 줄 몰라요. 탈 줄 아는 사람에게 주세요."

아밀은 늘 보아왔듯 아빠가 실망한 표정을 지을 줄 알았다.

하지만 아빠는 웃으며 손을 흔들었다. 아밀을 놀리는 게 아닐까 싶을 정도였다.

"당연하지, 네가 어떻게 알겠니? 자전거를 타본 적이 없잖아. 내가 가르쳐 주마."

아빠가 다가와 자전거 핸들을 잡았다. 아밀은 주춤 물러섰다.

"잘 보렴."

다음 순간 아빠는 아밀이 평생 보지 못할 줄 알았던 행동을 했다. 아빠가 자전거에 올라타더니 페달을 밟기 시작한 것이다. 처음에는 조금 휘청거리며 갔다. 하지만 몇 초 뒤 아빠는 유유히 자전거를 타고 달렸다. 길 끝에 이르자 방향을 바꾸어 다시 돌아왔다. 다디는 놀라서 입을 틀어막았다. 카지와 니샤와 바심이 박수를 보냈다.

아쇼카 삼촌이 환호했다.

"잘했어!"

아빠가 그들 앞에 멈춰 섰다. 앞머리는 약간 헝클어져 있었고, 자랑스러운 표정에다가 놀랍게도 행복해 보였다.

"이제 네가 타보렴."

아빠가 자전거 안장을 툭툭 치며 말했다.

아밀은 니샤와 함께 자전거를 처음 발견한 날 자전거를 타다가 넘어진 일이 떠올랐다. 아빠 앞에서 그렇게 넘어지고 싶진 않았다. 솔직히 마음 한구석에서는 그대로 돌아서서 집으로 도망치고 싶었다. 하지만 아밀은 그러지 않았다. 바로 눈앞에 자기만의 자전거가 있으니까. 아빠가 자랑스러워했으면 싶었다. 모두가 자랑스러워했으면 싶었다.

아밀은 어깨를 쫙 펴고 다가갔다. 아빠는 아밀에게 자전거에 올라타 안장에 앉은 다음 자전거를 끌고 걸어서 왔다 갔다 해보라고 했다. 균형이 잡혔다 싶으면 발을 자전거 페달에 올려 조금 앞으로 나아가보라고 했다. 아밀은 그렇게 몇 번 했고, 균형을 꽤 잡을 수 있게 되자 아빠는 자전거 핸들을 잡아주며 아밀에게 페달을 밟게 했다. 아빠는 핸들을 놓았다가 자전거가 흔들리자 다시 잡아주었다. 이런 식으로 몇 번이고 반복하며 한동안 연습을 계속했다. 다디는 다시 집 안으로 들어갔다. 카지와 니샤, 바심과 아쇼카 삼촌은 아파트 현관 계단에 앉아 계속 지켜보았다. 수없이 시도한 끝에 아빠가 길 끝까지 최대한 멀리 아밀을 데리고 갔다.

"잠깐만 잡아줄 테니까 페달을 힘껏 밟아라. 이제 넌 균형을 잡을 수 있어. 할 수 있어."

아밀은 심호흡을 하고 아빠와 함께 페달을 밟았다. 뭔가 변화가 느껴졌다. 아밀은 온몸으로 그것을 느꼈고, 마치 마법 같은 힘이었다. 어느 순간 아빠가 자전거를 놓아도 괜찮다는 사실을 깨달았다. 아빠도 알고 있었다. 아빠가 자전거를 놓자 자전거가 잠시 흔들렸다. 아밀은 딱 적당하게 재빨리 자전거를 바로잡았다. 자전거 핸들을 더욱 꽉 쥐고 페달을 번갈아 밟으며 안정된 리듬을 만들어냈다.

다음 순간… 아밀은 날고 있었다.

일주일 뒤 아밀은 자전거와 함께 학교 입구에 서 있었다. 항상 아밀이 가장 먼저 나와 있었다. 자전거에 올라탄 채 두 발을 땅에 단단히 딛고 핸들을 잡았다. 아빠는 아밀이 학교에 있을 때 안전하게 보관할 수 있도록 자전거 체인과 자물쇠도 주었다. 마침내 니샤가 늘 그렇듯 가방을 꼭 끌어안고 나왔다. 두파타 언저리에 양 갈래로 땋은 머리채를 늘어뜨리고 있었다. 니샤는 요즘 머리를 하나로 땋아 뒤로 늘어뜨리지 않고 이렇게 하고 다녔다. 머리를 양 갈래로 땋는 것이 더 편하다고 했다. 다디가 손가락 관절염으로 머리를 땋아주지 못하기 때문이다. 그 머리 모양은 니샤를 더 어려 보이게도 하고 더 성숙해 보이게도 했다. 이제 니샤의 눈빛에는 뭔가 단단함이 있었다. 아밀도 어쩌면 똑같은 표정을 지니고 있을지도 모르겠다. 아무도, 심지어 아빠나 간디조차도 그렇게 잘 알지 못하는 깨달음의 표정이었다. 그들은 끝까지 희망을 잃지 않은 채 엉망진창인 세상을 통과하고 있을 뿐이었다.

니샤가 다가와 미소를 지었다.

아밀이 물었다.

"바심은 봤어?"

"아니. 아마 누구랑 이야기하느라 못 오는 건지도 몰라. 그 애가 얼마나 수다쟁인지 알잖아."

아밀은 한숨을 쉬었다. 그것은 사실이었다. 가끔 보면 바심은 심지어 아밀보다 훨씬 더 말이 많았고 누구하고도 대화를 나눌 줄 알았다. 아밀은 다시 함께 학교에 다니게 된 뒤에야 바심이 그런 아이인 것을 알게 되었다.

바심은 아쇼카 삼촌 집에서 계속 지내며 맛있는 음식을 먹고 폭신한 침대에서 잤다. 바심은 안전을 위해 아밀의 성인 바스와니를 쓰고 있었다. 아쇼카 삼촌은 바심이 조카라고 학교 측에 말해두었다. 아밀은 바심이 부모님 성을 포기한 것을 슬퍼하지 않을까 생각했다. 하지만 굳이 물어보지는 않았다. 어차피 바심에게는 선택의 여지가 별로 없었으니까.

아밀은 영화 상영 시간에 늦고 싶지 않았다. 오른발은 페달에 올리고 왼발은 땅을 딛고 있었다. 안달이 나서 무릎이 자꾸 들썩거렸다. 아쇼카 삼촌네 영화관에 가는 것은 이번이 두 번째였는데, 아밀은 아예 거기서 살고 싶었다.

그동안 우스꽝스럽고 심지어 터무니없는 일도 있었다. 아밀은 폭도들이 아파트를 공격할지를 걱정해 언제라도 짐을 싸서 도망쳐야 할 수도 있어 거의 2주 동안이나 위험을 피해 집에 숨어 지냈다. 그러다 어느 순간 위험은 지나가 버리고, 이제 아밀은 새 자전거를 꼭 붙든 채 영화관에 늦을까 봐 걱정하며 누나와 가장 친한 친구를 기다리고 있었다.

며칠 동안 자전거를 타다 보니 자전거를 탈 줄 몰랐던 시절이 있었다는 게 믿어지지 않을 정도였다. 아밀, 니샤, 바심 이렇게 셋이서 함께 자전거를 타는 방법도 알아냈다. 아밀이 페달을 밟는 동안 바심은 뒤쪽 받침대에 앉고 니샤는 자전거 안장과 핸들 사이의 가로대에 앉았다. 카지가 수건을 돌돌 말아 편안하게 앉게끔 임시 안장을 만들어준 덕분이다.

콜라바 코즈웨이를 달려 극장으로 아쇼카 삼촌을 만나러 가는 길에 아밀은 아직은 알 수 없는 온갖 일들에 대해 생각했다. 바심이 아쇼카 삼촌과 얼마나 함께 지낼지, 아빠가 병원을 그만두고 개인 병원을 열지, 아밀이 의사나 간호사가 될지, 과연 그럴 수 있을지 등등 말이다. 다디의 건강이 좋아질지 나빠질지도 알 수 없었다. 언제 또 끔찍한 일이 일어날지도 알 수 없었다.

하지만 이 순간, 중요한 것은 뒤에는 바심을, 앞에는 니샤를 태우고 자전거의 페달을 밟고 있다는 것뿐이었다. 바람에 머리카락이 나부끼는 느낌은 상상했던 그대로였다. 바심의 손이 아밀의 어깨를 꼭 붙잡고 있는 것이 느껴졌다. 니샤의 손이 아밀의 손과 함께 자전거 핸들을 붙잡고 있고, 니샤의 두파타 자락이 깃발처럼 뒤로 나부꼈다. 아밀은 과거 일도, 오늘, 내일, 앞으로 일어날 일도 생각하고 싶지 않았다. 아밀이 아는 것은 바로 지금, 자신이 원하는 것을 모두 가졌다는 것뿐이었고, 그것은 마법과도 같았다.

엄마 보세요, 오늘 우린 자유가 되었어요!

작가의 말

　이전에 나온 책 〈밤의 일기〉는 인도가 영국에서 독립한 직후 종교 문제로 인도와 파키스탄으로 분할될 때 고향을 떠난 아밀 가족의 생존기를 따라가는 이야기입니다. 이 책 〈집으로 가는 길〉은 그 후에 일어난 일을 다루고 있습니다. 삶을 변화시킬 만한 충격적인 경험들을 겪으며 살아남은 이후의 이야기이지요. 좀 더 구체적으로 말하자면, 〈집으로 가는 길〉은 인도가 분할된 뒤 1948년 뭄바이에서 아밀 가족이 새로운 삶을 살아가면서 일어나는 일을 쓴 작품입니다.

　나는 코로나19 펜데믹이 시작된 지 2, 3년이 되던 해에 이 책을 썼습니다. 다른 방식으로 나는 나 자신에게 비슷한 질문을 하고 있었습니다. 개인으로서나 한 사회로서 충격적인 경험을 겪고 나면 어떻게 치유할 수 있을까? 좋은 쪽이든 나쁜 쪽이든 우리는 어떤 영구적인 변화를 겪었을까? 그것은 우리가 가진 지원의 정도에 달려 있습니다. 우리가 가진 특권에 달려 있습니다. 또한 단순히 행운에 좌우되는 경우도 종종 있습니다. 그리고 우리가 운좋게 살아남는다면, 지원도 적고 특권도 적고 행운도 적은 생존자들을 어떻게 도와줄 수 있을까요? 이것이 바로 주인공 아밀이 뭄바이에서 새 보금자리에 적응하며 스스로에게 묻는 질문입니다. 아밀은 자신이 대부분의 사람들보다 운이 좋다는 것을 알고 있지만 상처받은 경험 또한 여전히 안고 있습니다. 게다가 아밀은 단순했던 예전 삶을 그리워하는 열두 살짜리 꼬마일 뿐이지요.

〈밤의 일기〉에서도 설명했듯이, 1947년 8월 14일과 8월 15일 사이의 자정에 인도는 영국의 지배로부터 독립하고, 인도와 파키스탄이라는 두 국가로 분할되었습니다. 그 원인은 주로 몇 백 년 동안 인도 힌두교도와 인도 이슬람교도가 종교 때문에 긴장 관계에 있었기 때문이었습니다. 하지만 분할 이전에는 다양한 종교를 가진 사람들이 조화롭게 공존하며 살아가는 지역들도 있었습니다. 국경을 넘나드는 과정에서 충돌이 크게 늘었고, 이슬람교도들은 파키스탄으로, 힌두교도와 기타 종교인들은 인도로 도피하면서 싸움과 살육이 일어났습니다. 그동안 1,400만 명이 넘는 사람들이 국경을 넘었고 100만 명 이상이 사망한 것으로 추산됩니다(수치는 출처에 따라 다르며 아마도 더 높을 것입니다).

〈밤의 일기〉와 〈집으로 가는 길〉에서 일어난 많은 일들은 나

의 아버지, 조부모님, 고모와 삼촌들의 경험에 어느 정도 기반을
두고 있습니다. 이분들은 이 책에 나오는 가족과 똑같이 파키스
탄 미르푸르 카스에서 인도의 조드푸르, 마침내 뭄바이까지 국
경을 넘어 여행해야 했지요. 아버지의 가족은 아밀과 니샤보다
훨씬 더 오래 조드푸르에 머무르다가 마침내 뭄바이의 콜라바
지역에 있는 파스타 레인 1번가에 정착했습니다. 내가 그곳에
있는 아파트를 방문할 수 있었던 것은 아버지와 아버지 형제들
이 미국으로 이민 간 뒤에도 고모님 한 분이 남아 계셨던 덕분입
니다.

파키스탄 신드 지방 출신의 힌두교도 대다수는 상황이 안정
되길 바라며 인도의 분할 이후에도 몇 달 동안 그곳에 남아 있었
습니다. 하지만 불안은 계속되었고, 많은 사람들이 고향을 버리
고 뭄바이와 전 세계의 여러 곳으로 도피했습니다. 이런 정체성
에 관한 이야기를 〈밤의 일기〉보다 더 면밀하게 탐구하고 싶었
습니다.

친조부모님은 내가 태어나기 전에 돌아가셨기 때문에 그분들
이 인도 분할의 생존자로 살아남는 과정에서 영영 변해버린 것
은 어떤 것인지 정확히 알 수 없습니다. 하지만 나는 우리 모두
가 조상들의 회복탄력성과 기쁨, 고통을 품고 있다고 믿습니다.
우리 가족의 배경을 바탕으로 역사 소설을 쓰는 것은 직접 경험
하지는 못했지만 나의 일부가 된 것들을 이해하는 방법이기도

합니다. 다시는 나라가 나뉘는 것 같은 일이 일어나지 않으면 좋겠지만, 안타깝게도 우리 인간은 끊임없이 분열하고 소외된 공동체를 공격할 구실을 찾고 있습니다. 우리는 모두 똑같지는 않지만 같은 인류라는 점에서 연결되어 있습니다. 서로에게 해를 끼치면 우리 자신도 해를 입게 됩니다. 반대로, 서로를 지원하고 도우면 우리 자신의 삶도 더욱 좋아집니다.

읽어 주셔서 정말 감사합니다. 이 책은 나에게 세상을 의미하니까요.

감사 인사

책의 원고를 쓰는 일은 혼자만의 노력으로 가능할 수 있지만 출판하는 일은 그렇지 않습니다. 항상 제 편이 되어주는 최고의 에이전트 사라 크로에게 감사드립니다.

또한 코킬라의 발행인 나므라타 트리파티 씨와 이 책을 다듬어주신 편집장 자린 재퍼리 씨라는 최고의 능력자분들과 함께한 것은 행운입니다. 나므라타 씨의 통찰력 있는 조언과 수많은 초고들을 검토하는 과정에서도 흔들림 없는 자린 씨의 비전 덕분에 제가 이 책을 무사히 마무리 지을 수 있었습니다.

또한 누구도 할 수 없는 방식으로 아밀의 그림에 생명을 불어넣은 화가 프라샨트 미란다 씨에게 깊은 존경을 전하고 싶습니다.

믿을 수 없이 훌륭한 코킬라 팀과 펭귄 영 리더스의 모든 분들을 안아드리고 싶습니다. 후아나 카르데나스, 재스민 루베로,

시드니 먼데이, 제네시스 빌라, 아시야 아흐메드, 제니퍼 켈리, 켈리 브래디, 베시 우릭, 베서니 브라이언, 타비사 둘라, 니콜 카이저, 아리엘라 루디 잘츠만, 한시니 위다가마 씨뿐 아니라 펭귄 영 리더스 홍보, 마케팅, 학교 도서관 팀의 뛰어난 인재들과 한결같이 지지해 주신 펭귄 영 리더의 젠 로하 회장, 조슬린 슈미트 수석 부사장님께도 감사드립니다.

지난 몇 년에 걸쳐 저는 구니타 싱 발라의 연구와 1947년 인도 분할 기록보관소(www.1947partitionarchive.org)를 비롯하여 수백 개의 연구 자료들에 도움을 구했습니다. 특히 신드어 작가이자 역사가인 사즈 아르갈왈 씨와 난디타 바바니 씨에게 감사를 전하고 싶습니다. 두 분의 저서 〈신드 지방의 아밀들〉과 〈망명의 형성기〉 덕분에 신드 지역의 배경과 신드 공동체의 독특한 분할 과정을 좀 더 잘 이해할 수 있었습니다. 아버지의 가장 오랜 친구 중 한 분인 아르잔 자그티아니 씨는 난민 수용소에서 겪은 이야기를 기꺼이 들려주셨고, 친구 하리시 자그타니와 임란 리파트 씨도 제 연구에 도움을 주었습니다. 그리고 많은 작가 친구들, 특히 제가 오랜 시간 계속 나아갈 수 있도록 격려해 준 쉴라 샤리, 사얀타니 다스굽타, 그웬돌린 그로스 씨에게 감사드립니다.

사랑하는 남편 데이비드 베인스타인과 모든 것을 중요하게 만들어주는 존재인 총명하고 아름다운 아이들 해너와 엘리가 없었으면 이 작업을 해내지 못했을 것입니다. 필요하면 언제든지 달려와 주는 시부모님 필리스와 행크 베인스타인에게도 감사드립니다.

마지막으로 나의 특별한 부모님께도 감사드립니다. 애초에 이 주제를 두고 글을 쓰게 된 것도 아버지 히로 히라난다니가 인도 분할 당시에 겪은 개인적인 경험들에 영감을 받은 덕분이었습니다. 그리고 어머니 아니타 히라난다니는 항상 제 작품의 열렬한 팬이 되어주셨습니다. 이런 부모님을 가진 저는 참으로 행운아입니다. 수많은 전화 통화를 통해 글쓰기와 인생의 어려움을 속풀이 하게 해줬던 여동생 샤나 히라난다니에게도 고마움을 전합니다. 조부모님 르와산드와 모틸바이에게도 감사를 표하고 싶습니다. 책을 쓸 때 질문에 친절하게 대답해 주신 파드마 고모와 두르파디 고모, 나루, 굴, 비슈누 라크만 삼촌에게도 감사드리고 싶습니다. 그리고 1947년 인도의 분할로 영원히 삶을 바꿀 고통스러운 변화를 겪은 수백만 명의 사람들에게도 감사를 전합니다.

용어해설

이 책에 나오는 인도와 파키스탄에서 흔히 사용되는 단어를 소개한다.

가네샤 신 Lord Ganesha   힌두교에서 지혜와 복을 상징하는 신. 코끼리 얼굴을 지녔다.

간디Gandhi, Mohandas(1869~1948)   마하트마 간디 또는 마하트마(위대한 영혼을 의미하는 경칭)로 널리 알려진 간디는 영국 식민 지배에 맞서 인도 독립운동을 이끈 저명한 지도자이다. 또한 아버지라는 뜻의 바푸이자 인도의 아버지라고도 불렸다. 간디는 정치적, 사회적 변화를 이루기 위한 수단으로 비폭력 시민 불복종을 옹호했다.

구르드와라Gurdwara   시크교도들이 예배를 드리는 사원

기 버터 Ghee   정제된 버터 또는 요리하는 동안 우유 고형분과 수분이 제거된 버터

님 나무 막대기 Neem stick   아시아, 특히 인도에서 사람들이 구강 관리를 위해 씹을 수 있는 님 나무의 나뭇가지

네루Nehru, Jawaharlal(1889~1964)   인도의 저명한 정치 지도자로, 독립된 인도의 첫 총리이기도 하다. 인도 독립운동에서 중요한 역할을 했으며 마하트마 간디와 긴밀히 협력했다.

다디Dadi   친할머니를 의미하는 힌디어, 신디어, 우르두어 단어이다.

달Dal   렌즈콩이나 완두콩, 향신료를 섞어 만든 간단한 스튜

달 파칸 Dal pakwan   튀긴 빵인 파칸과 달이 함께 나오는 요리

두파타Dupatta   남아시아 여성들이 자주 착용하는 스카프

라두Laddu   밀가루나 병아리콩을 주재료로 하여 만든 작고 둥근 모양의 달콤한 과자

라스말라이Rasmalai   부드러운 치즈 패티에 달콤한 크림 소스를 얹은 디저트

라이타Raita   일종의 요거트 샐러드로, 요거트, 야채, 허브 및 향신료로 만든다.

로티Roti   팬이나 오븐에서 구운 납작한 빵으로, 차파티라고도 한다.

루피Rupee   인도 및 기타 국가에서도 사용되는 주요 통화 단위

뭄바이Bombay   인도 마하라슈트라주에 있는 대도시. 예전에는 붐베이라 불렸다.

미르푸르 카스 Mirpur Khas   파키스탄 신드 지방에 있는 중간 규모의 도시

미타이Mithai   인도 과자의 총칭

불가촉천민Untouchable   역사적으로 달리트로 알려진 인도의 사회 집단을 말하며, 전통적

인 카스트 제도에서 가장 밑바닥에 자리한다. 달리트는 사회적, 경제적, 정치적 차별을 받아 왔다. 이 책에서는 이야기의 배경이 1948년이라서 불가촉천민이라는 단어가 쓰였는데, 이는 경멸적인 칭호로 여겨지며, 이 집단에 찍힌 낙인을 더욱 강력하게 만든다는 점에서 반드시 유의해야 한다.

브라만 힌두교도 Brahmin Hindu 브라만 카스트에 속하는 힌두교도를 가리킨다.

비리야니Biryani 바스마티 쌀, 야채, 고기를 겹겹이 쌓아 만든 쌀 요리

사리Sari 인도 여성들이 입는 전통 의상으로, 직사각형의 큰 천을 몸에 둘러 착용한다.

사톨리야Satoliya 일곱 개의 돌과 공을 쌓아서 하는 인도 전통 게임

시크교도Sikh 세계에서 다섯 번째로 큰 종교인 시크교를 믿는 사람들

신디 힌두교도 Sindhi Hindu 신디 지역에 사는 힌두교도. 신드족은 현재 파키스탄에 위치한 신드 지방에서 살았지만 신디 힌두교도는 인도의 분할 기간에 대부분 신드를 떠났다. 신드어는 신드족이 사용하는 언어이다.

안나Anna(coin) 인도의 예전 통화 단위로, 루피의 1/16에 해당한다.

아밀스Amils 인도와 파키스탄에 있는 신드족 공동체. 전통적으로 정부 서비스, 교육, 법률 및 의학 분야에서 일하는 것으로 알려져 있다.

알루 고비 Aloo gobi 감자, 콜리플라워, 토마토, 향신료를 넣어 만든 카레 요리

알루 티키 Aloo tikki 양파와 향신료를 넣어 만든 튀긴 감자 크로켓

아잔Azaan 이슬람교에서 기도 때를 알리는 외침이다. 요즘에는 '아단'이라는 용어를 더 많이 쓰는데, 아랍어로 '알림'을 의미한다.

열반Nirvana 힌두교에서 삶의 궁극적인 목표이자 힌두 철학의 가장 높은 영적 성취이다.

우르두어Urdu 힌디어와 가까운 언어이지만 주로 페르시아 문자로 쓰여지는 남아시아의 공통 언어

이슬람교도Muslim 세계에서 두 번째로 큰 종교인 이슬람교를 믿는 신도

자이나교도Jain 인도에서 시작된 소규모 종교 집단인 자이나교의 신도

잔나Jannah 이슬람교에서 알라가 신자를 위하여 사후에 심판을 받고 들어갈 수 있도록 약속한 영원한 낙원 또는 천국을 가리킨다.

조드푸르Jodhpur 인도 라자스탄주에 있는 중간 규모의 도시

차트Chaat 인도의 노점상에서 파는 맛있는 간식들을 일컫는다.

차파티Chapati 이스트를 넣지 않고 구운 작고 납작한 빵

카디Kadhi 파키스탄 신디 지방에서 유래한 음식. 병아리콩 가루, 요거트, 다양한 종류의 채소와 향신료를 넣어 만든 톡 쏘는 맛의 커리

카스트 제도 Caste 오랜 세월 동안 지속된 인도의 사회 계층 체계이다. 전통적으로 브라만(사제와 학자), 크샤트리아(전사와 통치자), 바이샤(상인과 농부), 수드라(노동자와 하인)의 네 가지 주요 바르나(계층)로 이루어진다. 또한 카스트 계층에 속하지 않는 달리트라는 집단이 있는데, 이들은 불가촉천민으로 불렸다. 카스트 제도에 따른 차별은 법에 어긋나지만 일부 지역에서는 여전히 시행되고 있으며, 달리트는 여전히 심각한 차별을 받고 있다.

콜라바Colaba 뭄바이의 남부 지역

카라 파샤드 Kara parshad 일반적으로 통밀가루, 버터기름, 설탕으로 만든 달콤한 제사 음식으로, 구르드와라 사원에서 예배 후에 나누어준다.

코키Koki 통밀과 향신료로 만든 신드족의 납작한 빵

쿨피Kulfi 우유로 만들어 얼린 후식으로 카다몬, 견과류, 과일 등 다양한 재료로 맛을 낸다.

쿠르타Kurta 긴 튜닉 스타일의 셔츠

크리켓Cricket 배트와 공을 이용한 스포츠로, 남아시아 및 기타 여러 국가에서 인기 있다.

키르Kheer 주로 쌀과 우유로 만든 달콤한 푸딩으로 카다몬, 사프란, 건포도 또는 견과류로 맛을 낸다.

키마Keema 향신료가 들어간 다진 고기 요리로, 흔히 완두콩과 함께 먹는다.

파니 푸리 Pani puri 인기 있는 인도 길거리 음식으로, 속이 빈 바삭바삭한 튀긴 빵인 푸리 속에 향이 첨가된 물, 타마린드 처트니, 매운 감자, 병아리콩을 채운 간식

파르시Parsi 이란에서 시작되어 박해를 피해 인도에 정착한 조로아스터교를 실천하는 민족종교 집단

파라타Paratha 납작한 빵으로, 주로 감자, 양파, 시금치로 속을 채운다.

파코라Pakora 보통 감자나 양파 같은 야채를 양념한 반죽에 넣어 튀긴 간식

파파드Papad 포파덤이라고도 불리는데, 다양한 렌즈콩, 쌀 또는 감자 가루로 만든 크고 둥근 크래커 비슷한 간식

힌두교도Hindu 세계에서 세 번째로 큰 종교인 힌두교의 추종자

힌디어Hindi 인도에서 가장 일반적으로 사용하는 공식 언어이다. 데바나가리 문자로 표기하며 구어체는 우르두어와 유사하다.

집으로 가는 길

초판 1쇄 인쇄 2025년 2월 15일
초판 1쇄 발행 2025년 2월 25일

지음 비에라 히라난다니
그림 프라샨트 미란다
옮김 장미란

디자인 박재원

펴낸이 김경희   펴낸곳 도서출판 다산기획   등록 제1993-000103호
주소 (04038) 서울 마포구 양화로 100 임오빌딩 502호
전화 02-337-0764   전송 02-337-0765
ISBN 978-89-7938-158-0 73840